素人刑事《デカ》

南　英男

Minami Hideo

文芸社文庫

目次

プロローグ

湖面が赤い。

まるで鮮血のようだ。夕日を吸った猪鼻湖《いのはなこ》は、美しくきらめいていた。

浜名湖の支湖である。本湖の北側に位置していた。

その形状は実際、猪《いのしし》の鼻に似ている。付近は奥浜名と呼ばれている景勝地《けいしょうち》だ。

湖の畔《ほとり》に、若い女がたたずんでいた。

十一月二十三日の午後五時過ぎである。

あたりに人影はない。湖岸道路から少し下《くだ》った場所だった。

女の目の前には、大小の岩礁《がんしょう》があった。

どの岩も、ごつごつしている。漣《さざなみ》が小止《おや》みなく岩肌を洗っていた。

湖岸には、樹齢を重ねた太い老松《おいまつ》が連《つら》なっている。風情《ふぜい》のあるたたずまいだ。

だが、女は行楽客ではなかった。

娼婦だった。女は小柄ながら、肉感的な肢体《したい》の持ち主だ。髪が長い。肌の色は、クツキーブラウンに近かった。

女は、東南アジア系の不法残留者だった。

いつもは新宿の大久保通りで客を漁《あさ》っている。この地を訪れた目的は、出張売春だった。

ミキと名乗る日本人女性に条件の良い仕事を持ちかけられ、自費で東京から駆けつけたのである。

その日本人女性とは、知り合ってまだ日が浅かった。ミキが姓なのか、名なのかさえも知らない。連絡先も不明だった。

ミキが売春相手の自宅に案内してくれる手筈《てはず》になっていた。

しかし、肝心の紹介者がいっこうに現われない。約束の時間は二時だった。すでに三時間が過ぎている。

女は母国語で悪態《あくたい》をつき、喫《す》いさしの煙草を足許《あしもと》に捨てた。バージニア・スリムライトだった。

女は黒いハイヒールの底で、煙草の火を踏み消した。

火の粉が舞い散った。彼女の周囲には、十数本の吸殻が落ちている。

いつしか風が強まっていた。

湖面から寒風が容赦《ようしゃ》なく吹きつけてくる。

女は身震いして、胸の前で両腕を交差させた。豊かな乳房が大きく盛り上がった。

身にまとった山吹色《やまぶきいろ》のスーツは、唯一の余所行《よそゆ》きだった。

一応、冬物だったが、服地はそれほど厚くない。

寒さが身に沁《し》みた。コートは一着も持っていなかった。

ふだんはカジュアルな服しか着ない。ミキに指示され、久しぶりにスーツを着用したのだ。

女は小さく足踏みしはじめた。

長いストレートヘアが、うるさく顔面にまとわりつく。しかし、胸を抱えた両腕は動かさなかった。

体の芯《しん》まで冷えきっていた。だいぶ前から堪《こら》えていた尿意も、強まる一方だった。

目の届く距離に公衆トイレは見当たらない。

何分か歩けば、どこかに手洗いがあるかもしれなかった。しかし、女はあまり遠くには行きたくない気分だった。

いつ待ち人が姿を見せるかもしれない。半《なか》ば諦《あきら》めているくせに、そんな思いも捨てきれなかった。

ミキが現われれば、わずかな時間で三十万円を稼ぐことができる。これほど旨《うま》い話は、めったにあるものではない。

女は五時半まで待つ気になった。

だが、ついに尿意に耐えられなくなった。女はクラッチバッグを腋《わき》の下に挟《はさ》むと、緩《ゆる》やかな斜面を駆け登った。

湖岸道路を横切り、松林の中に走り入る。

灌木《かんぼく》が疎《まば》らなせいか、林の中は思いのほか明るかった。しゃがみ込めそうな場所はない。

女は、さらに奥に分け入った。

数十メートル先で、彼女は立ち竦《すく》んだ。黄ばんだ下生《したば》えの上に、三十代半ばの男が倒れていたからだ。男の身なりは、きちんとしていた。横臥《おうが》に近い恰好《かっこう》だった。体をくの字に折っている。

後頭部が赤い。

血だった。ポスターカラーのような血糊《ちのり》は、とうに凝固している。

男は微動だにしない。

しかし、死んでいるのかどうかはわからなかった。女は恐る恐る男に近づき、顔の近くまで回り込んだ。

見覚えがあった。女が湖畔に立って間《ま》もなく、湖岸道路を急ぎ足で通り過ぎていった長身の男だった。

服装は、見かけたときと変わっていない。木炭色《チャコールグレイ》の背広の上に、ベージュの綿コートを羽織《はお》っている。

女は屈《かが》んで、男の鼻先まで震える指を伸ばした。

呼吸はしていなかった。半開きの口から、アーモンド臭を放つ粘液が垂れていた。

女は悲鳴をあげ、大きく跳び退《との》いた。

全身が小刻みに震えはじめた。歯も鳴っている。

ふと女は、男が帽子箱のような円《まる》い包みを大事そうに抱えていたことを思い出した。

その包装箱は、どこにも見当たらなかった。

どうやら男を殺した者が奪い去ったらしい。中身は何だったのか。

女は、少し気になった。

人の争う物音は伝わってこなかった。犯人の逃げる気配もうかがえなかった。

ただ、松林の向こう側から不意に白いモーターボートが飛び出してきた。

あれは、何時ごろだったのか。

気が動転していて、すぐには思い出せない。ボートには、一組の男女が乗っていた。

二人は事件に関係があったのか。

女は急に考えるのが面倒になった。

自分には関《かか》わりのないことだ。女は後ずさりしながら、男から遠ざかった。松林を走り出ると、湖岸道路を夢中で駆けはじめた。

警察に通報する気はなかった。

女は、入国管理局と同じぐらいに警察を恐れていた。不法残留が発覚したら、自分の国に強制送還されるにちがいない。そうなったら、故郷にいる親兄弟を養《やしな》えなくなってしまう。

パスポートは偽造されたものだった。

精巧な偽造パスポートやビザは割に高い。何度も買う余裕はなかった。

女は下腹を手で押さえながら、ひた走りに走りつづけた。

一刻も早く松林から遠のきたかった。そのことだけを考えていた。

出稼ぎの娼婦が立ち去ると、地味なコートに身を包んだ女が松林の陰から現われた。

濃いサングラスで、目許を隠している。

二十代の後半か。女は左右を注意深く見てから、湖畔まで小走りに走った。

足を止めたのは、南国育ちの娼婦がいた場所だった。

女はさりげなく屈み込み、地面から何かを拾い上げた。毛糸の手袋をしていた。

抓《つま》み上げた物を白いハンカチで包み、それをコートのポケットに突っ込んだ。動きは速《はや》かった。

女は素早く水辺から離れ、急ぎ足で松林の中に消えた。

第一章　商社マンの死

1

女が俯《うつぶ》せになった。

弾《はず》みで、量感のある白い尻が揺れた。半裸だった。

下半身には何もまとっていない。

女は白人だった。手脚《てあし》が長く、均斉《きんせい》がとれている。

八畳の和室だった。女の腹の下には、毛布とタオルケットが敷いてある。

古ぼけた二階屋の一室だった。階下だ。

二代目彫辰《ほりたつ》の自宅兼仕事場である。神楽坂《かぐらざか》の裏通りに面していた。

腹這《はらば》いになったヤンキー娘は、予約の客だった。

国際線のキャビンアテンダントだ。スージー・マコーミックという名で、二十四歳だった。

刈谷亮《かりやりょう》は、スージーの左の尻っぺたに視線を落とした。

彫りかけの薔薇《ばら》の刺青《いれずみ》が浮き立って見える。

刈谷が半月ほど前に彫ったものだった。まだ筋彫《すじぼ》りを施《ほどこ》しただけだ。太彫《ふとぼ》りの線に乱れはない。

刈谷は笑みを浮かべた。この分なら、仕上がりは悪くないはずだ。

三十六歳の刈谷は、通いの彫師《ほりし》だった。

二代目彫辰のたったひとりの弟子である。師匠の二代目彫辰・大久保辰吉《おおくぼたつきち》は隣室で、鳶《とび》の親方の背の〝弁天小僧《べんてんこぞう》〟に重ね彫りをしている最中だった。

刺青は歳月が経《た》つと、どうしても墨《すみ》や朱《しゅ》の色が褪《あ》せてくる。彫りものの褪色《たいしょく》を嫌う伊達者《だてもの》が時々、重ね彫りをしてもらいに訪れるのだ。その大半は馴染《なじ》みの客だった。

刈谷は辰吉の下で働いていたが、単なる雇われ職人ではなかった。独立採算制で客を捌《さば》いていた。といっても、自分が請け負《うお》った仕事の手間賃を全額手にできるわけではなかった。報酬の二割を看板料として、師匠の辰吉に支払っていた。

一センチ四方を彫ると、一、二万円になる。師匠は、刈谷の謝礼のほぼ倍額を得ていた。

客種《きゃくだね》は筋者《すじもの》や露店商ばかりではなく、堅気の者もかなりいた。欧米人の客も少なくなかった。

——日本の女のように肌理《きめ》が細《こま》かけりゃ、もっと刺青が引き立つんだがな。そいつが残念だ。

刈谷は胸底で呟《つぶや》き、赤いバンダナで前髪を押さえた。

奇妙な恰好《かっこう》になったはずだ。刈谷は藍色《あいいろ》の厚手の作務衣《さむえ》を着ている。仕事着だった。足は素足だ。足袋《たび》を履《は》くのは、真冬だけだった。

「バンダナよりも、日本手拭いのほうが似合うんじゃない？」

スージーが腹の下に枕を宛《あて》がいながら、母国語で言った。

張りのあるヒップを突き出す形になった。洋梨のような臀部《でんぶ》だった。

「おれは変人なんだよ」

刈谷は英語で答えた。

「うふふ。あなた、いつもきれいな英語を喋《しゃべ》るのね」

「ほんの片言さ」

「ただの刺青師《タトウイスト》じゃないんでしょ？　何か事情がありそうね？」

「そんなものは何もありゃしないよ」

「嘘！　あなたは何か心に傷を負って、重いものを引きずってるはずだわ」

スージーが勝手に決めつけ、面長《おもなが》の白い顔を向けてきた。

澄んだ青い瞳には、好奇に満ちた光が宿っている。髪は栗色だった。

美人顔ではなかったが、どことなく愛嬌《あいきょう》があった。やや肉厚の赤い唇が何ともセクシーだ。

刈谷は返事をしなかった。曖昧《あいまい》に小さく笑っただけだった。

スージーはなおも何か言いかけたが、急に顔を枕に埋めた。他人の内面に立ち入ることに何かためらいを覚えたのかもしれない。

刈谷は話題を変えた。

「サムは元気かい？」

「ええ、多分ね」

「彼と喧嘩でもしたのか？」

「もう一週間近く会ってないの。わたし、彼の乗組員《クルー》から外されちゃったのよ」

「まさか勤務中にコックピットで愛し合ったんじゃないんだろうな」

「いくらなんでも、そこまでやる勇気はないわ。サムはね、奥さんの許《もと》に戻ることになったってわけ」

「つまり、不倫の関係を清算したってことか」

「そういうことになるわね」

スージーの声が急に沈んだ。まだ副操縦士のサムに未練があるらしい。スージーは、サムが連れてきた客だった。

　三十九歳のサムは熱狂的な歌舞伎ファンで、刺青愛好家でもあった。全身にさまざまな図柄の刺青を刻《きざ》んでいた。どれも機械彫りだった。

サムは機械彫りの刺青に飽《あ》き足りなくなって、日本人の知り合いの紹介で刈谷の許《もと》にやってきた。一年前のことだ。

　刈谷は註文通りに、サムの右の二《に》の腕《うで》に黒揚羽蝶《くろあげはちょう》の刺青を彫ってやった。

サムは手彫りの仕上がりの美しさに大いに満足し、恋人のスージーを連れてきたというわけだ。

　日本人と異《こと》なり、欧米人は刺青に偏見や嫌悪感を抱いていない。ファッションの一部と考えている人々も多かった。ごく平凡な市民が好奇心や自己顕示欲から、実に手軽に肌絵《はだえ》で体を飾っている。ほんの一時代前までイギリス、フランス、ギリシャ、ロシアなどの王侯貴族の間で、刺青が大流行したことさえあった。

　ただ、西洋の彫りものは昔も今も様式美に欠けるきらいがある。

　図柄は鷲、髑髏《どくろ》、蛇、龍、錨《いかり》、薔薇《ばら》、国旗、裸婦とまちまちで、約束事《やくそくごと》はないに等しい。色も驚くほどカラフルだ。その分、情緒は乏しかった。

「スージー、寒くないか？」

　刈谷は訊《き》いた。

十一月二十五日の午後四時過ぎだった。

部屋は、ガスストーブで暖められている。汗ばむほどだ。

「ちょうどいいわ」

「それじゃ、彫りはじめるよ」

刈谷は下絵用の細筆を取って、スージーの尻に跨《また》がるような姿勢になった。片膝は床に落とした。

刈谷は上背があり、その体躯《たいく》は逞《たくま》しかった。

片手でスージーの尻の肉を押し伸ばしながら、下絵を描《えが》いていく。花弁の細部だった。

墨が透《す》けるような白い肌に染《し》み込むと、刈谷は左の中指、人差し指、薬指で二本の筆を器用に挟《はさ》み、右手には使い込んだ彫り針を持った。

この彫り針は、彫師の間ではノミという隠語で呼ばれている。細い絹糸を数十本束《たば》ねて、竹筒に括《くく》りつけたものだ。

左手に持った二本の筆の穂先には、墨がたっぷりと含まれている。彫り針の先で墨を掬《すく》い取りながら、下絵の線をなぞっていくわけだ。

スージーが両腕で枕を抱え込み、静かに瞼《まぶた》を閉《と》じた。

睫毛《まつげ》が長い。毛の先が小さく震えていた。

薄手の黒いセーターと花柄のブラウスは、背の半《なか》ばまでたくし上げられている。背には茶色い産毛《うぶげ》が密生していた。

小さな染みも目立つ。白人女性特有の肌だ。

刈谷は左の親指と人差し指でスージーの皮膚をできるだけ突っ張らせ、彫り針の先端を下絵に近づけた。その気配を感じ取ったスージーが一瞬、身を竦《すく》ませた。どの客も緊張する一瞬だった。

刈谷は彫りはじめた。

左手の親指を梃子《てこ》にして、針の束を小さく上下させる。彫り針はなんの抵抗もなく、皮膚の中に吸い込まれていく。

彫り加減にコツがいる。

決して深く彫り針を刺してはいけない。筋彫《すじぼ》りは半紙三枚分の深さに抉《えぐ》り、ぼかし彫りのときは半紙五枚分まで針を潜《もぐ》らせる。

それが、師匠から教わった基本技《わざ》だった。

彫り針を使いはじめると、スージーが喘《あえ》ぐような吐息を洩《も》らした。皮膚を斜めに撥《は》ね上げるたびに、彼女は低く呻《うめ》いた。

その呻き声は、妙になまめかしかった。どこか悦《よろこ》びの声に似ていた。

「だいぶ痛むのか？」

刈谷は彫り針を動かしながら、アメリカ育ちの客に訊いた。

「少しね。でも、平気よ。サムの話だと、機械彫りのほうがずっと痛いんだって？」

「ああ。タトゥーマシンの場合は、針が垂直に突き刺さるからな。手彫りは針を斜めに刺していくんだよ」

「そうなの。ね、少し喋ってもいい？　話してるほうが痛みを感じないようだから」

スージーが、くぐもった声で言った。

刈谷は黙っていた。客に語りかけられるのは、あまりありがたくない。気が散って、作業が捗《はかど》らなくなるからだ。

「日本の刺青って、すごく歴史があるんでしょ？」

「まあね」

刈谷は素っ気ない返事をした。

スージーが肩を竦めて、そのまま黙り込んだ。

わが国の刺青の起源は古い。『日本書紀』に彫りもののことが記述されている。

しかし、庶民の間で流行しはじめたのは江戸天保年間の時代だ。数寄《すき》を好み、伊達《だて》を競《きそ》った江戸っ子たちが自分の体を色鮮やかな錦絵で飾るようになった。

だが、その流行も長くはつづかなかった。

明治時代に入ると、刺青が法律で禁じられてしまったからだ。彫ることも彫られることも許されなかった。

政府は、刺青を野蛮で下品なものと解釈したらしい。

伊達者たちは怒った。しかし、どうすることもできなかった。

この野蛮な処罰例は、昭和二十三年まで廃止されなかった。

だが、その間もこっそり肌絵で体を染める者は少なくなかった。浮世絵や錦絵を基調にした日本の刺青は、こうして負《ふ》の伝統芸術として根づいたのである。

刈谷は、無言で彫り針を進めた。肌の弾《はじ》ける音がはっきりと耳に届く。

この音は客の性別、年齢、皮下脂肪の厚みなどによって、〝シャクッ、シャクッ〟と聞こえたり、〝シャッ、シャッ〟と聞こえたりする。彫る場所によっても、微妙に彫り音が変わるものだ。

スージーの太彫《ふとぼ》りは、すでに終わっていた。

刈谷は黙々と中太彫《なかぶと》りと細筋《ほそすじ》彫りをつづけた。スージーは、もう話しかけてこなくなっていた。

花びらの輪郭《りんかく》彫りを終えたのは、小《こ》一時間後だった。

彫り針を入れた部分は、早くも蚯蚓《みみず》腫《ば》れになっていた。

「きょうは、これぐらいにしておくか」

「まだ一時間も経《た》ってないわ」

スージーが右手首の時計を見ながら、不服そうに言った。

「ぼかしを入れると、地腫れして高熱が出るんだ」

「大丈夫よ。次のフライトは、明日の夕方だもの。早く色をつけて」

「それじゃ、半分だけ朱を入れてやろう」

刈谷は、ぼかし彫りの準備に取りかかった。

日本の刺青の美しさは、墨や朱の濃淡のつけ方で決まると言ってもいい。まさに刺青師たちの腕の揮《ふる》いどころだ。

刈谷は気持ちを引き締め、朱のぼかしを入れはじめた。

ぼかしのことを曙《あけぼの》とも言う。彫師や刺青愛好家たちが用《もち》いている隠語だ。

スージーの呻き声が高くなった。

個人差もあるが、一般的に墨を入れるときよりも朱を刺すときのほうが痛感《つうかん》が鋭い。花弁の内側に色をにじませるそばから、スージーの肌が腫れ上がっていく。

「その顔料は何なの？」

「成分は企業秘密ってやつさ。朱のベースは、赤色硫化水銀だよ。そいつに、それぞれ彫師が自分なりの顔料をブレンドしてるんだ」

「そうなの。きれいね。とってもファンタスティックな色だわ」

スージーが、ふたたび目をつぶった。

刈谷は、基本的には国産の墨や朱を使うことにしている。だが、図柄によってはアメリカやイギリスから取り寄せた顔料を混ぜることもあった。

刺青が〝市民権〟を得ている欧米では、プロの彫師が大っぴらに看板を掲《かか》げている。その大半が刺青の道具屋も兼ねていた。

むろん、各種の顔料も売っている。アメリカやヨーロッパでは、素人彫りを愉《たの》しむ者が少なくない。したがって、充分に商売になる。

外国産の顔料は、実に色が豊富だ。

あらゆる原色が揃《そろ》い、桃色、水色といった中間色まである。白人たちの刺青が極楽鳥のように艶《あで》やかなのは、そのせいだ。

刈谷は国産の朱に英国産のピンクの顔料を溶け込ませながら、スージーの肌に染めつけていった。筋に近い部分は濃い色合を使い、徐々に朱をぼかしていく。

二代目彫辰の門を叩いて、まだ五年しか経《た》っていなかった。

刈谷は、ぼかし彫りの奥義《おうぎ》を究《きわ》めるまでには至っていない。最も気を遣《つか》う作業だった。

刈谷は緊張しながら、同じリズムで彫り針を進めていった。

針の先で朱を掬《すく》い取っては、休みなく彫り込んでいく。同じ箇所《かしょ》を二度彫ると、仕上がりが汚くなる。

といって、大雑把《おおざっぱ》に彫り進むと、むらになってしまう。彫り穴の密度を一定に保《たも》つのは、なかなか難しい。

薔薇に半分ほど朱を刺し込むと、刈谷は作業を切り上げた。

「きょうは、ここまでだ」

「まだ我慢できるわ。痛いことは痛いんだけど、ちょっぴり快感もあるの」

スージーが言って、熱のあるような眼差《まなざ》しを向けてきた。

刈谷は微苦笑した。女性客の中には彫られているうちに、性的な悦《よろこ》びを感じる者もいる。どうやらスージーも、そんなタイプらしい。

「いや、もう限界だ。ぼかした部分が一面に膨《ふく》れ上がってる」

「気にしなくていいのに」

「そうはいかない。後は次にしよう」

刈谷は噴《ふ》き零《こぼ》れた顔料を布で拭《ふ》き取り、彫った箇所にベビーオイルをまんべんなく塗りつけた。

「オイルが乾くまで、このままでいたほうがいいんでしょ？」

「ああ。四、五日すると、薄い痂《かさぶた》ができるが、掻《か》き毟《むし》らないでくれ。痂が自然に剝《は》がれ落ちるころに、色素が落ち着くんだよ」

刈谷はスージーから離れ、手早く道具を片付けた。

畳に胡坐《あぐら》をかいて、煙草に火を点《つ》ける。愛煙しているキャビンだった。

刈谷は肺の奥まで喫《す》った。仕事の後の一服は、いつも格別な味がする。

ふた口ほど喫ったとき、隣室の客が帰る気配が伝わってきた。

少しすると、辰吉の嗄《しゃが》れた声が廊下で響いた。

「亮、入《へえ》るぜ」

「ああ、どうぞ」

刈谷は短くなったキャビンの火を揉《も》み消し、その場に正坐した。

スージーは寝そべったままだった。襖《ふすま》が開き、彫辰の二代目が入ってきた。

辰吉は小柄で、鶴のように痩せている。

それでいて、存在感があった。師匠は灰色の作務衣姿だった。体には少々、大きすぎる。

「おっ、いい眺めだ。外人さんは男も女も、いい尻《けつ》してやがるな」

辰吉は白髪《しらが》の角刈り頭を撫《な》でると、スージーの腰のあたりに坐り込んだ。頭に手をやるのは、照れているときの癖だった。

「おやっさん、今回の仕事はどうだろう？」

刈谷は師匠に声をかけた。

「筋彫りは、きれいに仕上がってるな。ぼかしも悪かねぇ。欲を言やぁ、もうちょい曙を利《き》かせたほうが図柄が生きるな」

「生意気を言うようだけど、牡丹《ぼたん》じゃないんだ。ぼかしを利かせすぎると、薔薇の味わいが……」

「それもそうだな。ヤンキー娘に枯淡《こたん》の味を押しつけることもねえか。それに、図柄や色は客が選ぶもんだ。おめえの好きなようにやんな」

「そうさせてもらいます」

刈谷は軽く頭を下げた。

ほとんど日本語のわからないスージーは刈谷と辰吉を交互に見て、意味もなく笑っていた。

「お嬢《じょう》、いつまでも桃尻を見せつけねえでくれや。七十三のおれも、妙な気分になっちまうじゃねえか。おれにバイアグラを買わせる気かい」

辰吉がスージーの尻を平手でぴしゃりと叩いて、前歯の欠けた口を緩《ゆる》めた。スージーが不安そうな顔を刈谷に向けてきた。

「ヒップがあんまりセクシーなんで、師匠が齧《かじ》りつきたくなったたってさ」

刈谷は英語で茶化《ちゃか》した。

スージーが小さく笑って、すぐに起き上がった。

マロンブラウンの飾り毛は、恥丘にへばりついていた。珊瑚色《さんごいろ》の合わせ目も丸見えだった。しかし、スージーは少しも恥じらう様子を見せなかった。何かハミングしながら、刈谷たちの目の前でパンティーとジーンズを穿《は》いた。

「ここまであっけらかんとしてやがると、おかしな気持ちも起きねえやな」

辰吉が西洋人めいた仕種《しぐさ》で薄い肩を竦めた。

それがおかしかった。刈谷は笑いを嚙《か》み殺しながら、スージーに問いかけた。

「今度は、いつ日本に来るんだい？」

「オフがあるから、半月後ね。そのときに、また来るわ。同じ時間でいい？」

「ああ」

「それじゃ、またね」

スージーは芥子色《からしいろ》のハーフコートとクラッチバッグを抱えると、踊るような足取りで部屋を出ていった。

刈谷は、ふと窓の外を見た。

午後五時を少し回ったばかりだったが、夕闇は濃かった。

「もう仕事は、しまいにしようや。亮、一杯飲《や》らねえか？」

「いいね」

刈谷はガスストーブのスイッチを切って、腰を上げた。すでに辰吉は立ち上がっていた。

二人は、玄関の近くにある茶の間に移った。

六畳間だった。刈谷は炬燵《こたつ》に脚《あし》を突っ込み、辰吉と焼酎《しょうちゅう》のお湯割りを傾けはじめた。肴《さかな》は、烏賊《いか》の塩辛と味付け海苔だった。

師匠は独り暮らしだった。もうふた昔も前に、妻とは別れている。ひとり娘は、妻のほうが引き取ったらしい。

「めっきり寒くなってきやがったな。冬は、どうも苦手になっちまったよ」

辰吉がぼやいて、右腕を撫でさすった。

刈谷は返す言葉がなかった。居たたまれない心持ちになった。自然にうつむいていた。

「おっと、いけねえ。亮、妙な気は回さねえでくれ。こっちは何も含むもんなんかありゃしねえんだ」

「わかってるよ、おやっさん」

刈谷は、ことさら明るく言った。だが、心の裡《うち》は翳《かげ》ったままだった。

「考えてみりゃ、おめえも時代遅れな男だよな。何もてめえで道を踏み外すことはなかったのによ」

「おやっさん、おれは責任を感じて彫師を志願したわけじゃないんだ。何度も言ったように、刺青の儚《はかな》い美しさに魅《み》せられたから、おやっさんの弟子にしてもらったわけで……」

「おめえも損な性分《しょうぶん》だぜ」

辰吉がナイフのような鋭い目を和《なご》ませ、ハイライトをくわえた。

刈谷は五年半前まで、大手予備校で英語を教えていた。

不慮の事故で新妻を亡くしたのは、その数カ月前だった。妻がビル建設現場の前を通りかかったとき、運悪く巨大なクレーンが倒れかかってきたのだ。

クレーンの下敷きになった妻は、むろん即死だった。新婚生活は一年にも満たなかった。妻は身籠《みごも》っていた。妊娠七カ月に入る直前だった。

刈谷は悲しみに打ちのめされた。

酒に溺《おぼ》れた。連夜、酔い潰《つぶ》れるまで強い酒を呷《あお》った。しかし、いくら飲んでも酔えなかった。

そんなある晩、刈谷は盛り場で三人連れのやくざに因縁《いんねん》をつけられた。

理不尽な絡《から》まれ方だった。刈谷は怯《ひる》まなかった。腕力には、いささか自信があった。

刈谷は、学生のときにボクシング部に所属していた。ハードパンチャーとして鳴らし、ウェルター級の王座にまで昇りつめた。さらにパワー空手にも熟達していた。

刈谷は筋者たちと路上で殴り合った。

たちまち人だかりができた。

しかし、人々は遠巻きにたたずむだけで、誰も仲裁に入ろうとはしなかった。そんな野次馬たちを嘲《あざけ》り、三人組を伝法《でんぽう》な下町言葉で窘《たしな》める老人がいた。それが辰吉だった。

男たちのひとりが腹を立て、辰吉の右腕に匕首《あいくち》を突き立てた。辰吉がうずくまると、三人組は逃げ去った。

刈谷は辰吉を近くの病院に連れていった。

それがきっかけで、彼は老刺青師とつき合うようになったわけだ。交友が深まると、辰吉は総身彫りの刺青を見せてくれた。

老人は昇《のぼ》り竜と下《くだ》り竜を背負い、胸や腕には『水滸伝《すいこでん》』の豪傑や義賊の勇姿を刻みつけていた。初代の実父が彫ったものだった。

その彫りものを眺めているうちに、いつか刈谷は肌絵に魅了されていた。滅びゆくものの美しさに取り憑《つ》かれてしまったのである。

刈谷は迷った末、予備校の教師を辞めた。

すぐに二代目彫辰の門を叩いた。だが、老刺青師はなかなか弟子にしてくれなかった。渋々、首を縦にしたのは五カ月後だった。

刈谷は厳しい修業に耐え、ほぼ三年で彫り技を習得した。そのころから、辰吉は新規彫りの客を少しずつ回してくれるようになった。

刈谷自身も、天女と観音菩薩《かんのんぼさつ》の彫りものを背負っている。師匠の辰吉が一年近くかけて丹念に彫ってくれたものだ。

めったに他人に話すことはなかったが、背の刺青には刈谷なりの思い入れがあった。不幸な死に方をした妻と胎児への供養のつもりだった。

「気が利《き》かねえ弟子だぜ」

辰吉が笑顔で言い、空になったグラスを差し出した。いつも師匠はピッチが速《はや》い。

刈谷は頭を掻《か》いて、肥後《ひご》焼酎の壜を掴《つか》み上げた。

2

雨脚《あまあし》が強かった。

ヘッドライトの光が煙り、ひどく見通しが悪い。ワイパーが気忙《きぜわ》しく動き、滝のような雨を懸命に拭《ぬぐ》い払っている。

刈谷は減速した。

車は年式の旧《ふる》いミニクーパーだった。英国車だ。もう四年半ほど乗り回しているが、エンジンの調子は悪くなかった。

夜の早稲田通りは、いつになく空いている。

土砂降りの雨のせいだろう。時刻は九時を少し回ったところだ。

師匠の家を出たのは、十数分前だった。もう焼酎の酔いは、すっかり醒《さ》めていた。帰途だった。

刈谷は、上落合《かみおちあい》の賃貸マンションに住んでいた。

道なりに進めば、やがて自宅にたどり着く。急いで帰ったところで、誰かが待っているわけではない。スピードを落としたまま、ゆっくりと車を走らせる。

刈谷は退屈しのぎに、カーラジオを点《つ》けた。

幾度か選局ボタンを押すと、ニュースが聴こえてきた。ぼんやりと耳を傾ける。

「……次のニュースです。今朝《けさ》九時ごろ、静岡県・奥浜名の松林の中で、男性の死体が発見されました。死んでいたのは、日東物産東京本社秘書室の高杉慎也《たかすぎしんや》さん、三十六歳とわかりました」

男のアナウンサーが、いったん言葉を切った。

刈谷は、思わず声を洩らした。

視界が揺れ、背筋に悪寒《おかん》に似たものを感じた。高杉は大学時代からの友人だった。

刈谷は車を路肩《ろかた》に停め、すぐにラジオの音量を高めた。

「高杉さんは一昨日《おととい》から行方がわからなくなり、家族から捜索願が出されていました。高杉さんは殺された模様ですが、死因など詳しいことはまだわかっていません」

アナウンサーがふたたび間《ま》を取り、火災のニュースを伝えはじめた。

――高杉が死んだ⁉　そんなばかな……。

刈谷は胸底で呻き、ラジオのスイッチを乱暴に切った。

頭の中は真っ白だった。何も考えられなかった。高杉は他人に恨まれるような男ではなかった。温厚な性格で、他人には思い遣《や》りがあった。

そんな人間が、なぜ、殺されてしまったのか。

どう考えても、思い当たるようなことはなかった。何か事件に巻き込まれたのかもしれない。そうとしか考えられなかった。

とにかく、高杉の家に行ってみよう。

刈谷は気を取り直して、ほどなく車を走らせはじめた。

ステアリングを操《あやつ》る手が幾分、ぎこちない。全身が強張《こわば》った感じだった。

高杉の自宅は、世田谷の経堂《きようどう》にある。分譲マンションだった。妻の久美《くみ》は八つ若い。

二人が結婚したのは、およそ四年前だ。

しかし、まだ夫婦は子に恵まれていなかった。久美は気品のある美人だった。

瓜実顔《うりざねがお》で、切れ長の目が色っぽい。気立てがよく、頭の回転も速《はや》かった。

刈谷の脳裏で、久美の顔が明滅した。

久美は、予備校教師時代の教え子だった。現役合格を果たせなかった彼女は単身で九州から上京し、予備校の寮に入り、そこから教室に通ってきた。

刈谷の授業では、いつも最前列に坐っていた。全身に熱気を漲《みなぎ》らせていた。

そんな若さが初々《ういうい》しく感じられ、いつしか淡い恋情を抱くようになった。

久美のほうも、刈谷をひとりの男と意識しているようだった。だが、二人は胸の想いを口には出さなかった。

翌春、久美は志望大学に合格した。

その祝いを込めて、刈谷は久美を行きつけの酒場に案内した。すると、先客の中に高杉がいた。

刈谷は、高杉と久美を引き合わせた。それが縁で、二人は後に結婚することになったわけだ。刈谷は鳶《とんび》に油揚げをさらわれる恰好《かっこう》になってしまったが、高杉たちを恨む気にはなれなかった。

信号が迫ってきた。

大和《やまと》陸橋だった。刈谷は濃紺のミニクーパーを左折させ、環七《かんなな》通りに入った。小田急線の世田谷代田《だいた》駅の少し手前で、今度は右に折れる。

閑静な住宅街をしばらく走ると、目的のマンションが見えてきた。

『経堂エミネンス』だ。外壁は茶色の磁器タイル張りで、九階建てだった。

刈谷はマンションの斜め前の路上に車を駐《と》め、篠《しの》つく雨の中に飛び出した。たちまち彼は、ずぶ濡れになった。

エントランスロビーで、頭髪と焦茶《こげちゃ》のレザーブルゾンをハンカチでざっと拭った。深緑《ふかみどり》のコーデュロイ・スラックスの裾は雨をたっぷり吸っていた。

裾を絞ってから、エレベーターに乗り込んだ。

管理人はいない。出入口もオートロック・システムではなかった。

刈谷は六階で降りた。

高杉の部屋は六〇三号室だった。インターフォンを鳴らす。

ややあって、若い声で応答があった。

馴染みのない声だった。日東物産の社員かもしれない。高杉が勤めていた会社は、日本でも指折りの大手商社だった。本社は丸の内にある。

刈谷は名乗って、来意を告げた。

玄関のドアが開けられた。

現われたのは、スーツ姿の若い男だった。まだ二十七、八歳だろう。男は森村《もりむら》と名乗った。日東物産の秘書室の社員だった。

刈谷はせっかちに靴を脱ぎ、玄関ホールから奥に向かった。

高杉久美は居間の長椅子に坐って、ハンカチで目頭を押さえていた。その両側に、二人の女が腰かけている。ともに二十三、四歳だった。

「二人とも秘書室の者です」

森村が刈谷に小声で言い、二人の同僚に目配せした。

二人の女が相前後して立ち上がった。

森村たち三人は、隣のダイニングキッチンに移った。

「刈谷さん……」

久美が腰を浮かせ、縋《すが》るような眼差しを向けてきた。悲しみの色が濃かった。泣き腫《は》らした目が痛々しい。

刈谷は久美を長椅子に坐らせ、自分もソファに腰かけた。

「少し前にカーラジオで、高杉のことを知ったんだ。なんだって、こんなことになったんだい？　辛《つら》いだろうが、話してくれないか」

「え、ええ」

久美はそう応じたが、後《あと》の言葉がつづかない。下唇を噛んで、一点を見つめている。

刈谷は急《せ》かさなかった。

少し経《た》つと、久美が涙声で言った。

「どう説明すればいいのか……」

「あいつは、高杉は誰に殺されたんだ？」

「まだ犯人は捕まってないの」

「死因は？」

「それも、まだはっきりしないんですって」

「司法解剖が終わってないんだな？」

「ええ。主人の遺体は、まだ浜松の医科大学の法医学教室に……」

「なぜ、きみは向こうに留《とど》まらなかったんだ？」

「そうするつもりだったの。でも、解剖の結果はすぐには出ないと刑事さんに言われたし、こっちで通夜の準備もしなければならないから、いったん東京に戻ってきたんです」

久美が語尾をくぐもらせた。ショートボブの髪は乱れていた。化粧っ気もない。

刈谷は煙草に火を点けた。

いくらかでも時間を与え、久美を落ち着かせたかったのだ。三口ほど喫《す》ったとき、久美が細い声で言った。

「一昨日《おととい》の二十三日の朝、高杉は室長の室井良隆《むろいよしたか》さんと一緒に新幹線で出張したの」

「出張先は？」

「兵庫県の芦屋《あしや》よ。お世話になった方に、お礼のご挨拶に伺《うかが》うことになってたんです」

「日帰りの予定だったのかな？」

「ええ。新神戸で大阪支社の伴繁樹《ばんしげき》という営業部長と落ち合って、高杉たち三人はさる有力者の自宅を訪ねるはずだったんだけど」

「ニュースでは、高杉の行方がわからなかったと言ってたが、いったいどういうことなんだ?」

「高杉は室井さんに無断で、自分だけ名古屋駅で降りてしまったの」

「無断で途中下車したって⁉」

刈谷は短くなった煙草の火を消した。

「室井さんが手洗いに立った隙に、高杉は『ひかり』から降りたようだわ」

「そのまま高杉は失踪したってわけか」

「ええ」

「高杉と室井という上司が新幹線に乗ったことは確かなんだね?」

「それは間違いないわ。高杉たち二人は秘書室のスタッフ三人に見送られて、午前十時十分発の下り『ひかり109号』に乗り込んだの」

久美がそう言って、ハンカチを掌《てのひら》の中に丸め込んだ。

「日帰りの出張に見送りとは、ずいぶん仰々《ぎようぎよう》しいな」

「ちょっと事情があったんです」

「どんな事情?」

「高杉たちは、値の張る手土産を携《たずさ》えてたの」

「差し障《さわ》りがなかったら、もう少し詳しく教えてくれないか」

刈谷は促《うなが》した。

久美が考える顔つきになった。少しすると、彼女は急に声を潜《ひそ》めた。

「これは誰にも言わないでね。高杉と室井さんは、時価三億五千万円相当の宝飾品を持ってたの。だから、スタッフがガードを兼ねて東京駅まで見送りに」

「桁外《けたはず》れの手土産だな。首飾りか何か？」

「ううん、特別註文の宝冠よ。二百四十カラットのスターサファイヤを中心に、八十カラットのピンクダイヤモンドがいくつもあしらってあるんですって。台座も純金らしいわ」

「高杉は、手土産の中身を知ってたのかな？」

「ええ。その宝冠を銀座の『銀宝堂』に註文したのは、室井さんと主人なの。わたしも写真で見せてもらったけど、とっても立派な宝冠だったわ」

「その写真、ここにあるのかな？」

「ううん。主人が会社から写真を持ってきて、こっそり見せてくれただけなの。あの写真は、秘書室のどこかに保管されてるんじゃないかしら？」

「プレゼントを受け取ることになってた人物は、誰なんだろう？」

刈谷は、それとなく訊いてみた。贈物が一種のリベートかもしれないと思ったからだ。

「それについては、主人は頑《かたく》なに教えてくれなかったわ。でも、かなりの大物なんでしょうね」

「だろうな。形を変えた闇献金だったのかもしれない」

「そうなのかな。わたしには、よくわからないわ」

「その手土産の宝飾品まで、まさか消えたわけじゃないんだろ？」

「それが、高杉と一緒に消えてしまったんですって」

「ええっ。きっと何か事情があって、高杉は手土産を持って降りたんだろう」

「わたしも、そう思うわ。彼が持ち逃げするわけないもの。ただ、なんで名古屋で途中下車したのか解《げ》せないのよ」

久美がもどかしげに言った。

「別に同行の上司を疑うわけじゃないが、高杉は本当に名古屋駅で降りたのかね？」

「それも確かだわ」

「なぜ、そう言いきれるんだ？」

「さっき浜松中央署の刑事さんから電話があって、その裏付けを取ったと言ってたの。刑事さんの話だと、名古屋駅のキヨスクの女子販売員と改札係の駅員が主人のことを憶《おぼ》えてたらしいわ」

「新幹線の乗降客はものすごく多いのに、よく高杉のことを憶えてたな」

「主人は百八十二センチもあったし、円型の包みを抱えてたんで、目立ったんだと思うわ」

「なるほど、それでか。そうすると、警察は当然、その包みのことも気にかけるはずだな」

「きょうの午後、室井さんと浜松中央署に遺体の確認に行ったとき、宍戸《しし ど》って刑事さんに、そのことをしつこく訊かれたわ」

「で、どうしたんだ？」

「向こうに行く前に室井さんから宝冠のことはオフレコにしてほしいって頼まれてたから、とぼけ通したの」

「そう。ところで、高杉の訃報《ふほう》は会社のほうから教えられたのか？」

刈谷はキャビンをくわえた。

「会社と警察の両方から連絡をいただいたの。それで会社が用意してくれたハイヤーで、室井さんと一緒に浜松に……」

「そうか。高杉が名古屋に下車した時刻は？」

「『ひかり109号』は十二時六分着だから、その一、二分後には降りたはずよ。名古屋駅で高杉の足取りがわからなくなったって、刑事さんがそう言ってたわ」

「車内やホームを捜したらしいんだけど、ドアが閉まってしまったんで、仕方なく次の京都まで行って、すぐに上りの列車に乗ったそうよ」

「芦屋の有力者を訪問する予定は、むろん取りやめになったわけだな」

「ええ。新幹線が名古屋を出てすぐに室井さんは大阪支社に電話をしたそうよ」

久美が髪のほつれを整え、ブラウスの襟元に手を添えた。刈谷は煙草の灰を落としてから、思いきって訊いた。

「室井氏のほうは？」

「高杉は、どんな殺され方を？」

「頭の後ろをスパナかバールで殴打されたらしくて、深い陥没傷があったわ。それから、何か毒物を服《の》まされてるようだという話だったけど」

「それじゃ、高杉は毒殺されたわけか」

「刑事さんは、おそらくそうだろうって」

「死体が発見されたのは、奥浜名のどのあたりだったんだ？」

「猪鼻湖って浜名湖の支湖のそばの松林の中で……」

久美が言いさし、喉《のど》を軋《きし》ませた。嗚咽《おえつ》を堪《こら》える姿が痛ましかった。

刈谷は頭の中で、必死に慰めの言葉を探した。

そのとき、日東物産の女子社員がためらいがちに二人にコーヒーを運んできた。

刈谷は短く礼を言った。女子社員は目礼し、ダイニングキッチンに戻っていった。

刈谷はコーヒーを啜《すす》った。

カップを受け皿に戻したとき、久美がつと顔を上げた。睫毛《まつげ》に光る雫《しずく》が宿っていた。

「ごめんなさい」

「辛いよな。もう少し訊きたいことがあるんだが、後にしよう」

「いいえ、もう大丈夫。なんでも訊いて」

「そうか。宝冠はどうなったんだろう？」

「死体発見現場にはなかったそうよ。わたし、それとなく刑事さんに探りを入れてみたの」

「ほかに盗られたものは？」

「警察で主人の所持品を確認させられたんだけど、現金は抜き取られてなかったわ。わたし、おとといの朝、高杉の財布の中身をチェックしたのよ。出張のときは、いつもそうしてたの」

「そう。捜索願は世田谷署に？」

「ううん。きのうの午前中に室井さんと丸の内署に」

「丸の内署でも、例の宝冠のことは何も喋らなかったんだね？」

「ええ、話さなかったわ。室井さんに内密にしてほしいって頼まれてたんで」

「そうか」

刈谷は、またコーヒーを飲んだ。久美が妙に思い詰めたような顔で切り出した。

「わたし、少し気の重いことがあるの」

「話してくれ。おれにできることなら、力になるよ。葬儀のことか？」

「そうじゃないの。高杉の所持品の中に、妙な物が混じってたんです。そのことが、ずっと頭から離れなくて」

「妙な物って？」

刈谷は訊き返した。

「彼のコートの中に、都内の職業別の電話帳から引き千切《ちぎ》ったらしい五ページ分の電話簿が入ってたの。それも、宝石商と質屋のばかりね。それから、財布の中には、バンコク行きのオープン航空券が二枚入ってたの」

「航空券が二枚⁉」

「ええ。こんな想像はしたくないけど、彼は宝冠を持ち逃げして、誰かと海外に逃げる気だったんじゃないかとも思えてきて……」

「何を言ってるんだ。どうかしてるぞっ」

「でも、なぜ、彼は電話簿や航空券を？」

「おそらく何者かが、高杉を宝冠の持ち逃げ犯に仕立てる気だったんだろう。最近、高杉の様子がおかしくなかったか？」

「特に変わった様子はなかったわ。怯《おび》えてもいなかったし、誰かと揉め事を起こしたような気配も感じられなかったしね」

「高杉はきみに心配をかけたくなくて、何事もなかったような顔をしてたんじゃないだろうか」

「ええ、そういうことは考えられるわね。なにしろ、彼は優しかったから」

「おれは、誰かが高杉を罠に嵌《は》め、三億五千万円の宝飾品を奪ったんじゃないかと思う。ただの勘だがね」

「わたしだって、彼を信じてるけど……」

久美が言い澱《よど》んだ。夫に不利な材料が出てきたことで、気持ちが不安定になっているのだろう。

「高杉を信じてるんだったら、つまらない想像はしないことだな」

「そうね、そうします」

「高杉の所持品は警察から持ち帰ったんだろう？」

「事情聴取の後、腕時計や現金なんかはすぐに返してくれたんだけど、電話簿や航空券なんかは指紋の採取をしたいからって……」

「まだ浜松中央署にあるわけか」

「そうなの。多分、明日、返してもらえる思うわ」

「明日、きみは先方に何時に行くことになってるんだい？」

「午後二時ごろに行くつもりなんです。志郎《しろう》さんに付き添ってもらうつもりだったんだけど、彼は仕事で小笠原の父島に出かけちゃってるの」

久美が途方に暮れたような口調で言った。

志郎というのは、高杉の五つ違いの弟だった。テレビ番組制作会社に勤めている。ディレクターで、主にドキュメンタリー番組を手がけていた。行動派で独身のせいか、めったにオフィスや野方《のがた》の自宅マンションにはいない。

高杉の両親は、すでに他界している。

二人きりの兄弟だった。兄弟は五年ほど前に杉並区内にあった親の家屋敷を処分し、遺産を分け合っていた。その遺産で高杉は、このマンションを購入したと聞いている。

「迷惑じゃなかったら、おれがつき合うよ」

「でも、悪いわ。翻訳の仕事、忙しいんでしょ？」

高杉夫妻には、いまの職業を明かしていなかった。フリーで雑多な翻訳仕事をこなしていると偽っていた。

「いまは、ちょうど仕事の切れ目なんだ。だから、遠慮するなよ」

刈谷は内心の狼狽を隠して、調子を合わせた。

別段、刺青師を賤《いや》しい稼業と思っているわけではなかった。それなりに、誇りも持っていた。

とは言っても、素《す》っ堅気《かたぎ》の人間には自分の気持ちは理解できないだろう。そんな諦《あきら》めが先に立ち、事実を打ち明ける気になれなかったのだ。

「それなら、お言葉に甘えようかな」

「そうしろよ。帰りは、遺体搬送車に乗るつもりなんだろ？　だったら、おれの車で行くよりも新幹線で出かけたほうがいいな」

「そうしましょう」

久美が言ったとき、サイドテーブルの上の電話機が鳴った。コードレスフォンだった。

久美が受話器に腕を伸ばした。

刈谷はキャビンに火を点けた。

話の遣《や》り取りから、電話をかけてきたのは室長の室井とわかった。少しすると、久美が整った白い顔を曇らせた。何か不快なことを言われたのだろう。

数分で、久美は電話を切った。

「高杉の上司からの電話だったようだな」

刈谷は紫煙をくゆらせながら、先に口を切った。

「ええ、室井さんからよ。明日の朝、大阪支社の伴営業部長が上京されるんですって」

「何か気に障《さわ》るようなことを言われたんじゃないのか？」

「ええ、ちょっとね。伴部長が、主人を疑うようなことを言い出してるらしいの。例の宝冠を高杉が持ち逃げしたんじゃないかって」

「どんな根拠があって、そんなことを言ってるんだっ。厭《いや》な野郎だな」

「主人が大阪支社に勤務してたころ、意外に私生活が乱れてたって。そんなこと、絶対にないわ」

久美が憤《いきどお》ろしげに言った。

高杉夫妻は一年半ほど前まで、大阪に住んでいた。転勤中の二年間は、志郎が兄宅の留守を預かっていた。

「私生活が乱れてたって、具体的にはどういうことなんだ？」

「伴部長が直接わたしに話したいって言ってるらしいわ。だから、明日の朝の十時ごろに本社に来てもらえないかって言ってきたの」

「ずいぶん勝手な話だな。こっちが取り込んでるのを知ってるくせに。伴って奴は、何か高杉に悪い感情でも持ってるんじゃないのか」

「最近のことはよくわからないけど、大阪支社で一緒に働いてたときは割に目をかけてもらっていたはずよ。気になるから、わたし、行ってみるわ」

「それじゃ、おれも同席させてもらおう」

「わたしも、そのほうが心強いわ。それに、新幹線に乗るのにも都合がいいし」

「そうだな。なら、明日の午前九時五十分ごろに日東物産本社ビルの玄関のとこで落ち合おう」

刈谷は煙草の火を消した。

そのすぐ後、居間のインターフォンが鳴った。

来訪者は、佐賀から駆けつけた久美の両親と兄夫婦だった。

身内が来たのを潮《しお》に、森村たち三人が引き揚げていった。刈谷も久美の親族に悔みの言葉を述べ、ほどなく部屋を出た。

雨の勢いは少しも衰えていなかった。路面を叩く雨は大粒だった。

マンションの玄関前に、ブリリアントシルバーのベンツが停まっていた。運転席の男は四十一、二歳だった。好男子だ。

目が合うと、男はあたふたと車を発進させた。神戸ナンバーだった。

刈谷は自分の車に駆け込み、上落合のマンションに向かった。ベンツの男は何者だったのか。

『上落合スカイハイツ』に帰り着いたのは、十一時過ぎだった。地下駐車場の専用スペースに車を駐め、エレベーターで十階まで上がる。

刈谷の部屋は一〇〇五号室だった。

間取りは1LDKだ。家賃は二十万円近い。

彫師の収入には波があったが、刈谷は月平均七、八十万円は稼いでいた。いまのところ、家賃を滞《とどこお》らせる心配はない。

刈谷はガス温風ヒーターを作動させ、リビングのソファに腰かけた。ロータイプのモケット張りだった。

――あの高杉が、もうこの世にいないだなんて……。

刈谷は髪を掻《か》き毟《むし》った。

ショックは、まだ尾を曳《ひ》いていた。それでいて、高杉が死んだという実感はあまり強くない。自分の目で遺体を見ていないからだろうか。

室内が暖まったころ、玄関口で物音がした。

ドア・ロックを解《と》く音だった。どうやら江森佳奈《えもりかな》が合鍵を使っているらしい。

刈谷はソファから離れなかった。

佳奈とは他人ではなかった。週に二日ほど、彼女は刈谷の部屋に泊まっている。刈谷も月に一、二回、西早稲田にある佳奈のマンションで朝を迎えていた。

佳奈は二十七歳だった。個性的な容貌で、プロポーションもいい。

その妖艶《ようえん》さには、凄みさえあった。気の弱い男なら、圧倒されてしまうのではないか。しかし、刈谷にはそれが魅力の一つだった。悪女めいた雰囲気が男の何かを掻き立てる。

佳奈は高田馬場で、『アゲイン』というスナックを経営していた。割に落ち着ける店だった。

佳奈が居間に入ってきた。

藤色のニットスーツが女っぽい。ウエストのくびれが深く、腰の曲線は滑らかだ。砂時計のような体型だった。

「今夜は、いつもより早いな。店、開けなかったのか？」

刈谷は穏《おだ》やかに訊いた。

「一応、開けたわよ。だけど、閑古鳥が鳴きそうだったんで、今夜は早仕舞《はやじま》いにしちゃったわけ」

「この雨じゃ、客足も鈍るよな。たまには早仕舞いもいいさ」

「そうよね」

佳奈が匂うような微笑をにじませた。豊かなウェービーヘアが彫りの深い派手な顔立ちによく似合っている。

「少し飲まないか」

「なんだか元気がないみたいね。何かあったの？」

「高杉が死んじまったんだ」

「そういう冗談はよくないわよ」

「冗談なんかじゃないっ」

刈谷は語気を強めた。

佳奈が素直に詫びた。刈谷は詳しい話をした。佳奈は数度だけだが、高杉と会っている。

「高杉さんが殺されただなんて、なんだか信じられないわ」

「おれだって、同じだよ。善人ほど若死にしちまうんだな」

刈谷は言った。

「当分、辛いわね。あなたと高杉さんは、あんなに親しかったんだから。高杉さん、誰かに謀《はか》られたんじゃない？」

「おれも、そう睨《にら》んでるんだ」

「とにかく、お酒の用意をするわ」

佳奈が、ダイニングキッチンに歩《ほ》を運んだ。

男の気持ちの読める女だ。

刈谷は惚《ほ》れ直しそうだった。

佳奈と親密になって、はや丸一年になる。気まぐれに『アゲイン』に飛び込んだのが、二人の出会いだった。

刈谷は会った瞬間に、佳奈に心を惹《ひ》かれた。どこか頽廃的《たいはいてき》な妖しさに気持ちを奪われたのだ。熟《う》れた色気の底に潜《ひそ》む濃い翳《かげ》りも、何となく気になった。

佳奈を抱いた晩、その理由《わけ》はわかった。

彼女の内腿《うちもも》には、牡丹《ぼたん》と蛇の彫りものがあった。自分の意思で入れた刺青ではない。広域暴力団の大幹部と知らずに愛した中年男に、無理矢理に施された肌絵だ。別れ話を切り出した佳奈に対する暗い報復らしかった。

刈谷は佳奈の刺青を見ても、少しもたじろがなかった。

それどころか、かえって似た者同士の気やすさを感じたほどだった。それ以来、二人は静かな愛情を紡《つむ》ぎつづけてきた。

「さあ、飲みましょう！」

佳奈が励ますように言って、摺《す》り足で近づいてきた。洋盆の上には、ロックグラスやバーボンのボトルが載《の》っていた。

刈谷は無言でうなずき、散らかっているコーヒーテーブルの上を片づけはじめた。

一刻も早く酔い潰《つぶ》れたい気分だった。

ほどなく二人は、グラスを触《ふ》れ合わせた。

3

出窓が仄《ほの》かに明るくなった。

カーテンの隙間から、朝の光が細く射《さ》し込んでいる。静かだった。

刈谷は小一時間前から、寝室のロッキングチェアに腰かけていた。

いくらか頭が重い。寝不足のせいだろう。

ガウンの下には、トランクスだけしか身につけていなかった。だが、寒くはない。ヒーターが作動していた。

佳奈はセミダブルのベッドで、かすかな寝息を刻んでいる。

昨夜、二人はいつものように肌を貪《むさぼ》り合った。

最初のうちは、佳奈はどこか消極的だった。刈谷を気遣っていたからだろう。そんな佳奈をいじらしく思った。

刈谷は、ふだんより熱を込めて佳奈の裸身を愛撫した。

すると、佳奈も次第に燃え上がった。刈谷は佳奈の反応に煽《あお》られ、一段と昂《たか》まった。

二人は欲望のおもむくままに、烈《はげ》しく求め合った。

佳奈は間断《かんだん》なく歓喜の声をあげつづけ、火照《ほて》った体を幾度も震わせた。刈谷も狂おしく腰を躍《おど》らせた。余韻は深かった。

長く熱い情事が終わると、そのまま二人は眠りについた。

佳奈は、じきに寝入った。しかし、刈谷は容易に寝つけなかった。胸のどこかに高杉のことが引っかかっていたからだ。

眠れぬままに夜を過ごし、空が明るみはじめたころにベッドを抜け出たのである。煙草が喫いたくなった。リビングに行くことにした。

刈谷は立ち上がった。

そのとき、佳奈が寝返りを打った。羽毛蒲団《うもうぶとん》がはだけ、肉感的な太腿《ふともも》が剝《む》き出しになった。

室内には、ナイトスタンドが灯《とも》っていた。

刈谷は蒲団を掛け直す気になって、抜き足でベッドに近づいた。薄暗がりの中で見る白い腿は、なんとも煽情《せんじょうてき》的だった。

思わず刈谷は両膝を落とし、佳奈の腿にそっと触《ふ》れた。

温《ぬく》もりと優しい感触が掌《てのひら》に伝わってきた。

佳奈は色白だった。その肌は鞣革《なめしがわ》のように滑らかだ。

刈谷は衝動的に、佳奈の太腿に軽く唇を押しつけた。

佳奈が小さく身じろぎをした。弾《はず》みで、羽毛蒲団がずれた。内腿の刺青が露《あらわ》になった。

朱彫りの牡丹は、鈍く光っていた。数えきれないほど目にしてきた彫りものだったが、刈谷は改めて仔細《しさい》に眺めた。

大ぶりの牡丹を葉の群れが囲み、緑がかった蛇が顔を覗かせている。蛇は、頭を佳奈の秘めやかな場所に向けていた。

見ようによっては、亀裂の中に潜り込もうとしているようにも映る。

ひどく猥《みだ》りがわしい図柄だが、筋彫りもぼかし彫りもみごとな出来映えだった。赤、緑、青の濃淡が巧《たく》みに活《い》かされ、濃密さを強めている。

見つめているうちに、刈谷は肌絵の妖しい美しさに魅せられてしまった。無意識に彼は、牡丹の花びらに口をつけていた。

葉の一枚は、はざまの縁《ふち》まで伸びていた。

刈谷は、葉の先端まで舌の先を滑らせた。佳奈の和毛《にこげ》が彼の頬をくすぐった。

ほとんど同時に、佳奈が目を覚ました。

すぐに彼女は、腿をすぼめようとした。刈谷は、それを許さなかった。

「何をしてたの？」

佳奈が恥じらいのこもった声で、低く問いかけてきた。

「刺青を見てたんだ」

「いやねえ。いつかレーザーメスで、そっくり消してしまいたいわ」

「きみには屈辱的な刻印だろうが、きれいな刺青だよ。腕のいい彫師の仕事だな」

「彫ったのは、彫金《ほりきん》の何代目かの弟子だったという男よ」

「やっぱり、そうだったか。彫金《ほりきん》の初代は、名人と言われた彫師だったそうだ。彫宇《ほりう》之《の》、彫兼《ほりかね》、彫五郎《ほりごろう》、彫安《ほりやす》とともに、明治時代の五大名人だったらしいんだよ」

「そうなの。でも、わたしは好きこのんで刺青をしたわけじゃないのよ。そういう話は、もうしないで」

「悪かった。つい無神経なことを言っちまった。勘弁してくれ」

「ううん、いいの。あなたはプロの彫師なんだから、刺青に興味を示すのは当然だわ。それより、眠れなかったようね？」

「少し疲れ方が足りなかったらしい。もう一度、レスリングをするか」

刈谷はわざと軽い口調で言って、佳奈の上に穏《おだ》やかにのしかかった。

いつの間にか、欲望が息吹《いぶ》いていた。

佳奈の目に一瞬、強い光が瞬《また》いた。欲情を催《もよお》したときの瞳だった。

「もう少し疲れれば、眠くなるかしら？」

「試《ため》してみる価値はありそうだな」

「いいわ、試してみて」

佳奈が刈谷の首に両腕を巻きつけ、ゆっくりと瞼を閉じた。

刈谷は唇を重ねた。佳奈の体が、わずかに反《そ》った。

二人は唇をついばみ合ってから、舌を深く絡めた。

刈谷は舌を閃《ひらめ》かせながら、ガウンのベルトをほどいた。佳奈が両手を使って、ガウンを刈谷の肩から滑らせる。もどかしそうな手つきだった。

ガウンを脱ぎ捨てると、刈谷は改めて佳奈の唇と舌を吸った。佳奈も情熱的に吸い返してきた。

刈谷は舌を舞わせながら、佳奈の乳房を揉《も》みはじめた。

砲弾型の隆起は、ラバーボールのように弾んだ。

痼《しこ》った乳首が指や掌《てのひら》を突いてくる。いい感触だった。

刈谷は頃合を計って、唇を佳奈の喉に移した。

佳奈が甘く呻き、形のいい顎をのけ反《ぞ》らせた。洩れた細い声は、男の官能を刺激した。

刈谷は首筋や鎖骨のくぼみに唇を這《は》わせ、舌の先で耳の縁をなぞった。耳朶も吸いつけた。

耳の奥に舌の先を伸ばすと、佳奈は体を小さく波立たせた。口からは、震えを帯びた呻《うめ》き声が零《こぼ》れた。

「今度は、わたしが眠れなくなりそう」

佳奈が上擦《うわず》った声で囁《ささや》き、刈谷の頭髪を両手でまさぐった。愛《いと》おしげな手つきだった。ひとしきり佳奈は、刈谷の髪を指で梳《す》きつづけた。

刈谷はいったん上体を起こし、トランクスを手早く脱いだ。

猛《たけ》り立ったペニスは、角笛《つのぶえ》のように天井を振り仰いでいた。体の底には、引き攣《つ》れるような感覚があった。

佳奈が刈谷の昂《たか》まりに手を伸ばしてきた。

すぐに彼女は、揉み込むような愛撫を加えてきた。

刈谷は一段と膨れ上がった。佳奈の乳首を交互に含んだ。

押し転がし、揺さぶり、啜《すす》った。甘咬《あまが》みもした。佳奈は切なげに呻きつづけた。

刈谷は佳奈の腋の下や脇腹にも唇を押し当てた。

舌を滑走させながら、繁みに手を進める。ほぼ逆三角形に繁った飾り毛は、絹糸のように柔らかかった。

何度も和毛《にこげ》を掻き起こしては撫でつけた。こんもりと盛り上がった部分は、マシュマロのような手触りだった。

刈谷は敏感な突起を抓《つま》んだ。

それは、ルビーのように硬かった。弾みも強い。

芯の部分の痼《しこ》りを揉みほぐすように愛撫すると、佳奈は短く高い声を放った。腰もくねらせた。

刈谷は、笑《え》み割れた部分を探った。

双葉に似た肉片は厚みを増し、熱い潤《うる》みに塗《まみ》れていた。刈谷はギタリストが絃《げん》を掻き上げるように、はざまの肉を長い指で優しく嬲《なぶ》った。

とたんに、佳奈が激しく喘《あえ》ぎはじめた。喘ぎは途中で、淫《みだ》らな呻きに変わった。

刈谷はそそられ、佳奈の股の間に身を入れた。

腹這《はらば》いに近い姿勢だった。佳奈の膝を立てさせ、大きく割った。

内腿の刺青がうっすらと影をつけていた。

刈谷は、ほどよく肉のついた内腿に舌をさまよわせた。牡丹の花が揺れた。

自分の目には美しい刺青と映るが、佳奈には消し去りようのない過去の傷痕にちがいない。どんな気持ちで、彼女は屈辱的な刻印を受けたのか。

その傷ましさを想像すると、刈谷は胸を締めつけられた。言葉では慰めようがない。

刈谷は労《いたわ》りを込めて、牡丹の花びらにくちづけした。葉の一枚一枚を舌でなぞり、淫蕩《いんとう》な気配を漂わせている蛇も舐《な》め尽くした。

「なぜ、そんなに刺青に拘《こだわ》るの？」

佳奈が哀《かな》しげに訊いた。声には、わずかに抗議の響きがあった。

「誰にだって、思い出したくない過去があるもんさ。しかし、いつまでもそれに拘泥《こうでい》してたら、動きがとれなくなっちまう」

「だから？」

「忌《い》まわしい過去を飼《か》い馴《な》らして、そいつを乗り越えるんだ」

「無理だわ、そんなこと」

「時間はかかるだろうが、おれと一緒にやってみようじゃないか」

刈谷は力づけ、刺青を唾液《だえき》でくまなく濡らした。

佳奈の体から、強張《こわば》りが少しずつ消えていった。刈谷はほっとして、佳奈のはざまに顔を埋めた。

柔らかな繁みに頬ずりし、綻《ほころ》んだ部分に舌を当てた。花弁を連想させる肉片を舌で大きく捌《さば》き、下から舐め上げはじめた。

佳奈が切れ切れに鋭い呻き声を轟かせた。

たわわに実った乳房が揺れ、下腹に漣《さざなみ》に似た震えが走った。刺激に満ちた眺めだった。

刈谷は息苦しくなるまで佳奈のクレバスを舌で掃《は》き、鋭敏な芽を弾《はじ》きつづけた。

やがて、佳奈は最初の極《きわ》みに駆け昇った。

愉悦《ゆえつ》の声を迸《ほとばし》らせ、啜《すす》り泣くような声をあげた。声はだんだん高くなり、間もなく太い唸《うな》りに変わった。

刈谷は、間歇的《かんけつてき》に震える佳奈を全身で包み込んだ。

体の震えが凪《な》ぐと、佳奈が刈谷の筋肉質の胸を両手で軽く押し上げてきた。その意味は、すぐにわかった。

刈谷は仰向けになった。

佳奈がむっくりと身を起こし、胸を重ねてきた。乳房が弾んで、平たく潰《つぶ》れた。

刈谷は、佳奈の乱れた髪を撫でつけた。

佳奈が刈谷の肩口や胸に熱い唇を押しつけてきた。舌の先で、小さな乳首も揺さぶった。

刈谷は、くすぐったさと快さがない交《ま》ぜになった奇妙な感覚に捕《とら》われた。

少し経つと、佳奈の湿った息が下腹に降りかかってきた。

刈谷は目をつぶった。数秒後、昂《たか》まりを呑まれた。

佳奈の唇と舌は忙《せわ》しなく動いた。下腹部や内腿を撫でる彼女の髪の毛は、まるで芒《すすき》だった。

刈谷は煽《あお》りに煽られた。

欲望が雄々《おお》しく膨れ上がった。跳《は》ね起き、佳奈を荒々しく組み敷いた。

佳奈が迎え入れる姿勢をとった。

刈谷は熱い塊《かたまり》を沈めた。すぐに温かい襞《ひだ》がまとわりついてきた。潤みは夥《おびただ》しかった。

それでいて、密着感は強かった。隙間は、どこにもない。

二人は動きはじめた。

佳奈の喘《あえ》ぎが高くなった。刈谷は、体温が急激に上昇するのを感じていた。

数分過ぎると、佳奈が二度目の高波にさらわれた。憚《はばか》りのない声を放ち、四肢を縮めた。

刈谷は律動を速めた。

じきに勢いよく爆《は》ぜた。射精感は鋭かった。ほんの一瞬だったが、脳天が痺《しび》れた。

二人は抱き合ったまま、しばらく動かなかった。

佳奈の目尻には、涙の雫《しずく》が溜まっていた。むろん、悲しみの涙ではない。

「これで眠れそうだよ」

刈谷はそう言い、佳奈の上瞼に軽くくちづけした。

「眠れると、いいわね」

「佳奈、起こして悪かったな」

「水臭いことを言わないで」

「そうだな」

「やっぱり、高杉さんのことが頭から離れないのね？　無理ないわ」

「きのうのショックが、まだな」

刈谷は佳奈から離れた。

二人は体を拭《ぬぐ》うと、並んで横たわった。

「何時に起こせばいい？」

佳奈が刈谷の肩口に頬を寄せてきた。

「きみは眠らないのか？」

「もう眠れないわ」

「なぜ？」

「だって、体がこんなに火照っちゃったもの。無理よ」

「悪いことをしちまったな」

「ううん、お礼を言いたいぐらいよ。それより、何時に？」

「八時に起こしてもらえると、ありがたいな」

「わかったわ。お寝《やす》みなさい」

佳奈がそう言い、刈谷の両目を柔らかな手で覆った。

刈谷は瞼を閉じた。

4

靴の音が熄《や》んだ。

ドアがノックされた。刈谷は、喫いかけの煙草の火を消した。高杉久美が居ずまいを正す。

二人は長椅子に並んで腰かけていた。日東物産本社ビルの応接室だ。

二十畳ほどのスペースで、壁には著名な洋画家の作品が飾られている。三十号大の油彩画だった。パリの下町の夕景が描かれていた。

ビルは、丸の内のオフィス街の一画にあった。帝劇にほど近い場所だった。

オーク材の重厚な扉が開き、五十二、三歳の中肉中背の男が入ってきた。

地味な色の背広姿だった。半白の髪を七三に分け、チタンフレームの眼鏡をかけている。

「きのうは浜松までおつき合いいただいて、ありがとうございました。それから昨夜も……」

久美が立ち上がって、型通りの挨拶をした。

刈谷も腰を上げ、男に会釈《えしやく》した。男が目礼し、応接セットに歩み寄ってきた。表情には、困惑の色が貼《は》りついている。

「こちらは、刈谷亮さんです。主人の親友ですの。わたしだけでは心細かったものですから、一緒に来ていただいたんです」

久美が執《と》り成《な》すように言った。

男は曖昧《あいまい》にうなずいて、ソファの横に立ち止まった。刈谷は名乗った。薄手のセーターにツイードジャケットを羽織っただけのくだけた身なりだった。

男が名刺を差し出した。室井良隆秘書室長だった。

刈谷も自分の名刺を室井に渡した。

肩書きのない名刺だった。氏名のほかには、自宅の住所と電話番号しか印刷されていない。

「失礼ですが、自由業か何かですか?」

「翻訳の仕事を細々とやってます」

「そうですか。高杉君とは西北大の法学部でご一緒だったのかな?」

「ええ、そうです」

「まあ、おかけください」

室井に勧《すす》められ、ふたたび刈谷たちは長椅子に腰かけた。室井が久美の前のソファに坐った。

「大阪支社の伴部長は、まだ東京に着いてらっしゃらないんですか?」

久美が室井に話しかけた。

「いいえ、予定通りに九時半ごろ、こっちに到着しました。もう社内にいるんですが、先に仕事の報告をしてから、ここに顔を出すことになってるんですよ。もう少しお待ちいただけませんか」

「はい」

「奥さん、昨夜は失礼しました。さぞ不愉快だったでしょうね」

「不愉快というよりも、びっくりしてしまって」

「そうでしょうなあ。実はわたしも伴君から電話をもらって、とても驚きました。高杉君が大阪支社時代に神戸の違法カジノに出入りしてたなんて話は、どう考えてもねえ」

「室井さんもよくご存じだと思いますけど、主人は賭けごとが嫌いでした。競馬や競輪はもちろん、パチンコにも興味を示さなかったんです」

「ええ、よく知ってますよ。去年のダービーのときだったかな、同僚が遊びで馬券を買わないかって誘ったときも高杉君は断ってましたからね」

「そんな主人が暴力団の絡《から》んでる秘密カジノに出入りしてたなんて、わたしにはどうしても信じられません」

「ええ、ええ」

室井が、久美をあやすように相槌《あいづち》を打った。

「ですから、主人が大阪にいたころに密かにつき合っていた女性がいたらしいという話も……」

「高杉君には、うわついたところはありませんでしたからね。彼のような誠実な男は、浮気なんかできないですよ」

「わたしも、そう思います。それに、仮に浮気をしてたんだとしたら、わたしが気づいたはずです。高杉は、嘘のつけない人でしたから」

「その通りですよね。伴君は何か勘違いしてるんじゃないのかな」

「相手の女性については、伴部長はどんなふうにおっしゃってたんです？」

久美が切り口上に言った。切れ長の涼やかな目には、怒りの色が溜《た》まっていた。

――伴って奴があんまりいい加減なことを言うようだったら、怒鳴りつけてやろう。

刈谷は密かに意を固めた。

「それがですね、伴君は具体的な話はしなかったんですよ。奥さんに直接、話すからと言ってね」

「そうですか」

「伴君が来たら、いろいろ訊いてみましょう」

「はい、そうします」

「ところで、奥さん……」

「なんでしょう?」

久美は、いくらか緊張した面持ちになった。

「いま、うちの森村に高杉君の私物を整理させていますから、後で確認してもらえますか?」

「わかりました」

「すぐに必要な物がなければ、後でご自宅のほうにお届けしますよ」

「ご面倒でしょうが、よろしくお願いします」

「はい、はい」

室井が如才なく答えた。

二人の話が中断した。刈谷は、すかさず室井に問いかけた。

「高杉は仕事のことで誰かに恨まれたり、誤解されたりしてませんでした?」

「そういうことはなかったですね。高杉君は裏表のない人間でしたから、秘書室の社員たちばかりでなく、ほかのセクションの連中にも好かれてたんですよ」

「それは想像がつきますが、彼は一本気な面がありましたでしょ?　そんなことで、逆恨《さかうら》みされるようなこともあったんじゃないかと思うんですが」

「確かに高杉君には直情的なところがありました。時には、重役に直談判《じかだんぱん》するなんてこともありましたからね。しかし、彼はさっぱりした性格でしたから、後々《のちのち》まで恨まれるようなことは……」

「そうですか。それじゃ、外部の人間に恨まれるようなことは?」

「それもなかったでしょう。秘書室のスタッフは営業活動をしているわけじゃありませんから、取引先やライバル商社に恨まれるということは考えられませんね」

「となると、犯人の目的は高価な宝飾品を強奪することだったんだな」

「か、刈谷さん、あなたがなぜ、そんなことまでご存じなんです⁉」

室井が素《す》っ頓狂《とんきょう》な声を放ち、上体をのけ反らせた。

うっかり口を滑らせたことを、刈谷はすぐに後悔した。しかし、もはや手遅れだった。言い繕《つくろ》いようがなかった。

「申し訳ありません。宝冠のことは、わたしが刈谷さんに話してしまったんです」

久美が丁寧に謝罪した。

「困りますよ、奥さん。そのことはオフレコにしてほしいとお願いしたじゃありませんか」

「つい口を滑らせてしまって。でも、刈谷さんは口の堅い方ですから、会社の機密が外部に漏れることはないはずです」

「しかし……」

　室井は、まだ安心できないようだった。刈谷は見かねて、口を挟んだ。

「誰にも喋りませんよ。ぼくは検事でも刑事でもありません。ビジネスの裏側にある慣習や裏約束をほじくる気なんかないんです」

「うむ」

「ですから、特別註文の宝冠をどなたに贈ることになっていたのか、こっそり教えていただけませんかね？　もちろん、マスコミや捜査当局にリークするような真似《まね》はしません」

「あなた、事件のことを調べる気なんですね？」

「消えた宝冠のことを日東物産さんが警察に伏せている限り、捜査は難航するでしょう。殺された高杉のために、ビジネスの裏事情のことを警察に話してもらえます？」

「個人的には、そうしてやりたいですよ。しかし、会社にとって不都合になるようなことは言えません。これだけ組織が大きくなると、屋台骨を支えるのも大変なんです。そのためには、少々、逸脱《いつだつ》した行為に走ることもあるんですよ。お二人とも、どうかそのへんのところをご理解ください」

　室井は刈谷と久美を交互に見て、卓上に両手をついた。

「ヒントだけでも与えてくれませんか。相手は事件の始末屋《フィクサー》か、政治家か何かでしょ？」

「お答えするわけにはいかないな」

「それじゃ、芦屋の豪邸を一軒一軒訪ねて、日東物産さんと関わりの深い有力者を見つけ出すほかないですね」

「そ、そんなことまで知っているのか⁉　奥さん、高杉君から、どの程度まで教えてもらったんです？　もしかしたら、相手の方のお名前まで彼は喋ったんじゃないんですか？」

「主人は、室井さんや伴部長と芦屋に行くと申しただけです。彼は、公私のけじめは弁《わきま》えていました」

久美が硬い表情で言い返した。

すると、室井が言い過ぎたことを詫びた。疑心暗鬼《ぎしんあんき》を深めたことを胸の裡《うち》で恥じているような顔つきだった。

――この室井って奴は、気が小さそうだな。

刈谷は独りごちた。

そのとき、ドアにノックがあった。

伴かもしれない。刈谷はそう思った。だが、そうではなかった。昨晩、高杉宅で見かけた女子社員が茶を運んできたのである。

彼女が部屋を出て間もなく、室井と同年配の固太《かたぶと》りの男がやってきた。

伴繁樹だった。色が浅黒く、角張った顔をしていた。どことなく精力的な印象を与える。ぎょろ目で、獅子鼻《ししばな》だった。唇は大きくて厚い。

「このたびは、主人がいろいろご迷惑をおかけしまして」

久美が立ち上がって、伴に言った。刈谷も腰を上げ、すぐに目礼した。

だが、伴は刈谷を無視するように室井に声をかけた。

「本社の営業は、おっとりしすぎてるね。あんな調子じゃ、いまに丸菱商事に喰《く》われるな」

「伴君、そんな話は後でいいじゃないか。高杉夫人のお連れの方は、刈谷亮さん、高杉君とは西北大でご一緒だったそうだ」

室井が刈谷を見ながら、小声で言った。

伴は軽く頭を下げ、上着の内ポケットから黒革の名刺入れを取り出した。名刺交換が済むと、彼は室井の横のソファにどっかりと腰かけた。

刈谷の真ん前だった。

「夫の大阪支社時代の話、本当なんでしょうか？」

久美が椅子に坐り直し、すぐに伴に訊いた。

「もちろん、いい加減な話じゃありません」

「主人が神戸の河口組のカジノに出入りしてたという話は、どこでお聞きになったんでしょう?」

「本人がそう言ってましたし、河口組の若い者《もん》が二、三度、会社に負けた金の取り立てにやってきましたよ」

「伴さんのほかに、そのことを知ってる方はいらっしゃるんですか?」

「奥さん、けったいな言い方されますなあ。このわたしが、なんだか嘘をついてるような口ぶりに聞こえますで」

伴が関西弁で言って、顔をしかめた。

「別に伴部長のお話を疑っているわけじゃないんです。ただ、高杉はギャンブルには興味がなかったはずなんですよ。だから、なんだか信じられなくて」

「賭けごとは嫌いでも、愛人がいれば、何かと金がかかるんじゃないのかな? まさか奥さんに浮気の軍資金を出してくれとは言えんでしょ?」

「その女性の話も、わたしはどうしてもすんなり信じる気持ちになれないんです」

「高杉君が女とつき合ってたことも確かですよ。二、三度、わたし自身が高杉君に電話を取り次いでるんです」

「その方のお名前は?」

「名前までは憶えてないが、まだ若い声でしたよ。その当時で、二十四、五ってとこかな」

「わたしには……」

久美が何か言いかけて、口を噤《つぐ》んだ。

「そういえば、会社の若い奴が決定的な瞬間を見たって言ってたな」

「決定的な瞬間？」

「ええ。高杉君が若い女とラブホテルから出てくるとこを見た男がいるんですよ。会社に時々、電話をしてきたのは、多分、その女性でしょう」

「それは、いつ、どこで」

「高杉君が大阪支社勤務になって、二年目に入ったころですよ。場所は道頓堀《どうとんぼり》近くの『パトス』とかいうラブホテルです。そういうホテルだから、行っても確かめようがないと思いますがね」

「主人たち二人を見たっていう方のお名前を教えてください」

「その人物に会って、確かめる気なんですか？」

伴が目をしばたたいた。

「場合によっては、そうするつもりです」

「うちの営業三課にいた明石悟《あかしさとる》ですよ。奥さんは、ご存じないかもしれんな」

「ええ、その方は存じあげません。若い方なんですか？」

「彼は、いくつになったんだろう？　まだ三十にはなってないですよ」

「その方は、いまも大阪支社にいるんですね？」

久美が必死な様子で確かめた。

「いや、明石君は一年ぐらい前に退社してます。サラリーマン生活に厭気《いやけ》がさしたとか言って、急に会社を辞めたんですわ。いまの若い奴は、いったい何を考えてるんだか」

「その明石って方は、いまは何をされてるんでしょう？」

刈谷は、二人の会話に割り込んだ。

「会社を辞めたあと、アメリカやヨーロッパ各地を放浪してたようですが、いまはタイにいるって話だったな」

「タイのどこにいるんです？」

「バンコクの安ホテルに長期滞在中に麻薬に溺《おぼ》れたようで、いまじゃ廃人同様だって噂ですよ。バンコクの駐在員たちから聞いた話ですがね」

「そのホテルの名は？」

「そこまでは知りません。わたしはドロップアウトした人間には関心がないんでね」

「あなたは、高杉が特別註文の宝冠を持ち逃げしたと疑っているとか……」

「あんたが、なんで宝冠のことを⁉」

伴が目を丸くして、かたわらの室井に脂《あぶら》ぎった四角い顔を向けた。

室井が手短に経緯《いきさつ》を話した。伴は無言で久美を睨《ね》めつけた。久美が細い声で詫び、うなだれた。

「質問に答えてもらえませんか」

刈谷は、伴を見据えた。

「はっきり言って、わたしは高杉君を疑ってます。おそらく彼は誰かと共謀して、宝冠を持ち逃げしたんだろう。ひょっとしたら、共謀者は愛人だったのかもしれんな。あるいは、愛人のために別の人間と組んだのか。そのどちらかだと思うね」

「伴君、軽はずみなことを言うもんじゃない！」

室井がうろたえ、大阪支社の営業部長を詰《なじ》った。

「きみは高杉君の直属の上司だったから、心情的に彼をかばいたいんだろうがね。しかし、状況証拠から考えて、やっぱり高杉君は怪しいよ」

「おい、よさないか。確かな裏付けがあるわけじゃないんだ。下手をしたら、人権問題で告訴されるぞ」

「怪しいものを怪しいと言って、何が悪いんだね。きみだって、内心、高杉君のことを疑ってるんだろう？　えっ、どうなんだっ」

「なんてことを言い出すんだ。きみが同期入社の仲間だと思うと、情けなくなってくるよ。同じ会社に仕《つか》えてる人間は、いわば家族みたいなもんじゃないか。なのに、後輩社員を証拠もないのに疑ったりして」

　室井は興奮し、いまにも伴の胸倉を摑みそうだった。

「疑える材料は、いくらでもある。きみは昨夜《ゆうべ》、言ってたよな。高杉君のコートのポケットに宝石商や質屋の電話簿が入ってたって」

「それは言ったが……」

「なんで、高杉君はそんな物を持ってたんだね？　それから、バンコク行きの航空券を二枚持ってたことだって、疑惑の種だ。それ以前に、なぜ彼は名古屋で無断下車したんだい？　怪しいことだらけじゃないか」

「おおかた何か予期しないことが重なったんだろう」

「寝ぼけたことを言うなよ。きみ、なんか変だぞ。まさか高杉君と組んで、例の品物をくすねる気だったんじゃないだろうね」

「言うに事欠いて、無礼なことを言うなっ。いくら同期だからって、言っていいことと悪いことがあるだろうが！」

「二人とも、もう止めて！　止めてくださいっ」

　久美が突然、大声を張り上げた。

　伴と室井が気圧《けお》され、口を結んだ。

　二人はばつ悪げに顔を見合わせ、同時にそっぽを向いた。重苦しい空気が部屋を支配した。

——大の男たちがなんてざまなんだ。

刈谷は精悍な顔を歪《ゆが》めた。嘲笑だった。

口を引き結んだとき、ドアに控え目なノックがあった。

室井が返答すると、段ボール箱を抱えた若い男が入ってきた。森村だった。

「高杉君の私物だね?」

「そうです」

森村は段ボール箱をコーヒーテーブルの端に置くと、すぐに部屋から消えた。

室井が段ボール箱を久美の前に移し、私物に目を通してもらいたいと言った。久美が小さくうなずき、箱の蓋《ふた》を押し開いた。

刈谷は箱の中を覗き込んだ。

バインダー、スクラップブック、ノート、手帳、事務用箋などが入っていた。久美が、ざっと目を通した。入念に調べてみるほどには気持ちに余裕がないようだ。

「ちょっと見せてもらうよ」

刈谷は久美に断って、黒いバインダーを摑み上げた。

ホテルの宴会の見積書、重役たちの出張予定表、記念行事の計画書などが日付順にまとめられている。『銀宝堂』とのデザインの打ち合わせ日も克明に記《しる》されていた。

宝冠の発注日は、およそ四カ月前だった。

デザインのラフスケッチの写しも綴《と》じ込んであった。

宝冠の中央に二百四十カラットのスターサファイヤが埋め込まれ、それを縁取《ふちど》るようにピンクダイヤモンドが配されていた。純金のベルトにはルビー、エメラルド、ホワイトダイヤモンドがちりばめられている。

スターサファイヤは、スリランカの宝石業者から手に入れたことも書かれていた。

刈谷は、二番目にスクラップブックを手に取った。自社に関する経済記事ばかりだった。

ノートには、会長以下十数人の役員のデータがまとめられている。なぜか、常務の荻野《おぎの》昇《のぼる》の記述が多かった。

茶色い手帳のページを繰《く》りはじめたとき、折り畳まれた紙片が膝の上に落ちた。

刈谷はそれを抓《つま》み上げ、押し開いた。調査会社の領収証だった。調査会社の所在地は、大阪市内になっている。

日付は二年近く前のもので、料金は十五万円を超えていた。ネーム欄には、高杉の個人名が書かれている。

――高杉は自費で、何か調査してもらったんだな。調査対象は何だったんだろう？　久美の素行調査とは思えない。だとしたら、いったい何を探《さぐ》ってたのか。

刈谷は領収証を小さく折り畳み、そっと上着のポケットに滑らせた。誰にも気づかれなかったようだ。そのまま刈谷は、手帳を捲《めく》りつづけた。仕事関係のメモで埋まっていた。

その日に会った人物の会社名と個人名が必ず書かれていたが、ひとりだけOというイニシャルになっていた。しかも、会った目的や場所などはまったく書かれていない。このOというのは、荻野昇のことなのか。それとも、別人なのだろうか。

刈谷は日付を見た。

先月の五日だった。Oに関するメモは、一カ所しか見当たらなかった。

刈谷は手帳を段ボール箱に戻し、目で調査会社の調査報告書を探した。だが、それは見つからなかった。

念のために、箱の底を覗《のぞ》いてみる。

すると、事務用箋の間からビジネス電子手帳が少しだけ食《は》み出していた。電卓ほどの大きさだった。

刈谷は電子手帳を取り出し、人名録の検索をした。

すぐに登録してある氏名と連絡先が、液晶ディスプレイに浮かび上がった。登録者は圧倒的に男が多かった。

仕事の関係者ばかりでなく、個人的な友人や知己も登録されている。刈谷の名もあった。

いちばん最後に、馴染《なじ》みのない女性名が登録されていた。

磯貝千鶴《いそがいちづる》という名だった。住所は大阪の守口《もりぐち》市になっている。マンション住まいだった。『守口コーポラス』というマンション名と部屋番号が明記されていた。

「この女、知ってるかい？」

刈谷はビジネス電子手帳を傾け、久美に小声で訊いた。

久美が即座に首を振った。刈谷は、ディスプレイを室井と伴に向けた。

「この方に、お心当たりはありませんか？」

「いいえ、わたしは知りませんが」

室井が先に答えた。

伴が一拍置いてから、同じ返事をした。視線が交わったとき、なぜだか大阪支社の営業部長は急に落ち着きを失った。

しかし、そう見えたのは気のせいだったようだ。その後、伴の表情にはなんの変化も生まれなかった。

刈谷は、どちらにともなく言った。

「電子手帳にわざわざ登録しておくぐらいだから、親しい方なんだと思うんですがね」

「女性の場合は、そうとも限らんでしょう。むしろ、逆なんじゃないですか？」

室井が口を開いた。

「逆?」

「言葉が足りませんでした。少なくとも、その女性は高杉君とは疚《やま》しい間柄じゃないと思いますよ」

「なぜ、そう思われるんです?」

「所帯持ちの男が愛人のアドレスを電子手帳なんかには登録しないでしょ? うっかり細君に見られたら、騒動になりかねませんからね」

「それもそうだな。それに、浮気相手の連絡先ぐらいは暗記できるでしょうしね」

「ええ」

「となると、この磯貝千鶴という女性は何者なんだろう?」

刈谷は、室井と伴を等分に見た。

室井が首を捻《ひね》ってから、伴に硬い声で話しかけた。

「高杉君が大阪支社にいるころによく電話をしてきたっていう女の名は、なんていうんだね?」

「よく憶えてないな。しかし、磯貝なんて名じゃなかった気がするよ」

「そうか」

「電子手帳に登録されてる女は高杉君の愛人じゃないと思うが、彼は本当に奥さん以外の女性とつき合ってたはずなんだ」

「きみ、無神経過ぎるぞ」

「しかし、事実は事実として認識しておかんとな」

伴が声高《こわだか》に言った。室井は呆《あき》れ顔になった。

刈谷は二人に頭を下げ、電子手帳を段ボール箱に戻した。そのとき、伴が自分の顔を軽く叩いた。

「おっと、いけない！　十一時に他人《ひと》と会う約束があったんだ」

「そんなこと、言ってなかったじゃないか」

「けさ、相手と約束したんだよ。室井君、後はよろしく頼むわ」

伴は立ち上がり、せかせかとした足取りで出入口に向かった。久美には目礼しただけだった。

――なんだか失礼な奴だな。

刈谷は胸底で呟いた。

「どうも彼は、がさつなもんだから。奥さん、気分を害されたでしょ？」

室井が久美に言った。

「ええ、少し。高杉を泥棒扱いするなんて、ひどすぎます。わたし、伴部長を見損ないました」

「きょうの伴君、ちょっと変ですよ。いつもは、もう少し冷静な奴なんだがな」

「高杉が伴部長の立場を悪くするようなことをしたんでしょうか？」

「そういうことはないと思いますよ。それはそうと、これから浜松に向かわれるんでしょ？」

「ええ」

「あいにくわたしは時間の都合がつきませんが、なんでしたら、森村あたりをお供させましょう」

「せっかくですが、刈谷さんが付き添ってくださることになってますので」

「そうですか。それじゃ、うちのスタッフには通夜のお手伝いをさせましょう。この私物は、そのときにでもご自宅のほうに運んでおきますよ」

「よろしくお願いします。それでは、きょうはこれで失礼します」

久美が立ち上がった。刈谷も、すぐに腰を浮かせた。

室井は本社ビルの受付の前まで見送ってくれた。気のいい人物らしい。

刈谷と久美は表に出ると、東京駅に向かった。歩いても、たいした距離ではない。

少し行ってから、刈谷は訊いた。

「高杉は、常務の荻野昇と何か個人的に繋がりでもあるのか？」

「ううん、何もないと思うわ。どうして？」

「高杉は、荻野に関する資料をほかの重役よりも多く集めてたんだ。それから、手帳にOという人物と会ったことがメモされてたんだよ」

「そうなの、でも、荻野常務と二人きりで会社の外で会うなんて、ちょっと考えられないわ」

「ほかにOというイニシャルの人物に心当たりは?」

「会社の同期入社の方に、大川さん、小田島さん、小倉さんなんて姓の人がいたと思うけど、特に親しくしてたわけでもないわ」

「それじゃ、二人だけで会うということは考えられないな」

「ええ、まずね」

「その人物だけ、イニシャルになってたんだ。高杉は何か調べてたようなんだよ」

「調べてた!?」

久美が驚きの声を洩らした。

刈谷は、調査会社の領収証のことも話した。久美が何か知っているかもしれないとかすかな期待を抱いたが、それは虚《むな》しかった。

ほどなく二人は、東京駅に着いた。

東京発十一時十四分の『こだま425号』に飛び乗る。まさに発車寸前だった。

新幹線は定刻にホームを離れた。

　列車が新横浜を過ぎたころ、刈谷は窓側の久美に話しかけた。

「日東物産が例の宝冠のことを警察に話す気はなさそうだな」

「ええ、多分ね」

「捜査は捗《はかど》らないだろうから、おれなりに事件のことを調べてみたいんだ。もちろん素人のおれにできることなんか、所詮《しょせん》、知れてるがね」

「刈谷さんのお気持ちは嬉しいけど、ちょっと危険だわ」

「ある程度の危険は覚悟してるさ。とにかく、じっとしてられない気分なんだ」

「主人のために、なぜ、そうまで……」

「あいつに、ちょっとした借りがあるからさ」

「借りって？」

　久美が問い返した。

「高杉の機転で、おれは命拾いしたことがあるんだよ。学生のころ、高杉と二人で信州の春山にアタックしたんだが、そのときにな」

「遭難しかけたの？」

「ああ。ちょうど雪融けのころで、おれは危うく雪崩《なだれ》に呑み込まれるところを高杉に救《と》ってもらったんだよ。あいつはとっさにおれに体当たりして、安全な場所まで撥《は》ね飛ばしてくれたんだ。そのために、高杉自身は岩に激突して、腰を痛《いた》めちまった」

「そんなことがあったの。わたし、その話は初めて聞いたわ」

「高杉って奴は、そういう男だよ。自分の手柄話や自慢は一切しない奴だったからな」

「ええ、確かに」

「そんな借りがあるし、きみは昔の教え子だしな。ほっとくわけにはいかないじゃないか」

「刈谷さん……」

「めそついてるときじゃない」

刈谷はわざと冷たく言い放って、キャビンに火を点けた。

久美は車窓の外に視線を放ち、ぐっと涙を堪《こら》えていた。刈谷は力強く抱きしめてやりたい衝動を抑え、紫煙をくゆらせつづけた。

浜松駅に着いたのは、午後一時十八分だった。

その間、刈谷たちは車中で軽い昼食を摂《と》った。

浜松駅を出ると、浜松中央署に直行した。駅から、さほど遠くなかった。浜松市の目抜き通りに面していた。割に大きな建物だった。

「きのうのことを思い出すと、わたし……」

久美が全身を強張らせた。

刈谷は久美の肩を抱いて、署の玄関を潜《くぐ》った。

受付カウンターの前にいる男が、久美に会釈した。久美も頭を下げた。

待ち受けていた男は、刑事課の宍戸《ししど》という主任だった。
四十一、二歳に見えた。上背はないが、肩と胸が厚かった。
眉間《みけん》に大豆《だいず》ほどの大きさの疣《いぼ》があるだけで、とりたてて特徴のある顔ではなかった。

ただ、目つきは鋭かった。

「お連れの方は？」

向き合うと、宍戸が久美に小声で訊いた。

刈谷は自己紹介した。宍戸も名乗った。

「主人の遺体は？」

「戻られてますよ。こちらです」

宍戸が蟹股《がにまた》で歩き出した。刈谷と久美は、そのあとに従った。

案内されたのは、一階の奥にある薄暗い小部屋だった。

採光窓のある側に、キャスター付きの寝台が置いてあった。遺体は白い布で、すっぽりとくるまれていた。顔面には、正方形の白布が被《かぶ》せられている。死臭が強い。

宍戸が寝台に近寄った。馴《な》れた歩き方だった。

「わたし、わたし……」

久美が立ち竦んで、全身を戦《おのの》かせはじめた。きのうの午後の情景が脳裏に蘇《よみがえ》ったのだろう。

「しっかりするんだ」

刈谷は久美の腕を支えた。すると、久美が身を捩《よじ》って暴《あば》れた。

「きのう、対面してるじゃないか。いまさら、死体を怖がるなんて、おかしいぞ」

「怖いんじゃないの。高杉が死んだことを認めたくないから、もう彼を見たくないんです」

「それじゃ、きみは廊下にいたほうがいいな」

「そんなの、いや！　やっぱり、夫の顔を見たいわ」

久美の取り乱しようは、ふつうではなかった。

時々、彼女は何か訴えるような目で刈谷を見た。

「何か言いたいことでもあるんじゃないのか？」

刈谷は訊いた。久美は黙って首を振った。

宍戸が短く振り返ってから、死者の顔を覆った白布を取り除いた。

一瞬、久美が顔を背《そむ》けた。とたんに、体の震えが大きくなった。

刈谷は視線を延ばした。

高杉の頬は、げっそりと肉が落ちていた。肌は土気色だ。両眼の周囲は隈取《くまど》ったように黒ずんでいる。紛《まぎ》れもなく、死人の顔だった。

刈谷は胸を衝《つ》かれた。

次の瞬間、視界が翳《かげ》った。目に映るものが色彩を失い、あたかも陰画を眺めているようだった。

「慎也さん！」

久美は悲痛な声を放ち、刈谷の手を振りほどいた。彼女は寝台に駆け寄り、変わり果てた夫に取り縋《すが》った。

宍戸刑事が無言で、寝台から数メートル離れた。

刈谷は寝台の際《きわ》まで進んだ。合掌してから、久美の腋の下に片腕を差し入れた。

そのとき、久美が激しく泣きはじめた。いまにも彼女は、膝から崩れそうだった。

刈谷の胸も悲しみに領《りよう》されていた。

しかし、不思議に涙は込み上げてこなかった。衝撃が強すぎるせいなのか。

十数年前に湯河原《ゆがわら》の実家で父が急死したときも、刈谷はすぐには泣けなかった。

久美が伸び上がって、全身で亡骸《なきがら》を掻《か》き抱《いだ》いた。泣き声が一段と高くなった。

「しばらく独《ひと》りだけにしてあげませんか」

宍戸が歩み寄ってきて、小声で言った。

刈谷は大きくうなずいた。二人はすぐに小部屋を出て、廊下で向かい合った。

「高杉の死因は何だったんです？」

刈谷は先に口を切った。

「青酸カリによる中毒死です。殺されたのは、二十三日の午後四時から六時の間と推定されました」

「胃から、青酸カリが検出されたのですか？　それとも……」

「それが胃だけじゃなく、腸にもシェーンバイン反応があったんですよ。珍しいケースですがね」

「何なんです、なんとか反応って？」

「あっ、失礼！　青酸反応のことです。門外漢ですから、専門的なことはよくわかりませんけど、青酸カリを含んだ検査臓器にグヤックチンキとか硫酸銅液を数滴加えると、フラスコの蒸溜液が青色になるらしいんですよ。それをシェーンバイン反応と呼ぶんだそうです」

宍戸が長々と説明した。

「それで、高杉の臓器から検出された青酸カリの量は？」

「胃から○・一五グラム、腸から○・三グラムです。大人の場合は、青酸カリの致死量は○・一五グラムから○・三グラムなんですよ。解剖医からの受け売りですがね」

「高杉は○・四五グラムも服《の》まされてたのか」

刈谷は呻いた。

「そういうことになりますね」

「犯人の目星はついたんですか？」

「いいえ、まだ初動捜査の段階ですから、ただ、犯人が女であることも考えられます」

「遺留品があったんですね？」

「ええ。死体のそばに、長い髪の毛と口紅の付着した外国煙草の吸殻が三本ばかり落ちてました。銘柄はバージニア・スリムライトでした」

「髪の毛と吸殻は、同一人物のものなんですか？」

「そう思われます。血液型がA型と一致してますんでね。それから、死体発見現場にはハイヒールの跡があったんですよ」

「しかし、高杉は鈍器で後頭部をかなり撲《なぐ》られてたって話ですよね。女が、そこまでやるかな？」

「犯人は複数とも考えられます。頭の陥没傷は相当、深いんですよ。それで、女の力では無理だろうって説が出てきたわけです」

「なるほどね。青酸カリは、現場で服まされたんですか？」

「それは、まだわかりません。解剖所見では、カプセル入りの青酸カリを服まされたと……」

　宍戸がそう言い、上着の内ポケットから手帳を摑み出した。

「カプセルですか」

「ええ。殺し方が残忍なんで、怨恨《えんこん》の線が濃いと思われるんですけど、いまのところ、被害者が恨まれていたという証拠はまったく得られないんですよ。あなた、何か思い当たりませんか？」

「いいえ、全然。高杉は他人の恨みを買うような奴じゃなかったですよ」

「そうですか。なんだか妙な事件でしてね。どういうわけか、高杉さんはコートの中に電話帳を引き千切ったものを入れてたんですよ。都内の職業別の電話帳から破り取ったもので、宝石商と質屋のだけを五ページほどね」

「そのことは、きのうの夜、高杉の奥さんから聞きました」

「そうですか。それについて、何か思い当たることがありませんかね。名古屋駅で高杉さんを見かけた複数の人間が、彼が帽子箱のような物を抱えていたと証言してるんですよ。しかし、現場にはそんな物はありませんでした」

「それは何だったんだろう？」

刈谷は首を捻ってみせた。

「日東物産の室井氏にも訊いてみたんですが、まるっきり見当もつかないと言ってました。しかし、なんとなく様子がおかしかったな。日東物産は会社ぐるみで何か隠したがってるような感じがうかがえたんですよ」

「会社側が秘密にしておきたいようなことって、何だろう？」

刈谷は鎌をかけてみた。宍戸が短く迷ってから、急に声を潜めた。

「考えられるのは、社員による現金拐帯《かいたい》なんかですね。商社に限らず、どの民間会社もそういう事件が案外、多いんですよ。しかし、自社の恥を晒《さら》すことになるから、多くの場合、被害届は出しませんけどね」

「高杉は、会社の金を持ち逃げするような男じゃないっ」

われ知らずに、刈谷は声を張っていた。

「一見、誠実そうな奴が危ないんですよ。先月、都内で建設会社の課長が政治家に届けることになってた闇献金の一億円を持ち逃げした事件があったんです。その課長も、それこそ典型的な真面目人間だったんですよ」

「高杉は、そんな男じゃありません」

「まあ、まあ。気を鎮《しず》めてくれませんか。なんでも一応疑ってみるのが、われわれ刑事の仕事なもんですからね」

「それは、そうだろうが……」

「怨恨の線だけじゃなく、消えた箱のほうも洗ってみるつもりです」

「そうですか」

「ご遺体を運び出す前に、死体発見現場に案内しましょう。きのう、奥さんが現場に花を供えたいと言ってましたんでね。あなたもご一緒にどうぞ」

「それじゃ、同行させてもらいます。話が前後しますが、現場付近で高杉を見かけた人はいないんですか?」

「残念ながら、現在のところ、目撃者はひとりもいません」

宍戸がそう言い、疣《いぼ》を撫でた。別に意味はないらしい。一種の癖なのだろう。

会話が途絶えて間もなく、小部屋から久美の号泣が響いてきた。

刈谷は、久美の悲しみが痛いほどわかった。自分も新妻を失ったとき、悲嘆にくれたことを憶《おぼ》えている。

久美が泣き叫びながら、何か短い言葉を口走った。

刈谷は耳をそばだてた。

久美は、〝ごめんなさい〟と言っているように聞こえた。なぜ、彼女が死んだ夫に詫びなければならないのか。

刈谷は、さらに耳に神経を集めた。

しかし、もう言葉は聞こえなかった。嗚咽だけが洩れてきた。

——きっと聞き間違えたんだろう。彼女が謝る理由なんかないからな。

刈谷は自分に言った。

久美は、しばらく泣き熄《や》みそうもなかった。

宍戸が左手首の時計に目をやった。刈谷はポケットを探って、煙草とライターを掴み出した。

第二章　謎の女の行方

1

遺影がぼやけた。

急に涙が込み上げてきたせいだ。

刈谷は目をしばたたいて、線香を手向《たむ》けた。高杉の自宅の一室だ。八畳の和室だった。

急ごしらえの小さな祭壇の上には、白布に包まれた骨箱が置かれている。花の匂いがきつい。

刈谷は黒の礼服を着ていた。

告別式のあった日の午後だ。高杉が骨になったのは、数時間前である。

線香の煙が、ほぼ垂直に立ち昇りはじめた。

刈谷は静かに骨箱を撫でた。

故人は、刈谷よりも三センチほど背が高かった。体重も数キロ、上回っていた。

刈谷は合掌した。

胸の奥に疼《うず》きが走った。若すぎる。あまりにも若い死ではないか。友人の不幸な最《さい》期《ご》が哀れに思えてならなかった。

刈谷はきのうの午後三時ごろ、宍戸刑事に案内されて、死体発見現場に出かけてみた。

殺人事件がニュースになったからか、松林の中には人っ子ひとりいなかった。刈谷は死体のあった場所をくまなく観察してみた。だが、何も手がかりは得られなかった。

遺体とともに帰京すると、刈谷は大阪の調査会社に電話をかけた。

殺された高杉が何を探っていたのか、知りたかったからだ。しかし、かけた電話番号はすでに使われていなかった。

調査会社名を頼りにＮＴＴの番号案内係に問い合わせてみたが、新しい電話番号はわからなかった。

どうやら廃業したか、社名を変更したらしい。刈谷は歯嚙《はが》みした。

Ｏという頭文字のつく高杉の同期の社員にも日東物産の名簿を見ながら、全員に連絡をしてみた。だが、先月の十月五日に高杉と会った者はいなかった。

刈谷は経済ジャーナリストを装って、荻野常務に電話をしてみた。

しかし、あいにく荻野はアメリカに出張中だった。帰国予定は三日後らしい。

また刈谷は、できるだけテレビニュースや新聞報道に注意を払った。だが、捜査は難航しているらしかった。事件の続報はまったく取り上げられなかった。

刈谷は、高杉が妙に手の込んだ殺され方をしたことに拘《こだわ》りを持ちつづけていた。

犯人が高杉の頭を鈍器で強打したのは、宝冠を奪うためだったのだろう。そのことは合点がいく。

しかし、なぜ胃と腸の両方から青酸カリが検出されたのか。

しかも、腸の方が〇・三グラムと多い。上部にある胃からは、半分の〇・一五グラムの青酸カリしか検出されなかった。

いったい、どういうことなのか。そのことが謎だった。

犯人は致死量ぎりぎりの〇・一五グラムでは不安になって、後から高杉に〇・三グラム入りのカプセルを強引に服《の》ませたのか。

現実には、そのようなことはできないだろう。青酸カリによる中毒症状は通常、数分から数十分の間に顕《あら》われると言われている。

瞳孔が拡大し、ただちに人事不省に陥るはずだ。激しい痙攣《けいれん》も伴うと聞いている。

そんな相手に、二つ目のカプセルを服用させることはできないだろう。

たとえ口の中にカプセルを押し込んでも、嚥下《えんか》させることは困難と思える。

カプセルが胃で溶けきらないうちに、腸に回ってしまったのか。それとも犯人には何か意図《いと》があって、トリックを使ったのだろうか。

それが、どうもわからない。

刈谷は口の中で低く唸《うな》って、合掌を解《と》いた。

そのとき、背後で畳を踏む足音がした。

振り向くと、志郎が立っていた。高杉の弟だ。きのう、彼は撮影先から自分だけ東京に戻ってきたのである。黒の礼服姿だった。

「刈谷さん、少しだけでも料理に箸《はし》をつけてくださいよ。兄の供養になると思って……」

「ああ、いただくよ」

刈谷は立ち上がって、小さな祭壇から離れた。

十五畳ほどの広さの居間を横切り、志郎とともに奥の和室に入る。

故人の身内と日東物産の社員が五、六人、座卓についていた。

本社の室井や森村たちはいたが、大阪支社の伴の姿は見当たらない。いつの間にか、喪主の久美は消えていた。

「志郎君、久美さんは？」

刈谷は低く訊いた。

「さっきまで、ここにいたんですけどね。少し寝室で休ませてもらってるのかもしれないな」

「それなら、いいんだ」

「さ、どうぞ」

志郎に勧められ、刈谷は空いている席についた。志郎がすぐ横に坐り、ビールの壜を持ち上げた。

上座に近いせいか、二人のそばには弔《とむら》い客はいなかった。人々は下座のあたりに固まっていた。

「たいしたものはありませんけど、遠慮なく召《め》し上がってください」

「ありがとう」

刈谷は箸を取って、精進揚げを抓《つま》み上げた。すでに冷めていたが、そんなことはどうでもいい。志郎も手酌《てじゃく》で、ビールを呷《あお》った。

「きみは、誰かから宝冠の話を聞いた?」

刈谷は小声で問いかけた。

「ええ、義姉《あね》から聞きました。会社の中には、兄が持ち逃げしたんじゃないかと疑ってる奴がいるようだけど、とんでもない話です。きっと誰かが、兄を陥れようとしたんですよ」

「誰か思い当たる奴がいるのかい?」

「いいえ、そういう人はいません。ただ、兄はそんなばかなことをするはずないと思うんです」

「おれも、そう思ってるよ」

「兄はぼくと違って、物事を冷静に考えるタイプでした。それに、正義感も強かった」

「そうだったな。それはそうと、磯貝千鶴という名に聞き覚えはあるかい？」

「その女のことも義姉から聞きました。しかし、まったく知らない名ですね。兄とは、どういう関係だったのかな」

「それがわからないんだ」

「その磯貝って女が何らかの理由で、兄を殺した可能性はないんでしょうか？」

志郎が刈谷のコップにビールを注ぎながら、一段と声を潜めた。

「どんな間柄かもわからないから、いまは何とも言えないな。しかし、利害の対立する相手だとしたら、まったく可能性がないわけじゃない」

「そうですね。でも、その女が兄の愛人とは思えないな。兄は、義姉《ねえ》さんにぞっこんだったんです」

「それは、おれも知ってるよ。さんざん高杉にのろけられたからな」

「ぼくも、そのくちです。仮に、その磯貝って女が犯行に加わってるとしても、主犯じゃないと思うな。手口が荒っぽいですからね」

「おそらく単独の犯行じゃないだろう」

刈谷はキャビンをくわえた。

ちょうどそのとき、室井たち日東物産の社員が一斉に腰を上げた。どうやら辞去する気になったらしい。志郎がそれを察し、慌《あわ》てて席を立つ。

刈谷は煙草に火を点け、ビールを飲みつづけた。

少し待つと、高杉の弟が戻ってきた。胡坐《あぐら》をかくなり、志郎が報告した。

「帰りしなに室井さんが言ってたんですけど、消えた宝冠にはイギリスのロイズ保険協会の盗難保険をかけてあったそうですよ」

「保険額は三億五千万円かい？」

「ええ、そう言ってました。会社には実害がなかったんで、ひとまず気持ちが楽になりました」

「気持ちが楽になった？」

「はい。兄が宝冠を持ち逃げしたとは思ってないけど、なんか肩身が狭かったんですよ」

「堂々としてろって。それはそうと、宝冠は誰に贈ることになってたと思う？」

「それは、見当がつきますよ。多分、前財務大臣の皆川清秀《みながわきよひで》でしょう」

志郎が確信に満ちた口調で言った。

皆川清秀は、兵庫県を選挙区に持つ国会議員だ。大臣を五度も務めた民自党の大物代議士である。すでに七十歳を超えていた。

「なんか自信ありげだな？」

「兄から、日東物産と皆川の深い繋《つな》がりを聞いてたんです」

「それでか」

刈谷は納得した。

「先月、日東物産はタイの都市開発プロジェクトチームに参入することが決定したんですよ。兄の会社は総額百五十億円近い商談をまとめ、工作機や鉄骨資材を納入することになったらしいんです」

「皆川清秀がタイ王室や政府要人に働きかけて、日東物産が落札できるよう裏工作してもらったんだな」

「兄はそこまではっきりとは言わなかったけど、皆川の後押しがなかったら、おそらくライバルの丸菱商事に仕事を取られてただろうなんて言ってましたよ。ほら、皆川清秀はタイの王族や政府高官に顔が利《き》くでしょ？」

「そうだな。確か皆川はごく最近まで、日タイ友好協会の会長を務めてたからね」

「それにしても、日本の商社は呆《あき》れるほど貪欲だと思いませんか？」

「そうだね。日本政府が発展途上国にばらまいた政府開発援助《ODA》の巨額の無償貸与金や借款《しゃっかん》をほとんどそっくりビジネスで吸い上げちまったからな」

「ええ。考えてみれば、ひどい話です。そんな偽善的な援助は、いっそやめちゃえばいいんですよ」

「同感だね。結局、途上国でいい思いをしたのは、大手商社から袖の下を貰《もら》った政府高官や王族たちだけだってわけだ」

「そうですね。庶民の暮らし向きは、いっこうによくなってない途上国が大半です」

「実際、そうだな。確かタイへの援助金は、東南アジアの中で桁外《けたはず》れに多かったんじゃなかったか?」

「七百億円ですよ。ODA絡みのドキュメンタリー番組を製作したとき、少し勉強したんです」

　志郎が照れながら、そう言った。

「そう。援助金を受けた国は日本政府に恩義を感じてるだろうから、開発事業に日本の建設会社や商社を指名しやすい。そこで、皆川みたいな政治家にコミッションを払ってでも、各大手企業は商談をまとめたいと考えるわけだ」

「それだけ、大きな利潤を見込めますからね。それにしても、なんか間違ってますよ」

「おれも、そう思う」

「兄も独身のころは、自分が経済侵略の先兵であることに痛みを感じてたみたいでしたけどねえ。長く商社勤めをしてると、そういう気持ちもだんだん薄れちゃうんでしょうか」

「そう言えば、高杉は結婚する前に二年ほどバンコク駐在員事務所に勤めてたんだっけな。一度、遊びに行ったことがあるんだ」

「そうでしたか。兄はバンコク勤務中に、休日を利用してスラム街でボランティア活動をしてたんですよ。あれは、一種の罪滅《つみほろ》ぼしのつもりだったのかもしれないな」

「その話は、まったく知らなかったよ」

刈谷は、高杉の奥ゆかしさに拍手をしてやりたいような気持ちだった。

「なんか青臭いことをしてるようで、照れ臭かったんだと思います。あれで、案外、シャイなとこがありましたからね」

「そのボランティア活動は、どのくらいやってたんだい？」

「そのあたりのことはよくわかりませんけど、ボランティア活動に参加してたタイ人の少女の話を時々……」

「へえ。どんな娘《こ》だったのかな」

「貧しい暮らしをしてるのに、心が少しも汚れてないとか言ってました。その当時は、まだ十代だったと思いますよ。もしかしたら、兄はその少女に恋愛感情を持ってたんじゃないかな。だけど、相手が若すぎるんで、何も言えなかった」

「そうだったとしたら、ちょっといい話じゃないか。いかにも高杉らしいエピソードだ」

「そうですね。義姉《ねえ》さん、どうしたんだろう？　ちょっと様子を見て来ます」

志郎が立ち上がり、部屋を出て行った。

刈谷は蓮根《れんこん》の煮つけを口に運び、ビールを自分のコップに注《そそ》いだ。

半分ほど喉に流し込んだとき、下座の方から六十絡《がら》みの女がやってきた。高杉の伯母だった。

「あなたには、すっかりお世話になってしまったそうですね」

高杉の伯母が向き合う位置に正坐し、徳利を掴み上げた。

「いいえ、何もしてやれませんでした。突然のことで、驚かれましたでしょ？」

「ええ、それはもうびっくりしました。慎也は気の優しい子だったのに、こんな死に方をしてしまって。それが不憫《ふびん》でねえ」

「お気持ち、よくわかります」

「慎也もそうですけど、遺《のこ》された久美さんのことを考えると、また不憫でしてね。あの人は、本当によくやってくれました」

「そうですね」

「久美さん、一昨日の朝から、一睡もしてないらしいの。妻とはいえ、なかなかそこまでできるもんじゃありません」

「おっしゃる通りだと思います」

「だいぶ温《ぬる》くなってしまったかもしれないけど、おひとつどうぞ」

「いただきます」

刈谷は近くにあった盃《さかずき》を取って、燗酒《かんざけ》を受けた。

確かに、かなり冷めていた。だが、まずい酒ではなかった。

高杉の伯母は故人の思い出話に耽《ふけ》りはじめた。刈谷は、もっぱら聞き役に回った。

二十分が過ぎた。

それでも志郎は、なかなか戻ってこなかった。久美が体調でも崩したのか。刈谷は、次第に気持ちが落ち着かなくなった。

話が中断したとき、彼は手洗いに立つ振りをして腰を浮かせた。

部屋を出て、奥の寝室に向かう。寝室から、久美と志郎の低い話し声が洩れてきた。ドアは半開きだった。

何か立ち入った話があるのだろう。

刈谷は踵《きびす》を返しかけた。

そのとき、寝室から志郎が現われた。緊張した顔つきだった。

「何かあったんだね？」

刈谷は訊いた。志郎が大きくうなずき、囁《ささや》くような声で告げた。

「義姉《ねえ》さんがベランダの手摺《てすり》によじ登りかけてたんです」

「なんだって⁉」

「飛び降りるつもりだったそうです」

「なんで、そんなことを⁉」

「どうも兄は、さっき話したタイの少女と最近までつき合ってたようなんです。義姉が兄の机の中を整理してたら、タイからの航空便が出てきたらしいんですよ」

「エアメールの差出人は？」

刈谷は早口で尋《たず》ねた。

「モンティラ・サラサートです」

「高杉から一度も聞いたことのない名だな」

「手紙の文面によると、モンティラって女性は、兄貴の子供を産《う》んだようなんですよ。イサムと日本名をつけて、自分の母親に育ててもらってるみたいです」

「信じられない話だ」

「その手紙を読んで、義姉さんはひどいショックを受けたようです。それで、発作的に死ぬ気になったらしいんです」

「ショックはショックだろうが、なにも早まったことを考えなくても……」

「それだけ兄貴を信じてたんでしょうね。ぼくひとりじゃ手に負えそうもないんで、いま、義姉の両親を呼びに行こうと思ってたんです」

志郎が途方に暮れた表情で言った。

「その前に、久美さんと少し話をさせてくれないか」

「ええ、どうぞ」

「それじゃ！」

刈谷は寝室に急いだ。

志郎が遠ざかる気配がした。刈谷は、半開きのドアの前で足を止めた。

室内は明るかった。久美はダブルベッドの横に女坐りをして、上体をベッドカバーに突っ伏していた。黒いワンピース姿だった。

ドアを軽く拳《こぶし》で叩くと、久美が上半身をゆっくりと起こした。ショートボブの髪が、いくらか乱れていた。

ほとんど化粧はしていない。

それでも、充分に美しかった。ただ、泣き腫らした切れ長の目が痛ましい感じだった。

「話は志郎君から聞いたよ」

刈谷は優しく言った。

「そう」

「ちょっと入ってもいいかい？　寝室じゃ何だから、居間で話そうか」

「ここでもいいわ。どうぞお入りになって」

久美が立ち上がって、コンパクトなソファセットに歩み寄った。

刈谷は寝室に足を踏み入れた。

十畳ほどの広さだった。ウォークイン・クローゼットが付いていた。

久美に勧められ、刈谷はソファに腰を沈めた。モケット張りのソファだった。坐り心地は悪くない。

久美は腰かけなかった。

音もなく歩き、ベランダ側のサッシ戸の前にたたずんだ。レースのカーテンの向こうに、黄昏《たそがれ》が迫っていた。

「こんなときは、どう慰めればいいのかな」

刈谷は口ごもりながら、久美の背に語りかけた。

すぐに返事はなかった。一呼吸の間《ま》を取ってから、久美が後ろ向きのままで低く呟いた。

「刈谷さん、もう何も言わないで。へんに慰められたら、自分が惨《みじ》めになるから」

「しかし、いまのままじゃ……」

「もう飛び降りようとはしないわ」

「当たり前だっ」

「わたし、どうかしてたのよ。エアメールを読み終えたら、ふらふらと夢遊病者みたいにベランダに吸い寄せられてしまったの」

「きみの気持ちはわかるが、自殺なんて愚かな行為に走るべきじゃない」

「わかってるわ。だけど、主人に隠し子がいたんでショックだったの」

「だろうな」

刈谷は相槌《あいづち》を打って、言い重ねた。

「しかし、その話が事実と決まったわけじゃない」

「本当のことだと思うわ。航空便には、モンティラという女性と子供の写真が同封されてたの」

「そのエアメール、おれに読ませてくれ。かまわないな？」

「ええ。ちょっと待ってて」

久美は横に動き、ベッドのそばにある屑《くず》入《い》れに腕を伸ばした。中から捩《ねじ》くれた航空便用の角封筒を摑み出し、両手で丹念に皺《しわ》を引き伸ばした。

刈谷は、見てはいけないものを見てしまった気がした。屈折した女心が痛ましい。

久美が正面のソファに腰かけ、無言で角封筒を差し出した。切手が捲《めく》れ上がり、剝《は》がれかけていた。

刈谷はエアメールを受け取り、まずカラー写真を引き抜いた。
二十五、六歳のタイ人らしい女性と四、五歳の男の子が並んで立っている。背景は、緑したたる丘陵地だった。日本の丘とは、明らかに違う。
女はやや丸みを帯びた顔立ちで、目が大きかった。唇も、いくらか厚めだ。

少年の目許は女にそっくりだったが、日本人の風貌に近かった。肌の色も黒くはない。日本人とタイ人の血をひいていることは間違いなさそうだ。

刈谷は便箋《びんせん》を抓《つま》み出し、押し開いた。

手紙は英文で綴《つづ》られていた。すぐに目で文字を追いはじめた。

親愛なる慎也様へ
突然、このようなお手紙を差し上げたので、さぞ驚かれていることでしょう。どうかお赦《ゆる》しください。
いま、わたしは自分の国に戻っています。オーバーステイで、こちらに強制送還されてしまったのです。でも、偽造パスポートが手に入り次第、また日本に舞い戻るつもりです。ただ、新宿の同じ店で働くわけにはいかないかもしれません。
正直なところ、ホステスの仕事は辛いことばかりです。だけど、わがままは言っていられません。

ところで、困ったことが起こりました。

従兄《いとこ》のチャチャイが、とんでもないことを言い出したのです。あなたが彼の所属している反政府組織に三百万バーツ（約千八百万円）をカンパしなければ、イサムを殺すと脅してきたのです。

イサムは、あなたとわたしの宝です。どんなことがあっても、護《まも》り通してあげたい気持ちです。

でも、悪いほうにばかり考えて、眠れない夜がつづいています。

怠《なま》け者のくせにプライドばかり高いチャチャイは、早く組織の幹部にのし上がりたいと考えているようです。わたしたちから三百万バーツを脅し取ったら、そのお金を自分で集めたカンパとでも言って渡して、執行部の人たちに取り入るつもりなのでしょう。

もともと従兄は、わたしが日本人の子供を産んだことを快く思っていなかったのです。

だけど、イサムはあなたと同じくらいに大切な息子です。実家の母も、イサムをとても大事に育ててくれています。

わたしが未婚の母になったのは、自ら選択した途《みち》でした。いまさら、あなたに泣きつくのは見苦しいことです。でも、あなたにお縋《すが》りするほかありません。チャチャイは激昂《げっこう》すると、善悪の見境がつかなくなる性格です。従兄の理不尽な要求には腹が立ちますが、わたしたちには逆《さか》らえません。

どうかわたしたち母子をお救いください。ご連絡をお待ちしています。

いまも、あなたを愛しています。

モンティラ・サラサート

刈谷は手紙を読み終えると、角封筒の差出人欄を見た。

モンティラの署名があるだけで、住所は記《しる》されていなかった。消印は、バンコク市内の郵便局のものだった。日付は二カ月ほど前だ。

「そのモンティラって女が、高杉を殺したのかもしれないわ」

久美が感情を抑《おさ》えた様子で、ぽつりと言った。

「高杉がバンコク行きの航空券を二枚持ってたから、そう思うのか？」

「ええ。きっとモンティラ・サラサートは偽造パスポートで、日本に舞い戻ってたのよ」

「仮にそうだったとしても、モンティラの犯行と決めつけるのは危険だな」

刈谷は、窘《たしな》めるような気持ちで言った。

「でも……」

「確たる証拠があるわけじゃないんだ」

「女の直感って、ばかにできないものよ」

「もっと冷静になれ！　いつものきみらしくないぞ」

「冷静だわ。高杉は持ち逃げした宝冠をどこかで換金して、モンティラとタイに高飛びする気だったんじゃないのかしら？　だから、宝石商や質屋の電話簿なんか持ってたのよ」

久美が何かに憑《つ》かれたように一気に喋った。

「いい加減にしろ。高杉がそういう目的で宝冠を奪ったとしても、のこのこ宝石店や質屋に行けるわけない。そんなことをしたら、手錠を打たれる危険性があるじゃないか」

「えっ!?　なんで危険なの？　日東物産は宝冠の盗難届を出してないのよ」

「それはな。しかし、宝冠には盗難保険がかけてあったそうじゃないか。志郎君が、そのことを室井氏から聞いたと言ってた」

「その話なら、わたしも室井さんからうかがったわ。イギリスのロイズに三億五千万円の盗難保険をかけてあったって」

「ロイズ保険協会の調査機関は当然、世界各国の一流宝石店に盗難された品物のことを通告してるはずだ」

　刈谷は言った。

「あっ、そうね。小さな宝石店や質屋に持ち込んでも、億単位の宝石類とわかれば、犯罪絡みの品物と警戒されることになるわね」

「そうだよ。だからって、まともな商社マンが故買屋《こばいや》や怪しげな宝石ブローカーと接触できるわけがないだろ？」

「ええ、それは絶対に無理ね」

「おれは、電話帳の切れっぱしは犯人が高杉を持ち逃げ犯に仕立てるための小細工だったと睨んでるんだ。どこか作為的《さくいてき》な気がしないか？」

「そう言われると、確かにそうね」

久美が、ようやく納得した。

「おれは、事件には複雑なからくりがあるような気がしてるんだ。きみは、どう思う？」

「よくわからないけど、そうなのかもしれないわね」

「しばらくモンティラの手紙と写真を預からせてもらうぞ」

「あなたには悪いけど、やっぱり事件のことは警察に任せるべきだと思うの。あなたにまで何かあったら、償《つぐな》いようがないでしょ？」

「おれのことは心配するな」

刈谷は航空便の角封筒で、左の掌《てのひら》を叩いた。

久美が口を結んだ。二人の間に、沈黙が横たわった。

2

エレベーターが停止した。

一階だった。扉が左右に割れた。

刈谷はホールに降りた。

ロビーには誰もいなかった。ほんの少し前に、高杉夫妻の部屋を出てきたところだ。

久美は、だいぶ落ち着きを取り戻していた。少なくとも、今夜はもう愚かな真似はしないだろう。

刈谷は『経堂エミネンス』を出た。

表は夜の色に塗り込められていた。七時過ぎだった。

早くも路上に人気《ひとけ》はない。

あたりは、閑静な住宅街だった。

ミニクーパーは、マンションの斜め前の路上に駐めてある。刈谷は自分の車に駆け寄った。

ドアのロックを解いたとき、靴音が耳に届いた。

反射的に刈谷は、音のするほうを見た。

二人の男が近づいてくる。ひとりは、浜松中央署の宍戸刑事だった。連れの長身の男には見覚えがない。

「どうも先日は！」

宍戸が声をかけてきた。

刈谷は目礼した。二人の男が刈谷の前に立ち止まる。どちらも背広の上に、白っぽいコートを羽織《はお》っていた。

「こちらは、静岡県警捜査一課の岸《きし》警部です」

宍戸が連れの男を紹介した。

岸警部が会釈する。三十代の後半だろう。刈谷も軽く頭を下げた。

「無事にお葬式は終わりました？」

宍戸が訊いた。

「ええ」

「高杉さんの奥さんは、ご自宅におられますね？」

「ええ。その後、捜査のほうはいかがです？」

刈谷は、宍戸と岸を等分に見た。一拍置いてから、宍戸が口を開いた。

「それが、思うように捗《はかど》りませんでね」

「そうですか。県警の方とご一緒ということは、浜松中央署に捜査本部が置かれたんですね？」

「そうなんです。きのうね。ところで、お会いしたついでに、二、三、質問させてください」

「なんでしょう？」

「高杉さんは生前、東南アジア系の女性と親しく交際してませんでした？」

「そういうことはなかったと思うな。高杉に外国人の愛人でもいたんですか？」

刈谷は、逆に探りを入れた。

「そのへんのことは、まだはっきりしません。ただ、犯行現場近くに東南アジア系の若い女性がいたことを複数の人間が目撃してるんですよ。二十三日の午後四時ごろね」

「いくつぐらいの女だったんだろう？」

「目撃者たちの証言によると、二十五、六だったそうです。マレーシア人か、タイ人のように見えたと言うんですよ」

「そうですか」

「日東物産の関係者から聞いたんですが、高杉さんは独身時代にバンコク駐在員事務所にお勤めだったそうですね」

「ええ」

「そのころ、高杉さんはボランティア活動を通じて、現地の人たちとも交際してたようなんですよ」

「その話も、日東物産で？」

「ええ、秘書室の室井さんから聞いた話です。もっとも室井さんも、その話を大阪支社にいる方から聞いたそうですがね」

「そうですか」

「ひょっとしたら、犯行現場にいた女は高杉さんがタイにいるときに親密になった方じゃないかと思ったもんで……」

「高杉は、女に関しては臆病でしたよ。だから、その女性が彼の愛人だったかもしれないという推測にはうなずけませんね」

「そうですか。大変、参考になりました」

宍戸が皮肉っぽく言った。

そのすぐ後、岸警部が問いかけてきた。

「高杉さんと奥さんの仲は、どうだったんでしょう？」

「夫婦仲はよかったですよ。羨《うらや》ましいほどでした」

「そうですか。ちょっと気になる証言もあったもんですから、うかがってみたんですがね」

「どんな証言なんです？」

「話してもかまわんでしょう。奥さんの女子大時代の友人の話によると、ご夫婦は一度だけ、離婚の危機に晒《さら》されたことがあったらしいんですよ」

「そんなことがあったのか。知らなかったな。で、別れ話の原因は何だったんです？」

刈谷は驚きを込めて訊いた。

「まだ裏付《ウラ》けを取ったわけじゃありませんが、奥さんは子供の産めない体らしいんですよ。中学生のときに、卵巣を二つとも剔出《てきしゅつ》してしまったそうです。嚢腫《のうしゅ》だったとかでね」

「そのことも知りませんでした」

「奥さんはそのことを高杉さんに黙ったまま、結婚したようなんですよ。結局、奥さんは打ち明けたらしいんですが、そのことで、ご夫婦は気まずくなったようです」

「離婚話は、どちらが切り出したんだろう？」

「それは、奥さんのほうだったようです。奥さんは高杉さんに詫びて、実家に戻られるつもりだったようですよ。しかし、それを高杉さんが引き留《と》めたという話でした」

「まったく気づきませんでした。高杉とは何でも相談し合ってきたんですがね」

「奥さんの体の秘密に関わることだから、高杉さんは友人のあなたにも相談できなかったんじゃありませんか？」

「多分、そうだったんでしょう。それに高杉は心底、久美さんに惚《ほ》れているようでしたからね」

「どうもつまらない話をしてしまったようだな」

岸が口を結んだ。それを待っていたように、宍戸が言った。

「どうもお引き留めしてしまって、申し訳ありませんでした」

「いいえ。そうだ、凶器は見つかりました？」

「きのうの午後、見つかりましたよ。猪鼻湖の湖底に沈んでました。四十センチ近いスパナでした」

「指紋や掌紋《しょうもん》は？」

「残念ながら、どちらも付着していませんでした」

「事件当日の高杉の足取りは、いかがです？」

「高杉さんが名古屋駅前からタクシーに乗って、奥浜名近くの三ケ日《みっかび》ＩＣ《インターチエンジ》に向かったことはわかりました。猪鼻湖には午後一時半前に着いています。しかし、その後の足取りが不明でしてね」

「そうですか。話は飛びますが、事件当日、室井氏は高杉が名古屋で降りた後、どうされたんでしょう？」

刈谷は思い切って訊いた。

「次の京都まで行って、すぐに上りの新幹線で東京に引き返しています。それは間違いありません」

「そうですか」

「この種の事件の場合は、最初に同行者から洗いはじめるんですよ。現在のところ、室井室長に不審な点はありません」

「でしょうね。室井氏は、立派な方のようだから」

刈谷は言った。伴のことを探りたかったが、怪しまれることを懸念した。

宍戸刑事が訝《いぶか》しそうに問いかけてきた。

「どうしてまた急に、室井室長のことを気になさるんです？　高杉さんと室井さんの間に、何かあったんですか？」

「いいえ、何もなかったと思いますよ。ただ、事件当日の出張はどうなったかと少し気になったもんですから」

刈谷は空とぼけて、探りを入れた。

「出張は取りやめになったそうです。高杉、室井、伴の三氏は二十三日の日、神戸市内に新設する予定の営業所用地探しに行くことになっていたらしいんですよ」

宍戸が説明した。

——日東物産は例の宝冠のことは、とことん伏せる気だな。

刈谷は心の中で呟いた。

「どうも長々とお引き留めしてしまって、すみませんでした」

宍戸が軽く手を挙げ、連れの岸警部に目配せした。

刈谷は車に乗り込み、エンジンを始動させた。

車内は冷えきっていた。ヒーターのスイッチを入れる。

高杉久美が言っていたように、モンティラ・サラサートは偽造パスポートで日本に舞い戻っているのかもしれない。家で着替えをしたら、新宿の歌舞伎町に行ってみるか。

刈谷は車を発進させた。

上落合の自宅に帰り着いたのは、およそ三十分後だった。部屋に入ると、刈谷は真っ先に電話機の液晶ディスプレイを見た。

録音という文字が表示されていた。留守中に、誰かが伝言を入れたというサインだ。

刈谷は黒いネクタイを緩《ゆる》めながら、留守録音モードを解除した。彼は携帯電話の便利さは認めながらも、自分で利用する気にはなれなかった。常にモバイルフォンを携えていたら、気分が落ち着かないはずだ。

録音テープが回りはじめた。

——お、おれだよ。相手がいねえのに、こうして喋るってのもおかしなもんだな。

辰吉の声だった。

刈谷は微苦笑した。大正生まれの師匠は留守番電話を嫌っている。相手が不在なら、めったにメッセージを残すことはなかった。よっぽど緊急の用事があったのだろう。

——後で、神楽坂に電話くれや。

辰吉の伝言は、それだけだった。

あっさりしているのが江戸っ子の身上だが、少々、愛想がないのではないか。

刈谷はそんなことを思いながら、プッシュフォンの受話器を摑み上げた。

タッチ・コールボタンを押し終えると、ソファに腰かけた。三度目のコールサインの途中で、彫辰の二代目が受話器を取った。

刈谷は名乗ってから、師匠に言った。

「いま、高杉んとこから戻ってきたんだ」

「そうかい。いろいろとご苦労さんだったな。亮、疲れたろ？」

辰吉が労《いたわ》りの言葉をかけてきた。高杉の死にまつわることは一部始終、師匠に伝えてあった。

「気を張ってたから、ちょっとね。それより、何か急用かな？」

「おめえの客の浪曲師の旦那が、どうしても今夜しか時間が取れねえって言ってきたんだよ」

「そう。牛島《うしじま》さんの予約は八時だったな。それじゃ、いまからそっちに行くよ」

刈谷は言った。予約を忘れていたわけではない。きのうのうちに師匠を通じて、客には断ってあった。

浪曲師は地方巡業で、しょっちゅう全国を飛び歩いていた。

亀戸《かめいど》にある自宅にいるのは、月に数日らしかった。多分、明朝には巡業に出かけなければならなくなったのだろう。

「無理するこたあねえよ」

「しかし、牛島さんもスケジュールが詰まってるだろうし」

「それでなあ、おめえさえよけりゃ、おれが牛島の旦那に墨を入れてやってもいいと思ってんだ。旦那は、それで文句ねえそうだよ」

「それじゃ、おやっさんに負担をかけることになる。車を飛ばせば、なんとか間に合うと思うよ」

「亮、おれにゃ、おめえの客を任せられねえってのか？」

「そうじゃないんだ」

「だったら、四の、五の言ってねえで、おれに任せろや。別に新規彫りってわけじゃねえんだ。そう気を入れることもねえやな」

「しかし……」

「いいから、今回はおれに甘えろや。その代わり、手間賃はおれがそっくりいただくぜ。重ね彫りだから、たいした銭《ぜに》にゃならねえけどな」

「もちろん、そうしてもらわなきゃ。それじゃ、お言葉に甘えさせてもらうか」

刈谷は、その気になった。

「あいよ。で、どうなんでえ？　警察《サツ》は、おめえの友達《ダチ》を殺《や》った奴を捕まえられそうなのかい？」

「捜査は、あまり捗《はかど》ってないようだね」

「お巡りども、何やってやがるんだっ。奴らは国民の税金で喰わせてもらってるんだから、もっと真面目に働けってんだ」

辰吉が吐き捨てるように言った。

「意外に事件は複雑そうなんだよ」

「何事も難しく考えるから、話がこんがらかっちまうんだよ。高杉って友達が殺された事件だって、単純に考えりゃいいんじゃねえのか？」

「妙に自信ありげだね」

刈谷は師匠をからかった。

「そりゃ、そうよ。おれにゃ、猟犬の血が流れてるからな」

「猟犬の血⁉」

「ああ。おれのおふくろの祖父ってのが、八丁堀《はっちょうぼり》の目明かしだったんだよ」

辰吉が、いくらか誇らしげに言った。

「その話は初めて聞くな」

「与力《よりき》ならともかく、岡っ引きじゃ自慢にはならないじゃねえか。そんなことより、話のつづきだがな、高杉って男がこの世からいなくなったことで得する奴、それから溜飲を下げた奴を徹底的に調べてみりゃいいんだよ」

「そういった人間が捜査線上に浮かんでこないから、刑事たちも頭を抱えてるんだ」

「そうか、そういうことになるわけだ」

「いかにもおやっさんらしいアドバイスだったよ」

「亮、おめえ、おれをからかってやがるのか。どうせおれは、粗忽者《そこつもの》だよ。そりゃそうと、明日から仕事に出てくんだろ？」

「いや、もう少し休みたいんだ。おやっさんには、いろいろ迷惑かけるだろうが」

刈谷は気が引けたが、はっきりと言った。

「おめえ、犯人捜しをする気になったんじゃねえのか」

「うん、まあ。少し事件のことを調べてみたいんだ。このままじゃ、高杉が浮かばれないからね」

「亮、どうしちまったんでえ？　とても正気とは思えねえぜ」

「確かに正気の沙汰じゃないやね」

「おめえは頭も切れるし、度胸もある。腕っぷしも強《つえ》え」

「おれは平凡な人間さ」

「まあ、聞けって。おめえは少なくとも、ばかじゃねえ。そのことは、おれがよく知ってる。けどよ、素人が人殺しを見っけるなんてこたあ、土台できるこっちゃねえ」

「おそらく無駄骨を折ることになるだろうね」

「そこまでわかってんだったら、何も事件に首を突っ込むことはねえだろうが。悪いことは言わねえから、やめときなって」

「おやっさんの忠告はありがたいが、もうおれは決めてしまったんだ。というより、もう走りだしてるんだよ」

「呆《あき》れた野郎だぜ」

　辰吉が吐息を洩らし、言い継《つ》いだ。

「おめえがそこまで言うんだったら、もう止めやしねえよ。好きにしな」

「おれのほうの予約客には理由を話して、日を改めてもらうことにするよ」

「そうしな。死んだ友達のために体を張るなんてのは今どき流行《はや》らねえけど、ま、頑張れや」

「おやっさん、誰か故買屋に知り合いはいない？」

刈谷は無駄になるかもしれないと思いながらも、一応、訊いてみた。十代から刺青師として生きてきた辰吉は、裏社会に多くの知人を持っている。

「故買屋そのものに知り合いはいねえけど、闇市場《ブラックマーケット》の元締めはよく知ってらあ。怒らせると怕《こえ》え男だが、俠気《おとこぎ》はあるな」

「近いうちに、その人に会わせてもらえないか？」

「お安いご用だが、何をしてえんだ？　そいつを先に教えてくれ」

「高杉が持ち逃げしたと思われてる三億五千万円の宝冠が、ブラックマーケットに流れるかもしれないんだ」

「宝冠を持ち込んだ奴が、おめえの友達を殺《や》ったかもしれねえと推理したわけか。その宝冠は二百四十カラットのスターサファイヤと数十個のピンクダイヤモンドをちりばめたものだったよな？」

「おれも本物は見たことないんだが、そういう話だったよ」

「そうか」

「おそらく宝冠を奪った奴は台座から宝石だけを外して、別々に処分する気になるだろう。宝冠をそのままブラックマーケットに持ち込んだら、危《ヤバ》いからね」

「当然、そのくらいの知恵は回るだろうな。けどよ、二百四十カラットもある宝石なら、どうしたって目につい ちまうぜ」

「だから、売り手を見つけ出しやすいのさ」

「なるほどな。さっき話した元締めに、おれが電話しといてやらあ。何もわざわざ亮を引き合わせることもねえやな」

「それはそうだが、裏社会で生きてる連中には筋を通さないと……」

「元締めは、おれの言うことなら、たいてい聞いてくれるよ。その旦那の背に、鯉と短冊《たんざく》散らしの刺青を彫ってやったことがあるんだ」

「おやっさんの昔の客なら、そう素っ気ない態度はとらないかもしれないな」

「ああ。だから、その件は任せろって」

「そうするよ」

「亮、あんまり無茶やるんじゃねえぞ。おめえの葬式になんか出たくねえからな」

「命を粗末にするほど、まだ人生に退屈しちゃいないよ」

「けっ、気障《きざ》なことを言いやがって。つき合っちゃいられねえや。あばよ」

辰吉が明るく悪態をつき、先に電話を切った。口は悪いが、頼りになる師匠だ。

刈谷は受話器をフックに返した。

ほとんど同時に、電話が鳴った。受話器を耳に当てると、佳奈の声が流れてきた。

「帰ってたのね。何度か電話したのよ」

「悪かったな。少し前に戻ったんだ」

「高杉さんのお葬式は予定通りに？」

「ああ、終わったよ。この電話、店からかけてるのか？」

「そうよ」

「やけに静かだな」

「今夜は、まだ口開けのお客さんが来てくれないの。来てくれる？」

「行ってやりたいが、今夜はちょっと都合が悪いんだ。わかってくれ」

「独りで飲んだほうがいいわよね、親友の弔《とむら》い酒は」

「うん、まあ」

刈谷は話を合わせた。

なぜだか彼は、高杉の事件の真相を探る気になったことを佳奈には告げられなかった。彼女に余計な心配をかけたくなかったからかもしれない。

「落ち着いたら、連絡してね」

「そうするよ」

刈谷は電話を切ると、奥の寝室に足を向けた。着替えをしたら、新宿に向かうつもりだった。

3

外国人の姿がやたら目につく。

シャッターの降りたビルの前でバリ島の民芸品を売っている二十代の男女は、おおかたイスラエルから来た出稼ぎ露店商だろう。

その近くの路上では、フィリピン人らしい若い男が風俗店の割引券を通りかかる人々に配っていた。

割引券を受け取る者は少ない。男は泣き出しそうな顔に不自然な笑みを浮かべ、機械的に右腕を差し出しつづけている。

刈谷は、歌舞伎町一番街を歩いていた。

新宿で最も人の往来の激しい通りだ。今夜も人波であふれている。

まっすぐ歩いていると、数メートルごとに誰かと肩をぶつけそうになった。ひどく歩きにくい。

刈谷は右に折れ、裏通りに入った。

かつては筋者《すじもの》たちがいつもたむろしていた通りだ。しかし、暴力団対策法が施行されてからは、とんと彼らの姿は見かけない。

その分、明らかに不法残留者と思われるアジア人が多くなった。

路《みち》の左右を見回すと、フィリピンバー、タイクラブ、韓国クラブ、中国クラブの軒灯が連《つら》なっている。エスニックレストランも多い。

裏通りを百メートルも進むと、タイ語、ペルシャ語、マレー語、タガログ語、韓国語、北京語、上海語、広東語、ウルドゥ語のいずれかが必ず耳に飛び込んでくる。一瞬、自分がアジアのどこかの国を旅しているような錯覚に囚《とら》われる。

六本木などと違って、この街には白人の男女はそれほど多くない。黒人は数えられるほどしかいなかった。

東南アジアや中近東の出稼ぎ労働者が圧倒的に目立つ。

不法残留者の数は増える一方で、現在は二十八万人を超えているらしい。国籍別に分けると、タイ人が最も多いという話だ。

次いでイラン人、マレーシア人、韓国人、フィリピン人、中国人の順だったのではないか。その大半が首都圏に住み、若い女たちの大多数は夜の街で働いている。

不法残留者たちには、猥雑《わいざつ》な街が暮らしやすいのだろう。

刈谷は歩度《ほど》を速めた。

その直後、近くで怒声があがった。日本語ではなかった。

刈谷は、反射的に足を止めた。

すぐ近くのファッションマッサージ店の前で、色の浅黒い男たちが烈《はげ》しく揉み合っていた。

二対二だった。男のひとりは殴られたらしく、鼻血を出している。パキスタン人だろう。通行人はいったん立ち止まるが、わざわざ仲裁に入る者はいない。きまって無関心な表情で、ふたたび足を踏み出す。

刈谷は罵《のの》り合う男たちを一瞥《いちべつ》しただけで、大股で先を急いだ。

新宿区役所の裏手に、大衆的なタイ料理店がある。

刈谷は、その店をめざしていた。

そこは、新宿で働いているタイ人たちの溜まり場だった。刈谷も一度だけ、店に入ったことがあった。

夜風が首筋を撫でた。

刈谷は焦茶《こげちゃ》のスエードジャケットの襟を立て、さらに足を速めた。砂色のスラックスの裾《すそ》が風にはためきはじめた。

――こういう身なりをしているおれが刺青師だとは、誰も思わないだろうな。

刈谷は何となくおかしかった。

彫師の多くは老若を問わず、職人風に髪を短く刈り込んでいる。さもなければ、パンチパーマだ。剃髪頭《スキンヘッド》もいた。

だが、刈谷は長めの髪を無造作に真ん中で分けている。

それだけで、充分に異色だった。元予備校教師という前歴も型破りだ。しかし、その前歴を自分から他人に語ったことは一度もなかった。

刈谷は、目的のタイ料理店に入った。

そのとたん、魚醤《ナム・プラー》の匂いが鼻腔《びこう》に潜《もぐ》り込んできた。いくらか腥《なまぐさ》い香りだが、刈谷はそれほど苦手ではなかった。

独身時代の高杉をタイに訪ねて以来、この独特な匂いには馴染んでしまった。ただ、旅先でよくデザートに出されたドリアンの強烈な臭気には閉口させられた。いまだに苦手だ。

店内は、それほど広くない。

二十坪はないだろう。数組のタイ人らしい客と日本人のカップルがテーブルについていた。まだ時間が早いせいか、ホステスらしい女たちの姿は見当たらなかった。

刈谷は、中ほどの席に坐った。

すぐ左手の白い壁に、パネル写真が飾られている。見たことのある風景だった。

夕陽を斜めに浴びた巨大な仏塔は、どうやら有名な暁の寺《ワット・アルン》のようだ。

その下を悠揚と流れている大河は、メナム河だろう。渡し舟が逆光の中で黒っぽいシルエットになっている。荘厳で、どこか幻想的な構図だった。

――高杉と一緒に河の畔《ほとり》で、沈む夕陽をぼんやりと眺めたっけな。

刈谷は少し感傷的な気分になった。

キャビンをパッケージから一本振り出したとき、民族衣装をまとったウェイトレスが歩み寄ってきた。面差《おもざ》しは紛《まぎ》れもなくタイ人だが、肌の色は日本の娘たちとあまり変わらない。北部出身なのだろう。二十歳ぐらいか。

「お客さん、なに食べます？」

ウェイトレスが、たどたどしい日本語で訊いた。

「とりあえず、ビールをもらおう」

「両方あります。タイと日本のビール」

「お国のビールにしよう。喰いものは魚の辛子煮《からしに》、それから小海老の入った辛くて酸っぱいスープがあったね。なんて言ったっけ？」

刈谷は、その名を思い出せなかった。

「トム・ヤムクンのこと？」

「そう、そいつだ。それから、河蟹《かわがに》の茹《ゆ》でたやつがあるかい？」

「はい、あります」

「それじゃ、それも持ってきてくれないか」

「かしこま……りました」

ウェイトレスは途中でつかえ、舌の先をちろりと見せた。愛くるしい仕種《しぐさ》だった。刈谷は目で笑った。

すると、彼女が頬をほんのり染めた。まだ、すれていないようだ。

ウェイトレスが遠のくと、刈谷は煙草に火を点けた。

ヘビースモーカーだった。日に六、七十本は喫っている。

一服し終えたころ、タイ産のビールと魚の辛子煮が運ばれてきた。

魚の種類はわからなかったが、淡泊な味の白身だった。その上に、細かく刻んだ唐辛子が振りかけてある。

みる貝とムール貝だった。貝は、二種類入っていた。パセリに似た野菜が、色どりに添えてあった。パクチーという名だったのではないか。

高杉の説明を真面目に聞いとくべきだったか。

刈谷はビールを傾けながら、辛子煮をつつきはじめた。

タイで食べた魚とは別のものだったが、まずくはなかった。ビールの壜が半分ほど空いたころ、トム・ヤムクンと呼ばれているスープと河蟹が届けられた。

刈谷はジャケットの内ポケットから、モンティラの写真を抓み出した。

「この女性、ここに来たことないかな？　新宿のバーか、クラブで働いてると思うんだがね」

「わたし、写真の女《ひと》、知らない。本当に知りません」

ウェイトレスが写真を覗き込んでから、首を大きく横に振った。黒々とした瞳に、怯《おび》えの色が小さく揺れていた。

「ホステスやダンサーをしてるタイ人女性たちは、よく来るんだろ？」

「はい。でも、たいてい十一時半過ぎ、ここに来る多いの。わたしの日本語、少しおかしいね？」

「充分に通じるよ」

刈谷はそう答え、写真をポケットに戻した。

「お客さん、東京入管の人？」

「そんなんじゃないんだ。さっき見せた写真の女性に、昔、ちょっと世話になったんだよ。そのときのお礼が言いたくて、捜し歩いてるんだ」

「それなら、安心ね。わたし、オーバーステイなの」

「それで、少しびくついてたんだな」

「そう。お客さん、ちょっと待ってて。いま、チーフを呼んでくるから」

「なんでチーフを？」

「うちのチーフ、ずっと新宿にいる。だから、写真の女性、知ってるかもしれないね」

ウェイトレスは言い置いて、奥の調理場に駆け込んでいった。

刈谷は河蟹の赤い殻を手で剝き、その白い肉を貪《むさぼ》った。身が引き締まっていて、うまかった。嚙みしめると、口の中に甘みが拡がった。

高杉の案内でタイの国内を巡ったとき、この河蟹とタイ式オムレツをよく食べたものだ。そのオムレツには、トマトや萌《もや》しが入っていた。

河蟹を頰張りながら、刈谷は赤茶に濁ったスープを啜《すす》った。辛さと酸味がほどよくミックスされていた。タイで食《しょく》したトム・ヤムクンより、はるかに美味だった。だしが違うのだろうか。

小海老を口の中に放り込んだとき、ウェイトレスが戻ってきた。

彼女は、コック帽を被った白衣姿の男を伴《ともな》っていた。男は、三十前後だった。面《おも》長《なが》な顔はココア色に近かった。

目が大きく、睫毛《まつげ》が長い。唇は肉厚だった。マレー系のタイ人らしかった。

「チーフのトンディです。タイの女性をお捜しだそうですね？」

男は立ち止まると、流暢《りゅうちょう》な日本語で話しかけてきた。

「忙しいのに、悪いね」

「どういたしまして」

「この女性なんだが……」

ふたたび刈谷は、スエードジャケットの内ポケットを探った。トンディは写真を見るなり、大きくうなずいた。

「その方なら、ぼく、知ってます。シンシアさんですね？」

「モンティラって名前なんだがね。シンシアは、源氏名《げんじな》かな？」

「源氏名？　それ、なんですか？」

「ホステスが店で使ってる名前だよ。芸名みたいなものだね」

「はい、わかりました。ぼく、シンシアの本当の名前は知りません。でも、写真の女の人はシンシアと名乗ってます」

「そう。で、シンシアはどの店にいるんだい？」

「風林会館の近くにある『メコン』というお店で働いてるはずです」

「シンシアは、日本人の男とここに来たことがある？」

「ええ、何度もあります。背の高い人でした。その方の名前までは、ちょっとわかりません」

「いいんだ。どうもありがとう。料理、どれもうまいよ」

「そう言ってもらえると、とっても嬉しいです。どうぞごゆっくり！」

トンディがにこやかに言い、急ぎ足で調理場に引き返していった。

刈谷はウェイトレスにも礼を述べた。彼女は何度もうなずきながら、テーブルからゆっくりと離れていった。

刈谷はビールを空《あ》けると、すぐさま腰を上げた。

勘定は、それほど高くなかった。店の脇の小路《こうじ》を抜けて、区役所通りに出る。

刈谷は職安通りの方向に歩を進めた。

辻ごとに、厚化粧をした東南アジア系の女たちが立っている。キャッチガールだ。

まだ景気が回復しきっていないからか、呼び込みに誘われる酔漢はめったにいない。

夜の冷たい風が、女たちのミニドレスの裾を乱していた。

まだ九時前だったが、この界隈《かいわい》には活気がなかった。

『メコン』は造作なく見つかった。飲食店ビルの地下一階にあるタイクラブだった。

けばけばしい店の前に、黒服に身を包んだ若い男が立っていた。目つきが鋭く、頬骨が張っている。

肌も黒い。タイ人だろう。

「シンシアは、もう店に入ってるかい？」

刈谷は短く迷ってから、男に日本語で問いかけた。

「もうシンシアは、ここにいない。新宿東宝ビルの裏の『シャムハウス』にいる」

「そこも、タイ人ホステスを集めた店なのかな？」

「そう、そう。女の子は、ぜんぶタイから来たね。サービス、いい。この店より、愉《たの》しいよ。わたしも行きたい、行きたい！」

黒服の男がそう言って、好色そうな笑みを浮かべた。おおかたホステスが客に濃厚なサービスをしているのだろう。

刈谷は男に軽く片手を振り、新宿東宝ビル跡地の方に歩きだした。

擦れ違う男たちは、おおむね酒気を帯びていた。女も素面《しらふ》で歩いている者は、あまりいなかった。

このあたりは、暴力団の組事務所がひしめいている。広域暴力団系の二次組織事務所だけでも、二十ではきかない。三次、四次団体を併《あわ》せれば、組の数は百八十もある。

しかし、筋者らしい影は見当たらなかった。暴力団新法と不況のダブルパンチで、やくざも遣り繰り《シノギ》が楽ではないようだ。

教えられた『シャムハウス』は、飲食店ビルの五階にあった。

店の入口は二重になっていた。警察の手入れを警戒しているのだろう。

最初のドアを開けると、二番目の扉が自然に開いた。

扉の上部に、マジックミラーが嵌《は》め込まれているのだろう。照明が妙に暗かった。

現われた三十代の男は、日本人に似た顔つきだった。肌の色も、さほど黒くない。

刈谷は、男に笑いかけた。

「いらっしゃいませ」

蝶ネクタイを結んだ男は、妙なイントネーションの日本語を使った。どうやら中国系のタイ人らしかった。

「シンシアはいるかい？」

「はい」

「彼女と二人きりで、ちょっと話したいんだがな」

「わかりました。それでは、個室に案内するね。よろしいか？」

男がおかしな喋り方をして、先に大股で暗い通路を進んだ。

刈谷は、男の後に従った。

少し行くと、急に視界が展《ひら》けた。そこは十卓ほどのテーブルがあり、タイ人ホステスたちが日本人客をもてなしていた。

客の大半は四、五十代だった。客の中には人目も憚《はばか》らずに、ホステスのスカートの中に手を突っ込んでいる者もいた。

ダンスフロアには、スポットライトの円錐型の光が落ちている。

銀ラメのバタフライだけをつけたペアのダンサーが光の中で、淫《みだ》らな踊りを披露していた。

男女とも、黒いアイマスクで目許を隠していた。顔かたちは判然としなかったが、二人とも体つきは若かった。

ペアの踊り手は目まぐるしくステップを踏み、時々、互いの下腹部を擦《こす》り合わせた。

それは、どれも性交を模した踊りだった。

客の誰かが口笛を吹き鳴らした。次の瞬間、ホステスたちが下卑《げび》た笑いを響かせた。

――どいつもいい気なもんだ。

刈谷は口許《くちもと》を歪めた。

サロン風の客席を通り抜けると、奥まった場所に小部屋が縦に並んでいた。一坪ほどの広さで、十室ほどあった。列車の個室《コンパートメント》に似た造りだった。

通路側は、白っぽいアコーディオン・カーテンを開閉する仕組みになっていた。三面は、化粧合板だった。

ほぼ一つ置きに、アコーディオン・カーテンは閉まっていた。

男の荒い息遣いと女の喘《あえ》ぎ声が洩れてくる。椅子の軋《きし》む音も聞こえた。幾人かの客がホステスと交わっているようだ。

蝶ネクタイの男は、一番端の個室の前で足を止めた。

「あなた、ここで待っててくれるか？　すぐにシンシアを呼んでくるよ」

「わかった」

「お金、前払いになってる。四十分で三万円ね。よろしいか？」

「しっかりしてるな」

刈谷は苦く笑って、請求された金を払った。

男は相好《そうごう》を崩し、真紅のラブチェアを手で示した。ラブチェアの前には、小ぶりのガラステーブルが置いてあった。照明は薄暗い。

刈谷は腰かけ、キャビンをくわえた。

男が軽く頭を下げて、歩み去った。

刈谷は、卓上の灰皿を引き寄せた。テーブルの上には、ティッシュペーパーの箱が載っていた。

刈谷は煙を吐きながら、『メコン』の従業員の意味ありげな笑みを思い出した。

短くなった煙草の火を消そうとしたとき、色の黒いボーイが飲みもののセットを運んできた。

円《まる》い銀盆には、国産ウイスキーのハーフボトル、氷塊の詰まったアイスペール、ミネラルウォーター、二つのタンブラーなどが載っている。

オードブルの皿には、チーズ、サラミソーセージ、セロリのスティック、クラッカーなどが入っていた。どれも、うまそうには見えなかった。

ボーイが片膝をついて、勝手にウイスキーの水割りをこしらえた。

「ロックのほうがよかったな」

刈谷は言った。

「みんな、水割りね。ほかの飲み方、よくない」

「ひでえ店だな」

「お客さん、誰も怒らない。みんな、喜んで帰る」

「あんたもタイの人かい？」

「そう。昼間、ちゃんと日本語学校に行ってる。ここは、アルバイトね。お客さん、エンジョイしてください」

ボーイは立ち上がって、アコーディオン・カーテンを半分近く閉めた。

刈谷は水割りを呷《あお》った。ウイスキーの味は、ほとんどしなかった。ハーフボトルを摑み上げ、ウイスキーを注ぎ足した。ようやく飴色《あめいろ》になった。

タンブラーが空になりかけたころ、黄色いベビードールをまとったホステスが現われた。

体が透けて見える。縞柄のパンティーを穿《は》いているだけだった。写真の女に間違いなかった。

「シンシアです。お客さん、奥に行って」

女がカーテンをぴたりと閉ざし、手にしていた小さな竹籠を卓上の端に置いた。澱《よど》みのない日本語だった。

籠の中には、五本のおしぼりとコンドームの小さな袋が入っていた。避妊具は安物だった。

刈谷は腰を横にずらした。

空いた場所に、シンシアが浅く腰かけた。むっちりした太腿は、小麦色に輝いていた。ハイヒール・サンダルはゴールドだった。真っ赤なペディキュアが毒々しい。

「日本語がうまいな」

刈谷は穏やかに言った。

「通算五年くらい、こっちにいるから。お客さん、初めてよね？」

「ああ」

「指名してくれて、ありがとう。あたしのこと、誰に聞いたの？」

「高杉慎也だよ」

「どんな人かな？　聞いたことがあるような名前だけど」

シンシアが小首を傾《かし》げた。狼狽《ろうばい》の色は浮き立っていない。空とぼけているようには見えなかった。

どういうことなのか。

刈谷は頭が混乱した。シンシアが馴れた手つきで自分の水割りを手早く作り、三分の一ほど喉に流し込んだ。

刈谷はスエードジャケットの右ポケットから、高杉の写っているスナップ写真を抓み出した。自分のアルバムから引き剝がしてきた写真だ。

「これが高杉だよ」

「知らないわ、そんな男」

「嘘じゃないな！」

「ほんとに知らないわ。それより、あなたのここを拭かせて」

刈谷は無言で、シンシアの股間に手を当て、おしぼりを掴み上げた。

シンシアは刈谷の手を払いのけた。シンシアが首を捻《ひね》った。

「お客さん、どうして怒るの？　あたし、うーんとサービスするわよ。ディープスロート、うまいんだから」

「おかしなサービスはしなくてもいいんだよ、モンティラ」

「あたし、モンティラって名じゃないわ。なに言ってるの⁉」

シンシアが薄気味悪そうに上体を引き、何かタイ語で呟いた。

「本当にモンティラ・サラサートじゃないんだなっ」

「違うわ。あたしの本名はオラサよ。オラサ・ナコーンだわ」

「モンティラ・サラサートって女は知ってるか？」

「そんな名前の女、まったく知らないわ。あなた、誰なの？　何者なのよっ」

「大声を出すな。手荒なことはしない。ちょっとこいつを見てくれ」

刈谷は内ポケットから、久美に借りた写真を掴み出した。

「なんで、あなたがあたしと息子の写真を持ってるの⁉」

「子供の名はイサムだな？」

「そうよ」

「この子の父親の名を教えてくれ」

「あっ、もしかしたら……」

シンシアが口に手を当てた。

「何か思い当たることがあるようだな」

「………」

「どうした？　なぜ黙ってるんだっ」

刈谷は写真を内ポケットに戻し、シンシアの腕を摑んだ。すると、彼女はけたたましい悲鳴をあげた。

「騒ぐな。騒ぐんじゃないっ」

刈谷は低く威嚇《いかく》した。

だが、シンシアはタイ語で喚《わめ》きつづけた。数十秒後、通路に荒々しい足音が響いた。

アコーディオン・カーテンが乱暴に横に払われ、蝶ネクタイの男がぬっと顔を突っ込んできた。目が尖《とが》っていた。

シンシアが母国語で何か訴えた。男の顔に、見る見る怒りの色が立ち昇った。

「女が何を言ったのか知らんが、別に手荒なことをしたわけじゃない」

「黙れ、変態め！　早く手を放す。よろしいな！」

「おれが何をしたって言うんだっ」

「うちはアナルセックス、駄目！　オカマ掘りたきゃ、ゲイボーイ買う。よろしいな！」

「ふざけたことを言うな。おれは、女の胸にも触っちゃいないんだっ」

刈谷は吼《ほ》えて、手を放した。

シンシアが転がるように通路に逃れた。弾《はず》みで、テーブルが揺れた。水割りが波立った。

刈谷はシンシアを追う気になった。

腰を浮かせかけたとき、蝶ネクタイの男が太い右腕を突き出した。細長いナイフを握っていた。

日本のものではなさそうだ。

糸鋸《いとのこ》に似た形だった。刃渡りは優に三十センチはあった。

「あなた、おとなしく帰る。よろしいな！　暴れたら、ポリス呼ぶよ」

「警察の人間が駆けつけたら、この店が困るんじゃないのか？」

刈谷は薄く笑った。

「わたしたち、困らない。警察は友達だからね。困るの、あなただけ」

「新宿署の生活安全課のお偉いさんに鼻薬を嗅がせてるってわけか？」

「鼻薬？　それ、わからない。ポリスたち、ここで女の子と仲良くしてるだけ」

「ホステスを宛《あて》がって、お目こぼしをしてもらってるんだな」

「あなたの言ってること、よくわからない」

「シンシアに訊きたいことがあるだけだ。彼女を呼んできてくれ」

「それ、できないね。あなた、すぐに帰る。よろしいな！」

男はそう息巻《いきま》くと、刈谷の首筋に細長いナイフを押し当てた。

刃は、ひんやりと冷たい。だが、恐怖には取り憑《つ》かれなかった。

男は隙だらけだった。

その気になれば、殴り倒せそうだ。しかし、ここで騒ぎを引き起こすのはあまり賢明ではない。

外でシンシアを待ち伏せして、後で口を割らせることにした。

「わかったよ。おとなしく帰ってやる」

刈谷は言った。男が少しためらってから、刃物を刈谷の首から遠ざけた。

4

寒かった。

吐く息が白い、夜気《やき》は凍《い》てついていた。

午後十一時過ぎだった。

刈谷は足踏みをしながら、飲食店ビルの斜め前の暗がりに立っていた。

張り込みをはじめたのは、およそ十分前だった。それまで近くの喫茶店で時間を潰《つぶ》していた。

ビルの出入口は一カ所しかない。

シンシアがまだ店で働いていることは、電話で確認済みだった。もう少し辛抱すれば、やがて彼女は姿を現わすはずだ。

鼻の先が冷たくなった。

刈谷は口許を両手で囲って、掌《てのひら》に息を吹きかけた。何度か同じことを繰り返すと、鼻に冷たさを感じなくなった。

シンシアが飲食店ビルから出てきたのは、十一時四十分ごろだった。

ひとりではなかった。同僚のタイ人ホステスと連れだっていた。

二人とも派手な恰好だった。化粧も濃い。

あの二人は、同じ部屋に住んでいるのだろうか。だとしたら、どこかでシンシアだけを押さえたほうがよさそうだ。

刈谷はさりげなく二人に背を向けた。

シンシアたちは自分の国の言語で声高《こわだか》に話しながら、急ぎ足で歩き出した。

刈谷は数十メートルの距離をおくために、口の中でゆっくりと十まで数えた。それから彼は、尾行を開始した。

シンシアたちは歌舞伎町のマンモス交番の前を通り過ぎ、少し先にあるドーナツショップに入った。夜食を買う気になったらしい。二人は、それぞれ数種のドーナツを買い求めた。支払いは別々だった。

店を出て間もなく、二人は別れた。

どうやら連れはルームメイトではないようだ。シンシアは裏通りをたどって、職安通りに出た。通りのあちこちに街娼がたたずんでいる。といっても、大久保通りよりは数はずっと少ない。

外国人ばかりだ。髪をブロンドに染めたコロンビア人の女たちが通りかかる車を停め、しきりに媚《こび》を売っている。

少し離れた舗道では、タイ人やフィリピン人の女たちが客を漁《あさ》っていた。中国人らしい女も混じっていた。

　この通りと大久保通りが、彼女たちの職場だった。

　エイズを恐れているのか、すんなり誘いに乗る男たちは少なかった。中には、娼婦に罵声《ばせい》を浴びせる酔っ払いもいた。女たちも口汚く罵《ののし》り返す。

　シンシアは職安通りを渡ると、大久保通りの方向に進んだ。

　付近には、小さなビルとラブホテルが混然と建ち並んでいる。道幅は狭い。一方通行の道が多かった。

　ホテルに向かうカップルがたまに通るだけで、人影は疎《まば》らだった。

　わざと歩度を緩《ゆる》める。雑沓《ざっとう》と同じ速度で進んだら、シンシアに尾行を見抜かれる心配があった。

　シンシアは自分の塒《ねぐら》に向かっているようだった。

　刈谷は一定の距離を保ちながら、彼女を尾《つ》けつづけた。

　五分ほど歩くと、シンシアは路地に足を踏み入れた。刈谷は爪先を使って、小走りに追った。

　つんのめるような走り方をしたのは、自分の靴音を殺すためだった。

　路地に入ったとき、ちょうどシンシアが三階建ての低層マンションに吸い込まれた。

　忍び足で、マンションの前まで進む。シンシアは最上階まで階段を駆け上がり、角の部屋の前で立ち止まった。

鍵は取り出さなかった。

インターフォンを鳴らすと、中からドアが開けられた。室内灯の光が零《こぼ》れた。

シンシアは独り暮らしではなさそうだった。同じ国から働きに来た仲間たちと家賃を負担し合っているのか。

同居者に迷惑はかけたくないが、仕方がない。

刈谷はマンションの階段を昇った。

まだ電灯の点《とも》っていない部屋が大半だった。場所柄、水商売関係の仕事をしている借家人が多いのだろう。

三階に上がった。

刈谷はシンシアの入った部屋に急ぎ、インターフォンのボタンを押した。

ややあって、スピーカーからシンシアの声が響いてきた。

「どなたですか?」

「国際宅配便です。サインをお願いします」

「いま、行くわ。待ってて」

「はい」

刈谷はドアの横の外壁にへばりついた。

そこは、ドア・スコープからは死角だった。シンシアに姿を見られたら、絶対にドアを開けてもらえないだろう。刈谷は、じっと動かなかった。

ドア越しに、スリッパの音が響いてきた。

刈谷は深呼吸し、いくらか緊張がほぐれた。

スチール・ドアが無防備に開けられた。刈谷はドアを大きく押し開け、玄関に身を滑り込ませた。

「ちょっと失礼するぜ」

「あっ、あなたは！」

シンシアが驚き、数歩後《あと》ずさった。すかさず刈谷は、シンシアの肩口を鷲掴《わしづか》みにした。

「乱暴はしないよ。二、三、質問したいだけだ」

「救《たす》けて！　あなた、早く来てーっ」

シンシアが首を捩《ねじ》って、奥の部屋に叫んだ。

青っぽいパジャマを着た男が、すぐさま飛び出してきた。まだ三十歳にはなっていないだろう。痩身で背が高い。

男は、右手に食べかけのドーナツを持っていた。日本人だろう。

「てめえ、何してやがるんだっ。おれの女から、手を放せ！」

「失礼だとは思ったんだが、どうしてもシンシアに訊きたいことがあったんでね」

刈谷は静かに言った。

「誰だか知らねえけど、ふざけんな。夜中に他人《ひと》の部屋に勝手に入りやがってよ。怪我しねえうちに、早く帰んなっ」

「そういうわけにはいかないんだよ」

「なめやがって！」

男が怒声を張り上げ、囓《かじ》りかけのドーナッツを投げつけてきた。

刈谷はわずかに体を泳がせただけで、なんなく躱《かわ》した。ドーナッツはドアの内側にぶち当たって、砕《くだ》け散った。

「てめえっ」

男が逆上し、殴りかかってきた。

大振りの右フックだった。刈谷はスウェーバックでパンチを避《よ》け、男の胃袋《ストマック》に拳《こぶし》を深くめり込ませた。

男がいったん伸び上がって、ゆっくりと体を折った。玄関マットの上に頽《くずお》れ、重く唸《うな》りはじめた。口から、未消化のドーナッツの塊《かたまり》が零《こぼ》れ落ちた。

「やめて！　彼をぶたないでっ」

シンシアが哀願し、刈谷の右手首を掴んだ。尖《とが》った爪が痛い。

「おれだって、手荒なことはしたくないんだ。質問に答えてくれたら、すぐに帰るよ」

「何を知りたいの？」

「きみは、本当にオラサ・ナコーンという名なのか？」

「ええ、そうよ。モンティラ・サラサートなんかじゃないわ」

「高杉慎也に会ったことは？」

刈谷は矢継《やつ》ぎ早《ばや》に訊いた。

「一度もないわ」

「会ったこともない男の許《もと》に、なぜ、きみの写真入りの航空便が届けられたんだっ。おれは、それが知りたいんだ」

「多分、それは……」

シンシアが口ごもり、落ち着きのない目になった。何か隠している顔つきだった。

男が起き上がって、弱々しく訊いた。

「おたく、何者なんだよ？」

「あんたは引っ込んでてくれ」

「なんだと！　ふざけたことを抜かしやがって。上等じゃねえか。よし、待ってろ！」

ふたたび男は頭に血を昇らせ、急に奥の部屋に駆け戻った。

「ここじゃ、話しにくい。ちょっとドアの外に出てもらえないか」

刈谷はシンシアに言った。

「あたしを殴ったりしない？」

「生まれてこの方、女は一度も殴ったことがないよ」

「そうなの。乱暴しないんだったら、廊下に出てもいいわ」

シンシアがそう言って、刈谷の右手首から自分の手を離した。

刈谷も彼女の肩に掛けていた左手を浮かせた。ちょうどそのとき、奥から男が走ってきた。

その右手には、ステンレスの文化庖丁が握られていた。目が血走っている。

「なんの真似だ？」

「さっさと帰らねえと、てめえをぶっ刺すぞ」

男が大声で凄《すご》んだ。

「話のわからない奴だな」

「うるせえ。早く消えやがれ！」

「そんなに刺したきゃ、刺せばいい」

刈谷はふと思いついて、男に背を向けた。スエードジャケットとポロセーターの裾をはぐり、一気に肩胛骨《けんこうこつ》のあたりまで捲《まく》り上げた。背中の刺青が見えたはずだ。

「あ、あんたは⁉」

「どうした？　早く刺せよ」

「おれ、てっきりおたくが堅気だと思ったから、ちょっと脅してやろうと思っただけで……」

「おれは、ヤー公なんかじゃない」

「だけど、すげえ刺青《スミ》しょってるじゃないか」

男の声は震え気味で、聞き取りにくかった。

刈谷は服の裾を下げ、ゆっくりと向き直った。慌《あわ》てて男が、庖丁を腰の後ろに隠した。顔面が引き攣《つ》っている。

刈谷は何か気持ちが晴れなかった。

姑息《こそく》な手段を使って、相手を怯《ひる》ませたことはフェアとは言えない。実際、卑怯なやり口《くち》だった。少なくとも、堅気のやることではないだろう。

そのことは、充分に弁《わきま》えていた。

しかし、さらに男が興奮すれば、無意味な暴力を重ねることになる。なんの恨みもない相手を殴り倒すことは、どうしても避けたかったのだ。

「おれの女が何かまずいことをやらかしたんですか？」

男がおもねるような口調で訊いた。

「そうじゃないんだ。さっきも言ったように、あんたの彼女にちょっと教えてもらいたいことがあるだけなんだよ」

「そうっすか。おれ、奥でドーナツ喰ってますから、この女に何でも訊いてください。廊下は寒いから、ここでどうぞ」

「迷惑かけて悪いな。なるべく手短に済ませるよ」

刈谷は笑顔で言った。男がばつ悪げに笑って、すぐに奥に引きこもった。

「こいつに見覚えがあるんじゃないか?」

刈谷は航空便と写真をポケットから取り出し、シンシアに見せた。

「手紙を書いたのは、あたしじゃないわ」

「そう言われても、すぐには信用できないな。書き出しの二、三行とモンティラ・サラサートと横文字で書いてみてくれ」

「わかったわ。紙とボールペンを取ってくる」

シンシアは小走りに奥に消え、ほどなく戻ってきた。

刈谷は自分の目の前で、シンシアにボールペンを使わせた。手紙の文字や署名とは、まるで筆跡が異なっていた。

「きみがこの手紙を出したんじゃないことは、よくわかったよ。しかし、同封されてた写真はどう説明する?」

「いいわ、話すわよ。あたし、他人《ひと》に頼まれて、そのエアメールを高杉って人の自宅に送ったの。送ったといっても、新宿からダイレクトじゃなくてね。いったん女の人から渡された英文の手紙と自分の写真をバンコクにいる友達に郵送して、その彼女に日本の高杉という人宛に……」

「頼まれた女っていうのは、きみの知り合いか何かなのか？」

「ううん、ぜんぜん知らない人。ミキという日本人よ」

「それは姓なのか、それとも名なのか？」

「どっちなのか、わからないわ」

「連絡先は？」

「それも教えてくれなかったの。その彼女、日本人男性の赤ちゃんを産んだタイの女を捜してたのよ」

「写真の坊やは、きみが産んだ子なんだな？」

「ええ、あたしの子よ」

「父親は、奥にいる男なのか？」

「ううん、別の日本人よ。前のお店のお客さんだったの」

シンシアが急に顔を曇らせた。

「その男の名は？」

「須藤《すどう》さん、須藤逸雄《いつお》って人よ。その男、あたしと結婚してくれるって言ってたんだけど、それは嘘だったの」

「悪い奴に引っかかったな」

「そうね。その男、あたしがイサムを産む前に、勤めてた会社を辞めて、お店にも来なくなっちゃったのよ。教えてくれた自宅の住所は、でたらめだったわ。あんな奴、死んじゃえばいいのよ」

「エアメールを高杉に出してくれって頼みに来た女とは、どんなきっかけで知り合ったんだい？」

「あたしのタイ人の友達が、ここに連れてきたのよ。その娘《こ》が歌舞伎町の喫茶店にいたら、ミキって女が声をかけてきたんだって。日本人男性の子供を産んだタイ人女性を知らないかってね」

「それで友達は、きみのことを喋ったわけか」

「ええ、そう」

「どんな女だった？」

刈谷は畳みかけた。

「きれいな人だったわ。二十六、七かな」

「顔立ちは？」

「細面で、セクシーだったわ。彼女、持ってきた英文の手紙を出して、『これに、あなたと子供が写っている写真を添えて、いったんバンコクの誰かに送ってから、その方にこのエアメールをすぐに日本へ送り返してもらいたいの』って言ったのよ」

「手紙は最初から、この角封筒に入ってたわけだな？」

「そうよ。高杉って人のアドレスも差出人のサインも、もう書いてあったわ。封はされてなかったけどね」

「文面は読んだのか？」

「あたし、英語は弱いの」

「そうか。当然、謝礼は貰ったね？」

「ええ、十万円貰ったわ。半分は前金で、残りの五万円はバンコクからの航空便が高杉って人の許《もと》に届いてからね。あたし、いいことをしたとは思ってないわ。たった一枚の写真と少しの手間で十万円も貰えるんで、つい……」

　シンシアが言い訳した。

「その女のことをできるだけ詳しく教えてくれ」

「そう言われても、二回しか会ってないから。それも長く話したわけじゃないしね」

「何か思い出してくれよ。どんな小さなことでもいいんだ」

「きっとミキは、東京の女じゃないわ。標準語で喋ってたけど、少し関西弁の訛《なまり》があったの」

「きみが、どうしてそこまでわかるんだ?」

「あたし、短い間だったけど、大阪の道頓堀《どうとんぼり》のスナックで働いたことがあるのよ。だから、関西弁も少しわかるの」

「なるほど」

刈谷はうなずきながら、磯貝千鶴という女のことを考えていた。

高杉の電子手帳に登録されていた千鶴の住所は、大阪の守口市だった。その女に関西弁の訛があってもおかしくない。

千鶴という女が捜査の目を晦《くら》ますために、妙な細工をしたのか。調べてみる必要がありそうだ。

「きみは、その女に別のことも頼まれたんじゃないのか?」

「別のことって?」

「はっきり言おう。きみは今月二十三日の午後四時前後に、浜名湖の近くにいなかったか?」

「浜名湖って、どこにあるの?」

「静岡県にある有名な湖だよ。その湖の奥まった所を奥浜名と言うんだが、そのあたりに行かなかった?」

「行ってないわ。半年以上、新宿から一歩も出てないもの。待って! もしかしたら、友達のウィティが、そこに行ったかもしれないわ」

　シンシアが何かを思い出した顔つきになった。

「ウィティ？」

「あたしに十万円くれた関西弁の女の人をここに連れてきた娘《こ》よ」

「そのウィティって娘は、どこにいる？　できたら、いますぐ会いたいんだ」

「この時間なら、まだ大久保通りに立ってるかもしれないわ」

「体を売ってるのか？」

「ええ、そう。ホステスやってるより、手っ取り早く稼げるからってね」

「その娘の写真、持ってるかい？」

「ううん、持ってないわ。近くだから、一緒に行ってあげる」

「そいつはありがたい」

「ちょっと待ってて。セーターの上に、何か羽織ってくるから」

　シンシアが慌《あわ》ただしく奥の部屋に行き、じきに戻ってきた。

　紫色のセーターの上に、ムートンの短いボレロを重ね着していた。南国育ちには、日本の寒さがこたえるようだ。

　同棲中の男は現われなかった。

　刈谷は奥の男に大声で礼を言い、シンシアと部屋を出た。冷え込みが一段と厳しくなっていた。大久保通りに向かう。

「日本は寒すぎるわ」

シンシアが歩きながら、背を丸めた。

「おれのジャケット、着るか？」

「ううん、平気。これから、もっと寒くなるのね。地獄だわ。でも、日本はお金になるから、これぐらい我慢しなくちゃ」

「日本もまだ不景気で、けっこう大変なんだよ。そのこと、知らないようだな」

「知ってるわ。でも、タイと較《くら》べたら、まだまだ天国よ」

「部屋にいた男とは、どのくらい一緒に暮らしてるんだ？」

刈谷は訊《き》いた。

「もうじき一年になるわ」

「あの男に惚れてるのか？」

「嫌いじゃないけど、いつかは別れると思うわ」

「彼は働いてないのか？」

「一応、フリーターよ。めったに働きに行かないけどね」

「それじゃ、ヒモじゃないか」

「でも、いいの。あたしも彼を利用してるんだから。ほら、ひとりでいると、新宿のやくざに目をつけられるでしょ？」

「持ちつ持たれつってわけか」

「そう、五分五分の関係よね。だから、恨みっこなしよ」

「きみは明るいな」

「そうかしら？　あなた、元はやくざだったんでしょ？」

「おれの刺青は、ただのスキンアートってやつさ。おれも、やくざは好きじゃない」

刈谷は口を閉じた。

二人は黙って歩きつづけた。大久保通りに突き当たると、シンシアは左右を見回した。刈谷は、彼女の視線を目で追った。

「あそこにいたわ」

シンシアが言って、右手の自動販売機のあるあたりを指さした。

数十メートル先だった。缶ドリンクの販売機の横に、髪を肩まで垂らした女が立っていた。

流行遅れのアニマルプリントの安っぽいブルゾンを着ている。下は、チノクロスパンツだった。

刈谷はシンシアと肩を並べて、ウィティに近づいていった。

シンシアに気づくと、ウィティが陽気な声を発した。二人は手を取り合い、タイ語で喋りはじめた。

　刈谷は二人のそばにたたずみ、煙草に火を点けた。

　ウィティがシンシアと話しながら、時々、刈谷に目を向けてくる。小柄だが、肉感的な体つきだった。目と口が大きい。

　数分後、シンシアが日本語で言った。

「やっぱり、この娘《こ》、奥浜名の猪鼻湖まで行ったそうよ」

「そうか」

　刈谷は捨てた煙草の火を踏み消し、ウィティの前に進み出た。ウィティが滑らかな日本語で挨拶した。

「どうも初めまして」

「きみは、なぜ奥浜名に行ったんだい？」

「それは、日本の女の人に電話で呼び出されたからよ」

「日本人男性の子供を産んだタイ人女性を捜してたミキって女だね？」

「そうよ。あたしがオラサに紹介した女の人……」

「どんなふうに呼び出されたんだ？」

「奥浜名に住んでる七十八歳のおじいさんとセックスすれば、三十万円くれるって言われたの。だから、あたし、言われた場所まで自分のお金を使って出かけたわけ。その女性とそこで落ち合うことになってたんだけど、彼女、来なかったのよ。足代、大損だったわ」

「猪鼻湖のどのあたりで待てと言われた？」

「松林の入口のとこよ。すぐ目の前が湖で、ごつごつした岩がたくさんあったわ」

「そう」

刈谷は短く応じた。

高杉の死体が発見されたのは、その松林の奥だった。湖岸道路からは見えにくい場所だ。

「あの女の人、オラサを紹介しただけで、五万円もくれたから、嘘なんかつかないと思ってたのに」

「女に連絡はつかないのか」

「駄目よ。彼女、フルネームも携帯電話の番号も教えてくれなかったもん」

「話を戻すが、きみは指定された場所にどれぐらいいたんだ？」

「着いたのが二時少し前で、五時過ぎまで待ってみたの。でも、ミキは結局、来なかったのよ」

「きみが待ってた間、誰か近くを通りかからなかった？」

「二時になるかならないころに、三十五、六歳の背の高い男が通ったわ。きちんと背広を着てたから、きっとサラリーマンよ」

「この写真の男じゃなかった？」

刈谷はスエードジャケットの内ポケットから高杉の写真を抓み出して、ウィティに手渡した。

ウィティが写真を自動販売機の明かりに近づけて、すぐに口を開いた。

「そうよ。この男の人だったわ！」

「この男は何か箱のような物を持ってなかった？」

「帽子を入れる円い箱のような物を大事そうに抱えてたわ。それから、革の書類鞄もね」

「男の様子は、どんなふうだった？」

「なんか急いでるようだったわ」

「そうか」

「この男の人、もう死んじゃったわよ。あたし、死体を見ちゃったの」

「なんで死体を見ることに？」

刈谷は早口で尋《たず》ねた。

「あたし、おしっこしたくなって、松林の中に入ってったのよ。五時過ぎだったわ。そうしたら、この男の人が死んでたの。びっくりして、腰を抜かしそうになっちゃった」

「きみは死体の近くで煙草を喫った？」

「ううん、一本も喫ってないわ。湖んとこでは、十四、五本喫ったけどね」

「どんな煙草を喫ってるんだ？」

「いつも、これよ」

ウィティがブルゾンのポケットから、バージニア・スリムライトを取り出した。

「やっぱりな」

「あたし、悪いことなんかしてないよ。ミキに騙《だま》されただけ」

「わかってるよ。きみは二十三日の日、ハイヒールを履《は》いてたな？」

刈谷は確かめた。

「なんで、わかっちゃうの!?　ミキがスーツを着て、ハイヒールを履いてこいって言ったのよ」

「きみは、ミキって女に利用されたんだ。殺された男の死体のそばに、きみの髪の毛と煙草の吸殻が落ちてたらしい」

「ええっ。ミキはあたしを人殺しに!?」

「多分、犯人に見せかけたかったんだろう」

「あの女、会ったら、殺してやる！」

ウィティが吼《ほ》えたて、高杉の写った写真を返してくれた。刈谷は、それを内ポケットに戻した。

「いったい何を調べてるの？」

「なあに、たいしたことじゃないんだ。保険関係の調査だよ」

刈谷は言い繕《つくろ》った。ウィティは少しも怪しまなかった。

「きみがミキを待ってる間、松林の中で人の争う物音はしなかったか？」

「そんな物音はしなかったわ。ただ、松林の向こう側から、急にモーターボートが姿を現わしたときはちょっとびっくりしたけどね」

「それは何時ごろだった？」

「帽子の箱みたいのを持った男の人が林の中に入ってから、十五分ぐらい経《た》ってからだったと思うわ」

「ということは、午後二時十五分前後だな。モーターボートを操縦してたのは？」

「操縦してたのは中年の男だったけど、助手席に女の人が乗ってたわ」

「いくつぐらいの女だった？」

「濃いサングラスをかけてたから、顔はよく見えなかったの。でも、体つきなんかは若い感じだったわね。二十代の後半ってとこかな」

「男は眼鏡をかけてた？」

刈谷は問いかけた。

「さあ、どうだったかしら？　なにしろ、モーターボートはあっという間に沖の方に行っちゃったからね」

「そうか。ありがとう。とても参考になる話ばかりだったよ」

「そう。あなた、なかなかハンサムね」

ウィティが唐突に言った。

「何だい、急に？」

「安くしておくから、遊ばない？　あたし、エイズになんか罹《かか》ってないから、安心して」

ウィティが複雑な笑みを浮かべた。

「今度つき合うよ」

「冷たいのね。いろいろ協力してやったのにさ」

「悪く思わないでくれ。これで、二人で何か喰ってくれよ」

刈谷はウィティの手に一万円札を握らせ、シンシアの肩を無言で叩いた。

二人が同時に礼を言った。

刈谷は片手を小さく挙げ、大股で歩き出した。

ウィティを電話で奥浜名に呼び寄せたのは、磯貝千鶴と考えられなくもない。千鶴がウィティの犯行と見せかけて高杉を毒殺し、三億五千万円の宝冠を奪ったのか。

モーターボートの助手席に坐っていた女が千鶴だとしたら、隣の中年男は何者なのか。

直《じか》に手を汚したのは、その男なのかもしれない。

磯貝千鶴という女の正体を突きとめれば、陰謀が透《す》けてきそうだ。近いうちに、大阪に行ってみよう。

刈谷は路《みち》を左に折れ、職安通りの方に引き返しはじめた。

ミニクーパーは、歌舞伎町二丁目の有料駐車場に預けてあった。

第三章　消された容疑者

1

震動が大きくなった。

『ひかり83号』は、カーブに差しかかっていた。京都駅を離れて数分後だった。

刈谷は臨席の久美に断って、煙草に火を点けた。

久美は窓側の席だった。もう京都駅周辺のビル群は遠のいていた。目的駅の新大阪には、午後三時二十九分に到着する予定だ。

高杉の葬儀から、四日が経っていた。

新幹線の揺れが小さくなった。

窓の外を眺めていた久美が、ぽつりと言った。

「今朝《けさ》、刈谷さんに電話をもらったとき、とっさにわたしも大阪に行くわなんて口走ってしまったけど……」

「こっちに来たことを後悔してるのか?」

「後悔というよりも、何か自分が怖いの」

「怖いって、どういう意味なんだ？」

刈谷はキャビンの灰を落としてから、問い返した。

「磯貝千鶴という女が主人を殺したかもしれないんでしょ？」

「それはわからないが、その女が事件に絡んでる疑いは濃いな」

「わたし、その女性の顔を見たら、何かしでかしそうな気がするの」

「そんな自分が怖いということか」

「ええ。たとえ磯貝千鶴が主人を殺したんじゃないとしても、高杉を陥れたことは間違いないんでしょ？」

久美が言った。念を押すような訊き方だった。

「いや、まだそこまでは言いきれないな。だから、磯貝千鶴の正体を突きとめに行くんじゃないか」

「そうだったわね。その女性が主人の愛人だったら、どうしよう!?」

「どんな男も浮気心は持ってると思うよ。しかし、高杉みたいなタイプの男が女房の目をごまかしながら、愛人とうまくやってたなんてことは考えられない」

「わたしだって、ずっとそう思ってたわ。だけど……」

「もっと自分に自信を持てよ。現にモンティラ・サラサートなんてタイ人女性は、実在しなかったんだ。千鶴は愛人なんかじゃないさ」

刈谷は煙草の火を消した。

「そのことなんだけど、シンシアという女性の話を鵜呑《うの》みにしてもいいのかしら？」

「シンシアが空とぼけて、芝居を打ったとでも言うのか？」

「刈谷さんは筆跡が手紙の主と違うということでシンシアを信じたようだけど、その気になれば、自分の筆跡をわざと変えることもできるんじゃない？　手紙の文字とシンシアの書いたものを一字一字見較べてみたわけじゃないんでしょ？」

「ああ。ひと目で筆跡の違いがわかったからな」

「どうせなら、シンシアのパスポートを見せてもらえばよかったわね。そうすれば、シンシアの本名がオラサ・ナコーンかどうかわかったでしょうから」

「パスポートなんて当てにならないさ。彼女たちの多くは、偽装パスポートで日本に入ってるんだ」

「あっ、そうか。ばかね、わたしったら」

久美が額に手をやった。刈谷は苦笑し、すぐに言った。

「疑いはじめたら、きりがないよ。しかし、シンシアは高杉の子なんか産んでない。あの娘《こ》は高杉の写真を見ても、なんの反応も示さなかったんだ」

「それじゃ、わたしの思い過ごしだったのね？」

久美が体を斜めにした。

その瞬間、香水の香りが刈谷の鼻先を掠《かす》めた。花のような香りだった。久美が結婚したころから愛用しているリヴ・ゴーシュだ。イヴ・サンローランの香水である。

「いい匂いだ。ようやく香水をつける元気が出てきたんだな」

「これはお洒落《しゃれ》じゃなくて、お線香臭さを消すためなの」

「そうだったのか」

「刈谷さん、話は飛ぶけれど、ウィティという娘が見たというモーターボートは事件に何か関係があると思う？」

「なんとも言えないな。ただ、高杉が松林の中に入ってから十五分後ぐらいに、そのモーターボートが発進したということが少し気になるんだ」

「カップルだったというから、ボートを松林の近くの湖岸あたりに停めて、甘い雰囲気を楽しんでたんじゃない？」

「そうかもしれないし、そのカップルは高杉を殺して、モーターボートで逃げたのかもしれない」

「ちょっと待って。あのあたりは岩礁が多くて、モーターボートを湖岸に寄せることは難しそうだったわ。浜松中央署の刑事さんに死体発見現場に案内されたとき、刈谷さんもあのあたりの地形を見たでしょ？」

「ああ。確かに岩が多かったが、松林の途切れるあたりは砂浜になってた」

「だけど、砂浜だったら、ボートを波打ち際まで近づけることはできないでしょ？　スクリューに藻《も》が絡んだり、砂を噛んだりするだろうから」

　久美が言った。

「ある程度の深さのあるところでボートを停めて、男のほうが水の中を歩いたとも考えられる。女はボートのエンジンをかけたまま、待機してたのかもしれないしな」

「ええ、そうね。そういうことも考えられるわね、確かに」

「モーターボートのカップルのこともそうだが、おれは高杉が奥浜名に行ったことに拘《こだわ》ってるんだよ。なぜ、奥浜名だったのか」

「誰かに呼び出されたんじゃない？」

「そう考えるのが自然だろうな」

「宝冠を受け取ることになってたのは、誰だったのかしら？」

「志郎君は、民自党の皆川清秀なんじゃないかと見当をつけてたよ。高杉から、日東物産と皆川の深い繋がりを聞いてたらしいんだ」

「そう言えば、わたしも皆川代議士のことは聞いたことがあるわ。確か芦屋に住んでるはずよ」

「それじゃ、ほぼ間違いないだろう。高杉は、皆川邸には何度か行ってるんだね？」

「ええ、何かの報告で何度か訪ねてるわ。代議士が事件に絡んでるわけ？」

「まだ、そいつはわからない」

刈谷は紙コップのコーヒーを口に運んだ。

会話が途切れた。少し間《ま》を取ってから、刈谷は言った。

「余計なことかもしれないが、これからどうするつもりなんだい？」

「少し落ち着いたら、何か仕事に就《つ》くつもりよ。お金のこともそうだけど、そのほうが気晴らしになると思うの」

「そうだな。おれも、きみの考えに賛成だよ」

「わたしたち、同じ境遇になったのね」

久美がだしぬけに言った。

刈谷は、とっさには言葉の意味がわからなかった。

「あら、あら。亡《な》くなった奥さんがかわいそう」

「そういう意味だったのか。確かに連れ合いを早く亡くしたよな、お互いに」

「ほんとにね。刈谷さん、再婚する予定は？」

「いまのところ、再婚なんて考えられないな」

「亡くなられた奥さんのことが、まだ吹っきれないんでしょうね？」

「そういうこともあるが、相手がいないんだよ」

「嘘ばっかり。刈谷さんなら、女たちが放っとくはずがないわ。わたしにも、あなたは気になる存在だったもの」

「昔話はよそう」

「本当の話よ。でも、こんな話は不謹慎よね。夫を亡くしたばかりの女が言う台詞《せりふ》じゃなかったわ」

「そうだな」

「いま言ったこと、忘れてくださいね」

久美が他人行儀に言って、窓の方に体の向きを変えた。淡い色合のテーラードスーツに身を包んでいるからか、どこか貴婦人めいた印象を与える。

愁《うれ》いを含んだ切れ長の目が、男の何かを掻《か》きたてる。いい女だ。

——おれは、いまでも久美に未練めいたものを抱いてるんだろうか。

刈谷は胸底で呟いた。

それから間《ま》もなく、新大阪に到着した。

定刻の三時二十九分だった。梅田に出て、地下鉄で守口まで直行した。地上に出ると、陽が大きく傾いていた。

磯貝千鶴の住むマンションは、駅から三、四分の場所にあった。四階建ての賃貸マンションだった。

管理人はいなかった。エレベーターもない。千鶴の部屋は三〇三号室だった。

だが、その部屋には誰も住んでいなかった。表札も掲《かか》げられていない。

空き室の前にたたずんでいると、スーパーの買い物袋を提《さ》げた四十五、六歳の女が通りかかった。

「ちょっとうかがいます」

刈谷は、女に声をかけた。女が立ち止まった。狸《たぬき》に似た顔だった。

「三〇三号室にいた磯貝さんは、引っ越されたんですか？」

「ようわからんけど、そうみたいやね。三、四日前の夜更けに、家財道具を運び出したようやったわ。誰にも挨拶せんと、まるで夜逃げみたいに消えてしもたんや。けったいな女やったわ、ほんまに」

「それじゃ、転居先のわかる方はいないでしょうね？」

「このマンションにいてる者は、誰もわからんと思うわ。あの女、誰ともつき合《お》うてへんかったようやし。階段で顔合わせても、そっぽ向くような女やもん、誰かて……」

女が憎々しげに言った。よっぽど不愉快な思いをさせられたようだ。

「ここには、どのくらい住んでたんです？」

「一年もいなかったんちゃう？」

「部屋に男が訪ねてくるようなことは？」

「ちょくちょく来とったわ、夜遅くにな。あの女、夜の勤めやったんやない？　お化粧塗りたくって、いっつも夕方、出て行きよったから」

「訪ねてきた男は、いくつぐらいでした？」

「五十年配っちゅうとこやね。ちょっと脂《あぶら》ぎった感じの男やったわ。背は、おたくより十センチ以上は低かった思うな」

「大阪弁を使ってましたか？　その男？」

「そやったわ」

「ところで、この男が訪ねてきたことはなかったかな？」

刈谷は上着の内ポケットから、高杉の写真を引っ張り出した。女が写真を覗き込み、大きく首を横に振った。

「いっぺんも見たことあらへんわ、写真の人は」

「そう」

刈谷は久美に目で笑いかけた。久美が、すぐにほほえみ返してきた。

「おたくら、クレジット会社の人とちゃう？」

「ええ、まあ。磯貝さんは、どこの不動産屋の斡旋《あっせん》でここに入居したんです？」

「駅前通りの平和不動産や思うわ。ここの管理は、その不動産屋がやってるさかい」

「そこに行けば、磯貝さんの引っ越し先がわかるかもしれないな」

「そやね。行ってみはったら?」

女はそう言い、自分の部屋に向かった。

足音が遠ざかると、刈谷は久美に言った。

「おれの思った通り、高杉と千鶴を結びつけるものは何もなかったわけだ」

「そう思ってもいいのかしら?」

「まだ、そんなことを言ってるのか。千鶴の部屋には、五十絡みの男が通って来てたって話をしてただろ?」

「ええ。でも、この目で見たわけじゃないし、その人がパトロンかどうかはわからないでしょ?」

「きみは、ちょっと疲れてるんだ。だから、物事を悪いほうにばかり考えちまう」

「そうなのかもしれないわ」

「とにかく平和不動産に行ってみよう」

刈谷は久美を促《うなが》し、先に階段の降り口に向かった。久美が小走りに追ってくる。

マンションを出ると、二人は駅前通りに急いだ、
平和不動産は、わけなく見つかった。間口《まぐち》二間ほどの小さな店舗だった。

店内に足を踏み入れると、初老の太った男が愛想よく言った。

「どないな物件をお探しでっか？」

「実は『守口《もりぐち》コーポラス』の三〇三号室に住んでた磯貝千鶴さんのことで、少しうかがいたいんですよ。彼女、いつ越したんです？」

刈谷は切り出した。

「四日前やけど、おたくさんたちは？」

「われわれは、信販会社の調査部の者です。できたら、磯貝さんの転居先を教えていただきたいんですがね」

「ローンを倒されたんでっか？」

「まあ、そんなとこです」

「そりゃ、えらいことでしたな。お尋ねの件でっけどな、わしも磯貝さんの転居先わからんねん。あの娘《こ》、教えてくれへんかったんや。ただな、外国に行く予定や言うとったわ」

「外国って、どこです？」

「とりあえずタイに行って、そこからオーストラリアに渡る言うとったわ」

「彼女ひとりで出かけると？」

久美が口を挟んだ。男が久美の顔を無遠慮に眺めながら、すぐに応じた。

「いや、男と一緒や言うとったで」

「相手の男性について、何か言ってませんでした？　名前とか勤務先なんかを」

「そこまでは言わんかったわ。けど、その男には嫁はんがおるとかで結婚できんから、恋の逃避行に出る言うとったで。どこまでほんまの話か知らんけどな」

「彼女、その相手の方とどこで知り合ったと言ってました？」

刈谷は男に訊いた。

「ようわからんけど、彼女の店のお客だったんちゃうやろか？　あの娘、キタのクラブで働いとったんですわ」

「店の名は？」

「えーと、『沙霧《さぎり》』やったかな。曽根崎新地《そねざきしんち》でも、十本の指に入る高級クラブやそうやで。わしらじゃ行けんような店やから、近づいたこともあらへんけどな」

「曽根崎新地の『沙霧』ですね？」

「そや。毎日新聞社の真裏にある言うとったから、曽根崎新地一丁目や思うわ」

「さすがは商売柄、地理に明るいですね」

「いやあ。そのクラブに行かはったら、なんぞわかるんとちゃう？」

「そうしてみます。助かりました。どうもありがとうございました」

刈谷は礼を言って、久美と店を出た。

久美はすっかり沈んでいた。刈谷は近くの和風喫茶店に久美を誘った。

店内には、琴の調べが流れていた。庭園風の造りだった。

二人は中ほどの席に向かい合い、ともにコーヒーを注文した。

「主人は、磯貝千鶴とバンコクに逃げるつもりだったのね。きっと二人は、どこかで密かに会ってたんだわ」

久美がコップの水をひと口含んでから、感情を押し殺した声で言った。切れ長の目には、落胆の色が濃く貼りついていた。

「高杉は、よく外泊してたのか？」

「めったに外泊することはなかったけど、月に何回か帰宅が午前二時近くになることがあったの。そういうときは、おそらく磯貝千鶴と……」

「商社マンだったんだから、いろいろ夜のつき合いがあったんだろう」

「慰めてくれなくてもいいの。死んだ人を恨んでも仕方ないもの」

「しかし、まだ高杉と千鶴が深い仲だと決まったわけじゃない」

「きっと夫は千鶴という女に唆《そそのか》されて、三億五千万円の宝冠を持ち逃げしたのよ。そして人目のつかない奥浜名の松林で、二人は落ち合ったんだわ。だけど、主人は女に裏切られてしまった」

「そう決めつけるには、高杉と千鶴の接点が曖昧《あいまい》すぎる。おれはやっぱり何か裏があるような気がするんだ」

「どんな裏があるって言うの？」

「残念ながら、そいつがまだ見えてこないんだ」

刈谷は長嘆息して、煙草に火を点けた。

そのとき、コーヒーが運ばれてきた。二人は黙ったまま、コーヒーを啜った。短い沈黙を先に破ったのは、刈谷のほうだった。

「ひと休みしたら、きみは東京に戻ったほうがいいな」

「刈谷さんは、どうするつもりなの？」

「『沙霧』ってクラブに行ってみるよ。もう千鶴は店をやめてるかもしれないが、何か手がかりは摑めそうだからな」

「それじゃ、刈谷さん、今夜は大阪に泊まることになりそうね？」

「そいつは成り行き任せだな」

「そう。もう調査を打ち切ってもらったほうがいいのかもしれないわ」

久美がコーヒーカップの縁に付いた口紅を指の腹で拭いながら、苦悩に満ちた顔で呟いた。

「なぜ急にそんなことを？」

「真相がわかっても、わたしは苦しむことになるだけでしょ？」

「それは、そうだろうが」

「時間はかかるかもしれないけど、いつか警察が主人を殺した犯人を捕まえてくれるはずだわ」

「日東物産やきみが宝冠のことを明かさない限り、捜査は難航したままだと思うね。最悪の場合は、迷宮入りになっちまうかもしれない」

「そうなっても困るわ」

「もう少しおれに調べさせてくれないか。いまのおれが高杉にしてやれることは、それしかないんだ。いや、そんなきれいごとじゃない。このままじゃ、おれの気持ちがどうにも落ち着かなくてな」

「わかったわ。わたし、ひと足先に東京に戻ります」

「そうしてくれ」

「刈谷さん、決して無茶なことはしないでね」

「わかってるさ。命のスペアはないからな」

刈谷は残りのコーヒーを飲み干した。

2

巨大な高層ビルが林立している。

灯火で、どの窓も明るい。大阪駅前のビジネス街だ。

刈谷は歩き出した。第一生命ビルと三井住友銀行の間を抜け、曽根崎新地に向かう。

街路は、車と人で塞《ふさ》がれていた。

まだ午後八時を回ったばかりだった。会社帰りらしいビジネスマンやＯＬがのんびりと歩いている。残業を片づけ、馴染みの酒場に向かっているのか。

刈谷は歩《ほ》を運びながら、ふと日東物産大阪支社が御堂筋《みどうすじ》寄りにあることを思い出した。

徒歩で数分の距離だった。

妙に懐《なつ》かしい気分になった。高杉が大阪支社に勤務していたころ、刈谷は一度、会社を訪ねたことがあった。

高杉が転勤になって、半年あまり過ぎたころだった。刈谷は京都まで仕事で来たついでに、大阪まで足を延ばしたのだ。

その夜は高杉の案内で、難波《なんば》に繰り出した。

二人は庶民的な料理店と酒場を五、六軒回った。難波を中心とした心斎橋、戎橋《えびすばし》、道頓堀などの繁華街はどこも気取りがなく、他所者《よそもの》も寛《くつろ》げた。

土地の人間たちは、その界隈をミナミと称している。東京で言えば、新宿に当たる盛り場だろう。

大阪駅前第一ビルと第二ビルの谷間を通り抜けると、大通りにぶつかった。車の流れが激しい。その広い車道の向こう側に、華やかな照明がきらめいていた。曽根崎新地だ。大阪の表玄関に当たる梅田界隈は、地元ではキタと呼ばれている。

そのことを刈谷に教えてくれたのは、高杉だった。

だが、案内はしてくれなかった。勘定の高い飲食店が多いという話だった。

刈谷は、新地本通りを横切った。

気取った店構えのバーやクラブが目立つ。割烹店やレストランも、どことなく取り澄ました感じだ。東京の銀座に近い雰囲気だった。

刈谷は毎日新聞社の社屋を目標に進んだ。

『沙霧』は、新聞社のほぼ真裏にあった。飲食店ビルの六階だった。

刈谷はエレベーターで、六階に上がった。

同じフロアに三軒のクラブがあった。どの店も高級そうで、何となく近寄りがたい。

『沙霧』は、最もエレベーターホールに近い場所にあった。

黒い扉に金色のモールがあしらわれている。

重厚な扉を手繰《たぐ》ると、黒服の男が立っていた。三十歳前後に見えた。細身で背が高い。割に顔立ちは整っている。

「軽く飲みたいんだが、いいかな？」

「失礼ですが、お客さまは初めてでいらっしゃいますね？」

男が標準語で問いかけてきた。

「この店は、会員制なの？」

「はい。申し訳ありませんが、会員の方のどなたかのご紹介がありませんと……」

「そいつは残念だな。ここに千鶴という飛び切りの美人ホステスがいると聞いたんだがね」

「千鶴？　ああ、麻耶《まや》さんの本名ですね。彼女は、もうここにはいませんよ。三カ月ぐらい前に辞めたんです」

「そうだったのか。その彼女、別の店に引き抜かれたの？」

刈谷は質問した。

「いいえ、自分の店を持ったんですよ」

「その店は、どこにあるんだい？」

「新御堂筋ですわ」

黒服の男が初めて大阪弁を使った。

「新御堂筋というと、御堂筋から一本奥の通りだったかな？」

「そうですわ。その通りの角に第一生命ビルの東館いうのんがありますよって、そこを左に曲がってください」

「それから？」

「しばらく歩くと、右側に阪急通りというのがあります。その通りの中ほどに、『マジョルカ』というスナックがあるはずですわ」

「どうもありがとう」

刈谷は『沙霧』を出て、すぐにエレベーターに乗り込んだ。

表通りまで引き返し、教えられた道筋をたどっていく。十分ほど歩くと、阪急東通りの入口が見つかった。

さほど広い通りではなかった。商店と飲食店が混然と建ち並んでいる。

刈谷は両側の軒灯を見ながら、大股で突き進んだ。

目的のスナックは、雑居ビルの二階にあった。ビルの階段を昇りかけると、上から一組の男女が降りてきた。

なんと男は、日東物産大阪支社の伴繁樹だった。角張った顔に、しまりのない笑みを浮かべていた。

女は二十六、七歳だった。

面長で、やや上唇が捲《めく》れ上がっている。セクシーな唇だ。美人といっても差し支えないマスクだ。女は伴に凭《もた》れかかって、腕を絡めていた。

刈谷は、素早く物陰に身を潜めた。

伴が女に低く何か語りかけている。話の内容まではわからなかった。ひょっとしたら、連れの女は磯貝千鶴なのかもしれない。

刈谷は、にわかに緊張した。

伴たち二人が階段を降りきった。女が短く何か言い、腕をほどいた。伴がこころもち右手を挙げ、せかせかした足取りで歩み去っていく。

女が階段を昇りはじめた。

刈谷は少ししてから、女の後を追った。極力《きょくりょく》、足音はたてなかった、
女が吸い込まれたのは、『マジョルカ』だった。

ママの千鶴なのか。それとも、ただのホステスなのだろうか。

刈谷は、女の正体を突きとめる気になった。

気持ちが急《せ》いていたが、すぐに店に入るわけにはいかない。踊り場で煙草を一本喫《す》ってから、『マジョルカ』のドアを押した。

店内は十二、三坪ほどの広さだった。

インテリアは割に渋かった。左手にカウンターが伸び、右側に焦茶のボックス・シートが四組あった。

さきほどの女は、奥のボックス席で三人連れの客と話し込んでいた。

客はサラリーマン風だった。三人とも、似たようなグレイの背広を着ている。三十

代だろう。

カウンターの内側には、若いバーテンダーがいるだけだった。
二十二、三歳か。顎が少ししゃくれていた。
刈谷はカウンター席に坐って、バーボンのオン・ザ・ロックを註文した。ウイスキーは、ブッカーズだった。

薄切りのフランスパンに、ブルーチーズを載せたものが出された。オードブルだ。

「奥にいる女性はママかい？」

刈谷は、バーテンダーに低く訊いた。

「そうです」

「色っぽいね。客あしらいもうまそうだ」

「そりゃ、年季が入ってますからね。うちのママは、曽根崎新地の『沙霧』ってクラブにいたんですよ」

「そうなのか」

「お客さん、東京の方ですね？」

「ああ。ちょっとこっちにいる友人に会いに来たんだ」

「そうですか。ぼくもちょっとの間、東京にいたことがあるんです。通販の会社に勤めてたんですよ」

バーテンダーは話し好きのようだった。好都合だ。こういうタイプの人間からは、情報を楽に引き出せるだろう。

「東京のどこにいたんだい？」

「品川区の平塚《ひらつか》です。東京は面白《おもろ》かったんやけど、仕事がえろうきつくて。それで、こっちに戻ってきたんですわ」

「そう。ところで、このあたりは客層がいいんだろう？」

「そうでんな。梅田で働いてる一流企業のサラリーマンの方が大半ですよって」

「それじゃ、日東物産の連中なんかもよくこの店に飲みに来るのかな？」

「日東物産の人はめったに見えはらんな。おひとりだけ来てくれてはりますけどね」

「そいつは、美人ママがお目当てなんだろうな」

「さあ、どうなんでしょう？」

バーテンダーは言葉を濁した。その表情には、困惑の色が宿っていた。

図星だったようだ。『守口コーポラス』の三〇三号室に通っていた男というのは、伴なのかもしれない。

刈谷はそう思いながら、グラスを傾けた。

喉のあたりが熱くなった。少し癖のある味だが、うまいバーボンだった。

ブルーチーズを載せたフランスパンを頰張ったとき、ママが挨拶にやってきた。

「いらっしゃいませ。お客さまは、このお近くにお勤めですのん？」

「いや、他所者《よそもの》ですよ」

「東京の方やね？」

「ええ。ここには、気まぐれでふらりとね」

「そうですのん。でも、嬉しいわ」

「おれも美人のママに会えてよかったよ」

刈谷は社交辞令を返した。

ママが艶《つや》っぽくほほえみ、かたわらのスツールに腰かけた。化粧が濃い。香水の匂いもきつかった。

刈谷は危うくむせるところだった。

「お酒、お強そうやね」

「嫌いじゃないね。それより、ママは新地のクラブにいたんだって？」

「そうですのん。もう若《わこ》うないから、丸々借金して、このお店をオープンしたんです」

「いい店だよ。落ち着けて。大阪に来たときは、また寄らせてもらうかな」

「どうぞ、ごひいきに」

ママがにこやかに言い、和紙の名刺を差し出した。

刈谷はそれを受け取って、活字を素早く読んだ。

門田千鶴《かどたちづる》と印刷されていた。磯貝千鶴とは別人なのか。

「いい名前だな。これは本名？」

「ええ。新地のクラブで働いてるときは、別れた主人の姓を使《つこ》うてたんやけど、いまは旧姓を使うてるんです。前は磯貝千鶴やったんですよ」

「そっちも悪くないな。それにしても、離婚経験者には見えない」

「ほんまにバツイチやの。若気のなんとかで、親の反対押し切って、早《はよ》うに結婚してしまったんですの。結局、たった三年で別れることになってしもうたんやけど」

「そう。離婚後も別れた亭主の姓を使ってるのは、まだ未練があるからなのかな？」

「いややわ。そんなんやないの。別れたとき、ちゃんと旧姓に戻したんですよ。けど、なんや恰好悪くて、そのまま別れた主人の姓を使《つこ》うてたんです。それだけのことですねん」

「しかし、独立を機に門田姓を使うようになったってわけか」

「まあ、そないなとこやね。それはそうと、お客さんのお名刺いただきたいわ」

「あいにく名刺を切らしちゃってるんだ」

「ほんまに？　せめてお名前を教えてほしいわ」

「高杉、高杉慎也だよ」

刈谷はわざと殺された友人の名を使い、相手の反応をうかがった。

千鶴の顔が一瞬、醜く引き攣《つ》った。衝撃を受けたことは明らかだ。だが、彼女はすぐに平静さを取り繕《つくろ》った。

「ねえ、何かお歌いにならへん？」

「カラオケは苦手なんだ。一緒に飲もう。ママは何がいい？」

「ほんなら、ビールをいただきます」

「オーケー。ママにビール、おれにもお代わりを頼む」

刈谷はバーテンダーに言って、グラスを空にした。

二人は取りとめのない話をしながら、静かに飲みつづけた。

千鶴の素振りは落ち着かなかった。受け答えも、うわの空だった。

刈谷は、伴のことを探り出したい衝動を抑えるのに苦労した。喉元まで迫《せ》り上がってきた言葉を幾度となく呑み込んだ。

高杉の名を出しただけで、千鶴に与えたインパクトは大きかった。これ以上、不用意な探り方をしたら、相手に警戒されるにちがいない。

十時半になったとき、刈谷は腰を上げた。

「もう少しええやないの」

千鶴はそう言ったが、ほっとした顔つきになっていた。

「いつかまた来るよ。看板は何時なんだい？」

「十二時です」

「そう。勘定を頼む」

「はい、ただいま……」

千鶴がバーテンダーに合図して、スツールから立ち上がった。

刈谷は支払いを済ませた。千鶴に見送られて、店を出る。

ママと伴との間には、必ず何かがある。閉店後、千鶴を尾行してみる気になった。

その間に、今夜の塒《ねぐら》を確保しておくか。

刈谷は雑居ビルを出ると、新御堂筋の方向に歩き出した。
五、六分進むと、寺院と大小のホテルが建ち並ぶ一画があった。刈谷は、NTTの斜め前にある中級のホテルに入った。
フロントで空き室の有無を確かめると、運よくシングルの部屋が一室だけ空いていた。

九階だった。部屋に落ち着くと、刈谷はゆっくり湯に浸《つ》かった。筋肉の強張《こわば》りがほぐれ、心身ともにさっぱりした。刈谷は浴室を出ると、久美の自宅に電話をかけた。

まだ帰宅していないかもしれないと思ったが、先方の受話器は外れた。

「はい、高杉です」

「おれだよ。早かったな」

「二十分ぐらい前にここに帰ってきたの」

「そうか。とうとう千鶴を見つけ出したよ」

「『沙霧』ってクラブにいたのね？」

「いや、その店は辞めてたんだ」

刈谷は千鶴が独立したことを話し、伴繁樹を見かけたことも語った。

「伴部長が、なぜ、千鶴のスナックにいるわけ!?」

「ただの偶然なんかじゃないな。おれは、二人の関係を探ってみるつもりなんだ」

「二人が深い仲だったとしたら、高杉と千鶴の間には何もなかったのね？」

「だから、おれは最初っから……」

「高杉は、なぜ電子手帳に磯貝千鶴の名を登録したのかしら？」

「これは推測なんだが、伴の何かを調べ上げ、内部告発する気だったんじゃないだろうか」

「内部告発!?　つまり、伴部長が何か不正を働いてたってこと？」

「おそらく、そうなんだろう。それで、高杉は調査会社の調査員を使って、伴の不正の事実を摑もうとしたんじゃないかな。手帳に挟んであったのは、多分、そのときの報酬の領収証だと思う」

「でも、領収証はだいぶ前のものだったわ。不正の証拠は摑めなかったのかしら？」

「いや、証拠は摑んだんだが、何か事情があって告発できなかったんだろう」

「そのうち、相手に気づかれて、罠に……」

「そう考えてもいいかもしれない。伴の自宅の住所を教えてくれないか」

「いま、社員名簿を取ってきます」

久美の声が途絶え、メロディーが流れてきた。ビートルズの『レット・イット・ビー』だった。

刈谷は受話器を耳に当てたまま、煙草に火を点けた。三口ほど喫ったとき、久美の声が響いてきた。

「お待たせしました。自宅は東淀川《ひがしよどがわ》よ」

「正確な番地を教えてくれ」

刈谷は煙草の火を消し、備えつけの黒いボールペンを握った。メモを取ってから、彼は問いかけた。

「その名簿は、いつ発行されたものだい？」

「去年のものよ」

「だとしたら、明石悟の住所は載ってないな」

「明石って、高杉と若い女がラブホテルから出てくるのを見たって元社員ね？」

「ああ。伴の話は、どうも嘘臭かったろう？」

「ええ、なんだかね」

「その明石って奴が高杉を陥れる目的で嘘を言ったのか、伴のほうが勝手な話をでっち上げたのか、ちょっと当たってみたいんだ」

「数年前の社員名簿を見れば、きっと載ってると思うわ。古い名簿、持ってきましょうか？」

「いや、いまじゃなくてもいい。また、こっちから連絡するよ」

刈谷は先に電話を切った。

改めてキャビンに火を点けた。煙草を吹かしていると、無性《むしょう》に佳奈の声が聴きたくなった。くわえ煙草で、高田馬場の『アゲイン』に電話をかける。

二度目のコールサインで、佳奈が受話器を取った。

「おれだよ。いま、大阪にいるんだ。出張で、若い極道に墨を入れに来てるんだよ」

「相変わらず、嘘が下手ね。高杉さんの事件のことを調べてるんでしょ？」

「神楽坂の師匠に聞いたんだな」

刈谷は半年ほど前に辰吉に佳奈を紹介していた。

短くなったキャビンの火を消す。

「そうじゃなく、あなたの様子でわかったのよ」

「そうか。きみは勘がいいからな」

「それで、どうなの？」

「まだ断定はできないが、どうも高杉は誰かに嵌《は》められたようだ。もちろん、あいつが宝冠を持ち逃げしたんじゃないだろう」

「なんだか水をさすようだけど、もう事件から手を引いたほうがいいんじゃない？　なんだか悪いことが起こりそうな気がして、わたし、気持ちが落ち着かないの」

「身に危険が迫ったら、そうするよ。おれのことより、客の入りはどうなんだ？」

「今夜は割に忙しいわ」

「そいつはよかった」

「こっちには、いつ戻る予定なの？」

「明日には帰るつもりだよ」

「そう。それじゃ、お寝《やす》みなさい」

佳奈が静かに電話を切った。

刈谷は受話器を置くと、ベッドに仰向けになった。ぼんやりと天井を眺めながら、そのまま十一時半まで動かなかった。

刈谷は起き上がると、すぐに部屋を出た。

湯上がりのせいか、寒風が身に沁《し》みた。急ぎ足で、『マジョルカ』に向かう。五分ほどで着いた。

刈谷は、雑居ビルには入らなかった。ビルの少し先に、四輪駆動車が駐《と》めてあった。仕立て屋の前だ。店のシャッターは降りていた。

刈谷は四輪駆動車とシャッターの間に入り込んだ。

酔った男たちが時たま通るだけで、人通りは絶えかけていた。十分ほど経《た》つと、雑居ビルから生ごみを持った若い男が現われた。

『マジョルカ』のバーテンダーだった。

間もなく閉店のようだ。生ごみの入ったビニール袋を所定の場所に置くと、バーテンダーは店に引き返していった。

寒そうだったが、足取りは軽やかだった。もうじき仕事から解き放たれるからだろう。

さらに七、八分が経過したころ、千鶴とバーテンダーが一緒に出てきた。

千鶴は毛皮のハーフコートを着ていた。チンチラのようだ。バーテンダーは、紺のダッフルコート姿だった。

二人は雑居ビルの前で、左右に別れた。

千鶴は新御堂筋と逆方向に歩き出した。刈谷は少し間《ま》を取ってから、千鶴を尾《つ》けはじめた。

二、三百メートル行くと、丁字路《ていじろ》に行き当たった。
正面は中学校だった。コンクリート造りの校舎が闇の底にうずくまっている。

千鶴が右に曲がり、すぐに今度は左に折れた。

そこは、中学校の脇の路地だった。街灯の数は、あまり多くない。

千鶴は馴れた足取りで歩きつづけている。

どうやら住まいは、そう遠くない場所にあるらしい。

刈谷は幾度も足を止め、数秒ずつ時間を遣《や》り過ごした。千鶴との距離を開けるためだった。

ほどなく千鶴が、暗い路地を抜けた。

その先には、大きな公園があった。植えられた樹木が、小さく揺れていた。葉の落ちた裸木が巨大な骨のように見える。

刈谷は石門のプレートに目をやった。

扇町《おうぎ》公園と刻まれていた。

千鶴はなんのためらいもなく、闇の濃い園内に足を踏み入れた。園内を横切って、近道する気なのか。

刈谷も公園に入った。

ベンチにも遊歩道にも、人影はない。園灯の弱々しい光が侘《わび》しげだった。

突然、千鶴が駆け足になった。尾行に気づかれてしまったのか。ただ、無気味な暗さに怯《おび》えただけなのだろうか。

刈谷は小走りに追った。

まだ尾行を覚《さと》られたとわかったわけではない。速力を上げるわけにはいかなかった。

百メートルほど先で、不意に千鶴の姿が掻き消えた。

刈谷は焦《あせ》った。どうやら尾けていることを気取《けど》られたらしい。

近くの繁みに隠れたのだろう。

刈谷は中腰になって、暗がりを凝視した。右手の遊歩道の奥で、何かが動いた。灌《かん》木《ぼく》も揺れた。

刈谷は、その方向に突っ走った。

前髪が逆立《さかだ》った。衣服が体にへばりついて離れない。

遊歩道を十数メートル行くと、いきなり暗がりから三つの人影が躍り出てきた。三人とも男のようだった。

だが、暗くて風体《ふうてい》はわからなかった。殺気めいたものが伝わってきた。

三つの影がひと塊になって、ゆっくりと間合いを詰めてくる。

刈谷は上着のポケットからライターを摑み出し、素早く火を点けた。揺れる炎が、あたりを仄《ほの》かに明るませた。

男たちは、ひと目で暴力団員とわかった。

揃って二十代の後半だった。真ん中の男は、頭髪をつるつるに剃《そ》り上げている。両側の二人は、ともにパンチパーマだった。

「なんで『マジョルカ』のママを尾けとるんや。なに嗅ぎ回っててんねん！」

剃髪頭《スキンヘッド》の男が野太い声で喚《わめ》いた。

「おまえらこそ、誰に頼まれたんだ？　雇い主はママなんだなっ」

「やかましい！　早《はよ》う東京に戻らんと、大怪我するで」

「おれは他人に指図されるのが嫌いなんだよ。むかつくんだ」

刈谷は言うなり、身を翻《ひるがえ》した。

竦《すく》み上がったわけではない。男たちを園灯の近くまで引き寄せたかったのだ。

三人組が口々に怒号を放ちながら、すぐさま追いかけてきた。

刈谷は遊歩道を出ると、園灯の真下まで一気に駆けた。園灯の鉄柱を背にして、ファイティングポーズをとった。

「わしらとやる言うんか。ええ根性しとるやんけ」

スキンヘッドの男がせせら笑って、左右の仲間に目配せした。

右にいる黒革のハーフコートを着た男がにたっと笑い、無防備に近づいてくる。中肉中背だった。

刈谷は拳《こぶし》を固め直し、静かに待った。

近寄ってくる男に注意しながらも、ほかの二人からも目を離さなかった。後方の二人は何も仕掛けてくる様子はない。距離も、だいぶ遠かった。

「おんどりゃーっ！」

ハーフコートの男が助走をつけて、高く跳んだ。コートの裾が鳴った。飛び蹴りを放つ気らしい。

刈谷はサイドステップを踏み、左にいるパンチパーマの男に駆け寄った。

男は両手をスラックスに突っ込んで、ぼんやりと突っ立っていた。隙だらけだった。

刈谷は、男に右フックを浴びせた。七十三キロの全体重を乗せたパンチだった。

男の顔面にヒットした。

頬骨とだぶつき気味の肉が重く鳴った。男は突風に煽《あお》られたように、斜め後ろに倒れた。

刈谷は敏捷《びんしょう》に体を反転させた。

ちょうどハーフコートの男が、崩れた体勢を整えようとしているところだった。刈谷は走り寄り、男の腹を思いっ切り蹴り込んだ。

的《まと》は外《はず》さなかった。

靴の先が深く埋まった。男が唸りながら、前屈《まえかが》みになった。

すかさず刈谷はアッパーカットで、男の顎を思うさま掬《すく》った。強《したた》かな手応えがあった。

男が身をのけ反らせながら、仰向けに引っくり返った。

刈谷は、すぐに男の脇腹を蹴りつけた。肉が弾んだ。男が獣じみた唸り声をあげながら、のたうち回りはじめた。

刈谷は体の向きを変えた。

さきほど殴り倒した男が腰の後ろから、白鞘《しらさや》を引き抜いた。刈谷は、やや腰を落とした。

男が鞘を払って、足許に落とす。匕首《あいくち》を構え、前進してきた。

刃渡りは三十センチ以上はあった。鈍い光が無気味だ。

さすがに刈谷は、背筋に冷たいものを感じた。しかし、ここで尻尾《しっぽ》を丸めるわけにはいかない。

――捨て身になるんだ。そうすりゃ、ドスぐらい怕《こわ》くないさ。

刈谷は自分に言い聞かせ、一歩ずつ退《さ》がりはじめた。

後退しながら、手早く上着を脱ぐ。それを右手に持ったとき、白っぽい光が揺曳《ようえい》した。

刃風《はかぜ》は重かった。一瞬、心臓がすぼまった。

だが、匕首の切っ先はだいぶ遠かった。明らかに威嚇《いかく》だった。

「小便漏らさんうちに、早《はよ》う去《い》ねや」

男が言って、踏み込んできた。

今度は本気のようだ。男は大きく振り被《かぶ》って、匕首を斜めに薙《な》いだ。空気が鋭く裂けた。

刈谷は丸めた上着で、男の右手首を力まかせに叩いた。

刃物が地べたに落ち、無機質な音を刻んだ。

男が怯《ひる》んだ。

刈谷は前に跳んで、男の眉間《みけん》に左ストレートを見舞った。手応えは充分だった。男が棒のように後ろに倒れた。刈谷は匕首を拾い上げた。

ほとんど同時に、重い銃声が夜気を震わせた。腸《はらわた》に響くような音だった。

衝撃波が刈谷のこめかみを撲《う》った。

ほんの少しだけだったが、熱さも感じた。放たれた銃弾が頭の横を掠《かす》めたのだ。後ろで着弾音がした。

刈谷は姿勢を低くし、前方を見た。

剃髪頭の男が両手保持で、自動拳銃を握っていた。旧ソ連軍のトカレフのようだ。

しかし、原産国のものではなく、おおかた中国でパテント生産されたものだろう。

十五年ほど前から、中国製トカレフのノーリンコ54が大量に日本の暴力団に流れ込んでいる。中国ではパテント生産しているトカレフを黒星《ブラックスター》、マカロフを赤星《レッドスター》と呼んでいるらしかった。

その話をしてくれたのは、客のやくざ者だった。

男は、いつも黒星を持ち歩いていた。刈谷は実際に銃把《グリップ》を握らせてもらったことがある。それだから、型《タイプ》の見当がついたのだ。

「拳銃なんかぶっ放したら、パトカーが吹っ飛んでくるぜ」

刈谷は大声で言った。

次の瞬間、銃口炎《マズル・フラッシュ》が瞬《また》いた。橙色《だいだいいろ》がかった赤い炎は、優に十センチは銃口から噴き出された。男の手の甲が赤く浮き立った。

刈谷は身を伏せた。

ほぼ真上を弾が疾駆《しっく》していった。すぐに三弾目が発射された。

刈谷は転がりながら、繁みの中に逃れた。いつの間にか、匕首は手放していた。

また、銃声が轟いた。

すぐそばの灌木の小枝が弾き飛ばされ、刈谷の右肩にぶつかった。思わず声が出た。

刈谷は屈《かが》んだままの姿勢で、横に移動した。残弾は何発なのか。弾切れになるまで、繁みから飛び出すわけにはいかない。

四発放たれ、銃声は熄《や》んだ。

すぐに男たちの切迫した声が聞こえ、乱れた足音がした。どうやら襲撃者は逃げ出したらしい。

刈谷は、屈めた背中を伸ばした。

園灯の光の届く場所には、三人組の姿は見当たらなかった。

——誰かひとりでも取っ捕まえて、雇い主を吐かせなければ……。

刈谷は繁みから躍り出て、あたり一帯を走り回ってみた。

しかし、影も形もなかった。

歯嚙《はが》みしていると、遠くからパトカーのサイレンが鳴り響いてきた。銃声を聞きつけた住民が一一〇番したにちがいない。

ひとまずホテルに引き揚げることにした。

刈谷は出口に向かって走りはじめた。

3

頭の横で、何かが爆《は》ぜた。

電話のベルだった。

刈谷は眠りを解かれた。ベッドに横たわったまま、サイドテーブルに腕を伸ばす。受話器を耳に当てると、ホテルの交換嬢の声が響いてきた。

「外線電話がかかっております。林《はやし》さまとおっしゃる方からです」

「男ですか?」

「はい。いかがいたしましょう?」

「繋いでください」

刈谷は上体を起こした。電話の相手に心当たりはなかった。相手は何者なのか。

待つほどもなく、聞き覚えのある男の低い声が流れてきた。

「早《はよ》う東京に戻らんと、若死にすることになるで」

「おまえは、昨夜《ゆうべ》のスキンヘッドだなっ」

「耳は悪《わる》うないみたいやな」

「どこの組の者だ?」

刈谷は訊いた。

「あほか! そないなこと、言うはずないやんけ」

「稼《シノ》ぎがきつくなって、『マジョルカ』のママの番犬になったってわけか。それとも、日東物産の伴部長に雇われたのかっ」

「誰や、伴って?」

相手が一瞬、息を吞《の》む気配が伝わってきた。

「やっぱり、伴に命じられたのか。おれが店を出た後、ママが伴に電話をしたようだな」

「わけのわからんこと言っとらんで、すぐ去《い》ぬことや。ええな！」

男が凄《すご》んで、荒々しく電話を切った。

刈谷は舌打ちして、受話器をフックに戻した。

テーブルの上から、腕時計を掬《すく》い上げる。午前十時三十七分だった。チェックアウト・タイムは十一時だ。

刈谷はベッドから離れた。

手早く洗顔を済ませ、身繕《みづくろ》いをする。ほどなく部屋を出て、フロントに降りた。

フロントマンは昨夜と同じだった。

刈谷は清算を済ませてから、二十八、九歳のフロントマンに訊いた。

「きのうの晩、わたしが戻ってきてから、やくざ風の男たちがここに来なかったかな？」

「いいえ、そのような方たちは……」

相手がうろたえ気味に言い、視線を外した。

どうやらフロントマンはスキンヘッドに脅され、刈谷の部屋番号を教えたらしい。

三人組は公園から、密かに尾けてきたのだろう。

刈谷はフロントを離れ、ロビーの隅まで歩いた。

そこには、テレフォンブースがあった。

刈谷はブースに入り、備えつけの電話帳を繰りはじめた。大阪府下と大阪市内の電話帳を調べてみたが、門田千鶴名義や磯貝千鶴名義の電話番号は記載されていなかった。

NTTの番号案内係に問い合わせてみる。

しかし、どちらの番号もわからなかった。千鶴は大阪市内には住んでいないか、シークレットナンバーの登録をしているようだ。

刈谷はブースを出ると、ロビーのソファに腰かけた。

宿泊客の姿は疎《まば》らだった。新聞を読む振りをしながら、三十分ほどホテルの表玄関を注視しつづけた。

だが、スキンヘッドの男たちは現われなかった。

表玄関から出ないほうがよさそうだ。

刈谷は朝刊をラックに戻し、おもむろに立ち上がった。

そのまま地下駐車場に降り、スロープを駆け上がる。駐車場係の男が刈谷に気づいて、大声で咎《とが》めた。刈谷は聞こえなかった振りをして、駆け足でホテルの外に出た。

素早く左右を見回す。

不審な人影は見当たらなかった。

新御堂筋を渡り、曽根崎センター街に出る。買物客はさほど多くなかった。

刈谷は煙草を買ったついでに、店の者にレンタカーの営業所が近くにあるかどうか訊いてみた。阪急梅田の一階にあるという話だった。

刈谷は数分歩き、曽根崎署の斜め向かいにある阪急百貨店に入った。

洋品売場でフード付きのパーカとデザインセーターを買い、手洗いで着替えた。それまで着ていた上着や丸首セーターは、デパートの手提げ袋に詰めた。

眼鏡売場に回り、サングラスを求めた。その場で目許を隠し、一階のレンタカー営業所に急いだ。

黒いプリウスを借りる。尾行や張り込みには、車があったほうが好都合だった。

その車で、すぐに刈谷は東淀川に向かった。

伴繁樹の自宅を捜し当てたのは、およそ三十分後だった。吹田《すいた》寄りの閑静な住宅街の中にあった。

ひときわ目立つ邸宅だった。

敷地は優に三百坪はあるだろう。奥まった場所に、和洋折衷《せっちゅう》の家屋が建っている。

庭木の手入れも行き届き、石塀も立派だった。

大手商社の営業部長といっても、所詮《しょせん》はサラリーマンだ。親が資産家なのだろう。

刈谷は伴邸の周《まわ》りをひと回りしてから、久美に電話をした。

コールサインが五、六度響き、先方の電話が外れた。

「はい、高杉です」

「おれだよ。ちょっと聞きたいことがあるんだ」

「どんなことかしら？」

「伴繁樹は資産家の跡取り息子か何かなのか？」

「ううん、伴部長のご実家はあまり豊かじゃないはずよ。川魚漁師をしてたお父さんが早くに亡くなって、お母さんが野菜の行商をしながら、五人の子供を育てたという話を高杉から聞いたことがあるから」

「長男でもないんだな？」

刈谷は訊いた。

「ええ、確か三男だったと思うわ。伴部長はアルバイトをしながら、やっと大学を卒業したって話よ」

「それじゃ、女房が金持ちの娘なのか？」

「奥さんの父親は地方公務員か何かだったから、それほど資産があるとも思えないけど」

「そうだろうな」

「いったい何を調べてるの？」

久美が怪訝《けげん》そうな声を出した。

「いま、おれは東淀川に来てるんだ。伴繁樹の自宅が豪邸なんで、どこかのお坊ちゃんだと思ったんだがね。きみたちが大阪にいるころから、伴は現在の所に居を構えてたのか？」

「ううん、その当時は近鉄奈良線沿いにある分譲マンションに住んでたわ。値が上がったとき、うまく買い換えたんじゃないかしら？」

「それで買い換えられるような豪邸じゃなかったな」

「そうなの」

「伴は何か悪さをして、金を摑んだんじゃないんだろうか。おそらく千鶴は、彼の愛人なんだろう。スナックの権利を買ってやったのは、伴かもしれない」

「刈谷さん、伴部長と千鶴が特別な関係だって証拠を押さえたの？」

「いや、それはまだだ。しかし、もう間違いないだろう」

刈谷はそう前置きして、昨夜の出来事をかいつまんで話した。

口を結ぶと、久美が叫ぶように言った。

「刈谷さん、もう調査を打ち切って！　あんまり深入りすると、取り返しのつかないことになってしまうわ」

「おれのことなら、心配いらない。やっと事件のからくりが透けてきたんだ。ここで手を引くわけにはいかない」

「だけど、命を落とすようなことになったら、わたし、あなたにどう償《つぐな》えばいいの？」

「おれに万が一のことがあっても、それはきみのせいじゃない。おれ自身の責任だ」

「あなたは、そう言うけど……」

「そうだ、明石悟のアドレスわかったかい？」

「ええ、わかったわ。二年前の社員名簿に載ってたの」

「そうか。ちょっと待ってくれ。いま、メモの用意をするから」

刈谷はパーカのポケットを探って、手帳を抓み出した。大阪市内で買ったものだった。

明石悟は尼崎に住んでいた。メモを取り終えると、刈谷は電話を切った。

すぐに受話器を摑み上げ、明石の自宅に電話をかける。電話口に出たのは、明石の母親だった。

刈谷は明石のタイの滞在先を教えてもらい、国際電話をかけてみるつもりだった。

ところが、明石はタイには渡っていなかった。

日東物産大阪支社を辞めた後、すぐに自動車販売会社に再就職したという。

刈谷は明石の転職先に電話をしてみた。あいにく本人は、営業活動で外に出ていた。

会社に戻るのは、夕方らしかった。

後で、また電話してみることにした。

刈谷はボックスを出て、レンタカーに乗り込んだ。

プリウスを走らせ、梅田に戻る。レンタカーを御堂筋に駐車し、刈谷は日東物産大阪支社の並びにある喫茶店に入った。

コーヒーとドライカレーを頼んだ。腹ごしらえをすると。刈谷は茶髪のウェイトレスを手招きした。十八、九歳の娘だった。

「お水ですか？」

「そうじゃないんだ。きみ、二、三分で一万円になるバイトをやる気はないかな？」

刈谷は小声で話を持ちかけた。

「おたく、風俗店のスカウト係さんやないんですか？」

「違う、違う。ちょっと他人《ひと》に電話をしてもらいたいんだ。事情があって、自分じゃ電話できないんだよ」

「なんや面倒なことになるんちゃう？　そんなんやったら、かなわんわ」

ウェイトレスが不安そうな顔になった。

「きみに迷惑はかけない。それは保証するよ」

「どこに電話すればええのん？」

「日東物産のある社員を扇町公園の正門の前に呼び出してもらいたいんだ」

「おたく、その人になんぞ恨みでもあるん？」

「そうなんだよ。おれの従妹《いとこ》の門田千鶴って女を婚約話で釣って、さんざん弄《もてあそ》んだ悪い男なんだ」

刈谷は、もっともらしく言った。

「その話がほんまやったら、赦《ゆる》せん男やね」

「作り話なんかじゃないんだ。おれは従妹の代わりに、その男に文句を言ってやりたいんだよ」

「そうやの」

「おれが電話をしても、そいつ、居留守を使って、電話口に出ようとしなくてね。だから、門田千鶴に頼まれた物を届けに来たとでも言って、その男を誘い出してほしいんだ」

「どないしょう⁉」

ウェイトレスは思案顔になった。相手に考える時間を与えないほうがよさそうだ。

刈谷はそう判断して、小さく折り畳んだ一万円を素早く彼女の手に握らせた。

「こんなんされたら、うち、困るわ。まだ引き受ける言うたわけやないんやし」

「絶対に迷惑はかけないよ。きみだって、ひどい話だと思うだろう？」

「そりゃ、思うけどな」

「男に騙《だま》された不幸な女のために、一肌脱いでくれないか。頼むよ」

「ええわ、協力したる」

「恩に着るよ。この男なんだ」

刈谷はポケットを探って、伴から貰った名刺とテレフォンカードをウェイトレスに手渡した。

「門田千鶴さんの代理の者や言うて、この伴いう男に扇町公園に来てもらえばええんやね？」

「そうだよ」

「すぐに来い言うん？」

「そうだな、十五分後に会いたいって言ってくれないか」

「十五分後やね。どうなるかわからへんけど、電話してみるわ」

ウェイトレスは掌《てのひら》の中の紙幣を巧みにスカートのポケットに滑り込ませると、澄ました顔で店の電話機に近づいていった。

刈谷は煙草に火を点けた。

勝算のある罠ではなかった。伴が少女の電話に疑いを抱き、千鶴に連絡をとれば、たちまち嘘はばれてしまう。

といって、まさか日東物産大阪支社に押しかけて、伴を締め上げるわけにもいかない。また、退社時刻まで待つのも何かもどかしかった。

――苦し紛《まぎ》れの方策だから、成功率はゼロに近いだろうな。しかし、駄目で元々だ。

刈谷は短くなったキャビンの火を消した。

そのとき、ウェイトレスが電話を切った。

刈谷は結果が気になった。しかし、少女はすぐには席にやって来なかった。

洋盆《トレイ》に未使用の灰皿をいくつか載せ、テーブル席を回りはじめた。

ほどなくウェイトレスが、刈谷の席に近寄ってきた。彼女は灰皿を取り替えながら、小声で告げた。

「うまくいったわ。伴いう男、十五分以内には公園に行くそうや」

「そうか。ありがとう」

「うちも、お礼を言わなあな。ええアルバイトさせてもろたわ」

ウェイトレスが大人びた笑い方をして、伴の名刺とテレフォンカードをさりげなく卓上に置いた。

刈谷は名刺とテレフォンカードを一緒に摑み、勢いよく立ち上がった。むろん、伝票も抓み上げた。喫茶店を出て、レンタカーに乗り込む。梅田のターミナルを抜け、車を扇町公園に走らせた。

刈谷は正門から数十メートル離れた場所に、黒いプリウスを駐めた。

エンジンは切らなかった。ルームミラーの角度を変える。

ミラーが正門あたりを捉《とら》えた。

人の姿はなかった。

――勝ち目のない賭けだが、待ってみよう。おそらく伴は、もう千鶴の自宅に電話をしただろう。千鶴が外出して捕まらないといいんだが……。

刈谷はヘッドレストに頭を凭《もた》せかけた。

ルームミラーとドアミラーを交互に見る。昨夜の襲撃者たちの影はない。

やがて、十分が過ぎ去った。

それでも伴は現われない。罠と感づかれてしまったようだ。

こうなったら、日東物産大阪支社の前で辛抱強く張り込むしか手がない。

刈谷は決意した。

その直後だった。ミラーに、車道を横切る人影が映った。

伴繁樹だった。グリーングレイの背広に身を包み、ベージュのコートを小脇に抱えている。

――運は、おれに味方してくれたわけだ。千鶴は留守だったのだろう。

刈谷はほくそ笑んだ。

伴が公園の正門前にたたずみ、気忙《きぜわ》しく左右に目をやりはじめた。苛立《いらだ》たしげに煙草を吹かし、左手首の時計を眺める。

騙《だま》されたことに気づいて、会社に引き返すか。それとも千鶴のことが気がかりになって、彼女の住まいに向かうか。そいつも賭けだ。

刈谷はパーカのポケットに手を突っ込んだ。

指先が煙草のパッケージに触れたとき、急に伴が歩きだした。足はレンタカーの方に歩いている。

刈谷はグローブボックスに腕を伸ばし、何かを探す振りをした。ほどなく、伴がプリウスの横を通り過ぎていった。刈谷に気がついた様子はうかがえない。そのまま伴は、大通りに向かった。

刈谷はミラーの位置を直し、車を発進させた。

徐行運転で、伴を追尾《ついび》していく。表通りに出ると、伴は横断歩道を渡った。

信号の少し先まで歩き、足を停めた。どうやらタクシーを拾う気らしい。

刈谷は交差点を右折し、伴の四十メートルほど先で車を路肩《ろかた》に寄せた。

ミラーを覗き込む。二分ほどすると、伴の前に空車が停《と》まった。伴がせっかちに乗り込んだ。

伴は千鶴の自宅に行く気になったようだ。

刈谷は、にんまりした。

伴を乗せたタクシーが、かなりのスピードで走り抜けていった。刈谷は車をスタートさせた。タクシーを追跡しながらも、細心の注意を怠《おこた》らなかった。怪しい車は追ってこない。

ほどなくタクシーは最初の四つ角を右に折れ、そのまま道なりに走っていく。堂島川に架《か》かった天満橋を越え、さらに天王寺方面に向かった。

左手にある大阪府庁の向こうに、大坂城の天守閣が見えた。

谷町四丁目の交差点を過ぎると、タクシーは六本目の脇道に入った。道幅は割に広い。

刈谷は脇道に入ると、少しスピードを落とした。道の両側には、小さなビルや民家が軒を接していた。

刈谷はステアリングを捌《さば》きながら、電柱の番地表示板を見た。東区神崎町と記《しる》してあった。

やがて、タクシーが停まった。

茶色の磁器タイル張りのマンションの前だった。割に高い建物だ。八階建てだった。

伴がタクシーを降り、マンションの中に駆け込んでいった。

刈谷はタクシーが走り去ると、すぐにレンタカーを降りた。マンションの前庭のあたりに立ち、エントランスロビーに視線を投げた。

管理人室はなかった。オートロック・システムにもなっていない。

刈谷は勝手にマンションの中に入り、集合郵便受けの前まで歩いた。門田と記されたプレートが目に飛び込んできた。

八〇四号室だった。千鶴の自宅と考えてもいいだろう。

エレベーターホールには、誰もいなかった。すでに伴は、千鶴の部屋に着いているかもしれない。

刈谷はレンタカーの中に戻った。

千鶴が留守なら、じきに伴は階下に降りてくるだろう。そう考えたのだ。刈谷はマンションの端までレンタカーを後退させた。

十数分待ってみたが、伴は姿を見せない。

五分待っても伴が出てこなかったら、八〇四号室に押しかけることにした。

刈谷は肚《はら》を括《くく》った。

それから数分が過ぎたころ、前方から見覚えのある女がやってきた。千鶴だった。

カウチンセーターに、赤いレザーパンツという身なりだった。大きな紙袋を胸に抱えている。

刈谷は顔を伏せた。

サングラスだけでは、気づかれる恐れがあったからだ。上目遣《うわめづか》いに、千鶴の動きを盗み見る。千鶴は一度も足を止めることなく、マンションの中に消えた。

刈谷は少し間を取ってから、レンタカーから出た。

マンションに入り、エレベーターホールを真っ先に見る。無人だった。エレベーターで、八階まで昇った。

最上階だった。ホールの近くに、屋上に通じる階段があった。

刈谷は静かに八〇四号室に近づき、スチール・ドアに耳を押し当てた。伴と千鶴の話し声がかすかに聞こえる。

「あんた、偽電話に引っかかったんやわ」

「そやろうか？」

「絶対にそうやて。東京から来たいう男の仕業《しわざ》に間違いない思うわ。あんた、何とかせな」

「わかってるがな。吉岡組の連中は、たっぷり脅しといた言うてたんやが……」

「その極道たち、もう組を破門されたとか言うとったんやない？」

「そや。そやから、三人で十万の謝礼で済んだんねん。正式の組員やったら、百万とこふんだくられとったわ」

「けど、きっちり仕事をしてくれへんかったら、十万でも高いわ」

「ま、そやな」

「破門された極道たちなんか、当てにならん思うわ。もっと確実な人に痛めつけてもらわんと、あの男、しつこく嗅ぎ回るんやない？」

「一度、電話で指示を仰《あお》いだほうがええかもわからんな」

「そうしてちょうだい。あ、なんやの。そないきつう抱かれたら、息ができんわ。あんた、早《はよ》う会社に戻らんと」

「ええんや。せっかくタクシー飛ばしてきたんやから、このまま会社に戻ったら、なんやもったいないがな」

「そしたら、ベッドに運んで」

千鶴が息を弾ませながら、甘くせがんだ。

伴が何か低く答えた。そのすぐ後、急に会話は途絶えた。

二人は唇を貪り合いはじめたらしい。

──やっぱり、二人はデキてたんだな。伴が千鶴に命じて偽手紙を書かせ、高杉を奥浜名で殺し、例の宝冠を奪ったんだろう。

刈谷は確信めいたものを覚えた。

──こうなったら、伴の奴をとことん痛めつけてやる。

刈谷は一瞬、そんな気になった。

しかし、すぐに思い留《とど》まった。伴を締め上げても、共犯者や首謀者の名を吐くという保証はない。少し伴を泳がせて、その行動を探ったほうが賢明だろう。

刈谷はドアから離れ、エレベーターホールに戻った。

エレベーターを待ちながら、頭の中を整理してみる。

シンシアを使って高杉の許に航空便を送りつけたのは、千鶴だろう。ウィティを言葉巧みに騙《だま》し、事件当日の午後に奥浜名に行かせたのも千鶴に違いない。

それらのことを千鶴にやらせたのは、伴と考えてもいいだろう。

その伴には共謀者がいそうな気配だ。高杉が手帳に記したOなる人物は、常務の荻野昇なのか。

しかし、Oを荻野と断定する根拠は何もない。また、荻野と伴を結びつけるものもない。接点は巧妙に隠されているのか。

あるいは、Oなる人物は別の者なのか。Oが誰であれ、その人物は高杉に致命的な弱みを握られたと考えられる。

贈賄、価格操作、ダミー会社による不正輸出入、架空取引……。

そんな言葉の断片が、刈谷の脳裏をよぎった。

エレベーターがきた。

扉が開くと、青っぽい作業服を着た三十歳前後の男が勢いよく降りてきた。待っていた刈谷の肩にぶつかったが、男は謝らなかった。それどころか、小さく舌打ちした。

刈谷は、むっとした。エレベーターの扉を片手で押さえたまま、男を睨《ね》めつけた。

男も睨み返してきた。

細身だが、筋肉質の体軀だった。眼光が鋭く、どことなく酷薄そうな顔をしていた。

眉間から頰にかけて、刃傷が走っている。二十センチほどの傷だった。

男は黒いスポーツキャップを目深《まぶか》に被り、片手に金属製の工具箱を提《さ》げていた。

「何か言いたいことがあるのか？　ぶつかってきたのは、そっちだろうが」

「…………」

「謝ったら、どうなんだっ」

刈谷は声を張った。

すると、男は無言で顎だけを引いた。

「それで謝ったつもりなのか」

「…………」

男は薄く笑うと、ホールから離れていった。

刈谷は小ばかにされた気がして、男の背に挑発的な言葉を投げつけた。

しかし、男は振り返らなかった。腹立たしかったが、追うのも大人げない気がした。

男が八〇四号室の方に歩いていった。

刈谷はエレベーターに乗り込み、扉を閉ざした。

一階に着くまでは、誰も乗り込んでこなかった。マンションを出て、レンタカーに駆け寄る。

運転席に乗りかけたとき、刈谷はふと厭《いや》な予感がした。

路面に片膝をついて、車体の下を覗き込んでみる。

路面が濡れていた。

ガソリンではなかった。どうやらブレーキオイルを誰かに抜かれたらしい。

気づかずに車を走らせていたら、フットブレーキがまったく利かなくなったはずだ。たとえサイドブレーキを使ったとしても、事故は免れなかっただろう。

刈谷は全身が粟立《あわだ》った。

昨夜の三人組がどこかに潜《ひそ》んでいるのか。マンションの周辺を駆け巡ってみた。しかし、筋者たちの姿はどこにもなかった。

レンタカーに戻ったとき、マンションの表玄関から作業服の男が走り出てきた。

さきほどエレベーターの所で、短く対峙《たいじ》した相手だった。

男の青い作業服は、ところどころ鮮血で汚れていた。顔面にも、返り血らしい染《し》みが付着している。

「おい、ちょっと待て！」

刈谷は男に鋭く言った。

そのとたん、男が工具箱を抱えて走りだした。

刈谷は数十メートル追ったが、すぐにマンションの前に取って返した。禍々《まがまが》しい予感が胸に湧いたからだ。マンションに駆け込む。

刈谷はエレベーターで、八階に上がった。

千鶴の部屋の前に、四人の居住者らしい女たちが立っていた。そのうちのひとりがドアを細く開け、恐る恐る奥に声をかけている。

「どうしたんです？」

刈谷は、女たちに問いかけた。中年の女が震え声で答えた。

「門田さんとこで、男と女の凄まじい悲鳴がしたんで、驚いて外に出てみたら、黒いスポーツキャップを被った気味の悪い男がこの部屋から……」

「顔に傷のある奴ですね？」

「そやそや。その男、わたしと目が合《お》うたら、にたーっと笑ろたん。ぞーっとしたわ、ほんまに」

「ちょっと中の様子を見てみましょう」

刈谷は女たちの間を割って、八〇四号室に入った。

玄関ホールに、血痕と土足の跡が散っていた。大声をかけてみたが、奥から返事はなかった。

刈谷はスリッパを履《は》き、奥に進んだ。

短い廊下の先が居間になっていた。ソファが引っくり返り、コーヒーテーブルも斜めになっている。

ガウン姿の千鶴が長椅子の陰に倒れていた。

仰向けだったが、剝《む》き出しの下半身は捩《ねじ》れていた。左胸と喉が血潮で真っ赤だった。血の条《すじ》が何本も這《は》い、体の下に血溜まりができていた。

微動だにしない。すでに息絶えていた。

右横にある寝室に駆け込むと、トランクス一枚の伴繁樹がダブルベッドに俯《うつぶ》せになっていた。

背中と首の後ろが血にぬれている。濃い血臭で、むせそうだった。

刈谷はベッドに歩み寄り、伴の右手首を取った。

脈動は熄《や》んでいた。伴の共犯者が殺し屋を差し向けたにちがいない。二人の口を封じさせた顔のない首謀者に烈《はげ》しい怒りと憎悪を覚えた。

刈谷は寝室を出ると、すぐさま玄関先に戻った。

女のひとりが、こわごわ声をかけてきた。

「どないでした?」

「室内で男と女が死んでます」

「ほんまに？」

「こんなこと、冗談じゃ言えませんよ。誰か一一〇番してやってください」

刈谷は靴を履きながら、誰にともなく言った。女たちが相前後して、奇声を発した。中には、後ずさりする者もいた。

刈谷は八〇四号室を出ると、エレベーターホールに向かった。

四人の女たちが口々に引き留めたが、彼は足を止めなかった。レンタカーの中にある荷物を持って、すぐに殺人現場から離れるつもりだった。

レンタカーの営業所には、トラブルがあったことを電話で伝える気でいた。

4

川風が冷たい。

足許に置いた手提げ袋が揺れている。寒風が容赦なく頰を刺す。耳が凍《こご》えそうだ。

刈谷は、道頓堀橋の上に立っていた。

午後六時過ぎだった。暗い川面には、色とりどりのネオンの灯が映っている。

橋の上や畔には、若いサラリーマンやＯＬたちの姿があふれていた。恋人や友人と待ち合わせて、夜の一刻《ひととき》を愉《たの》しむつもりなのだろう。

刈谷は、明石悟を待っていた。

一面識もない相手だったが、電話で互いの服装や背格好《せかっこう》を教え合っていた。刈谷は三本目のキャビンに火を点けた。

ふた口ほど喫ったとき、駆け寄ってくる人影があった。

小太りの男だった。三十歳前後だ。ベージュのスーツの上に、濃紺のコートを羽織《はお》っている。

「明石さん？」

刈谷は先に確かめた。

「そうです。遅《おそ》うなってしまって、すみません。帰りがけに、話し好きのお客さんから電話があったもんやから」

「こちらこそ、無理を言って申し訳ない。どこかで軽く飲みましょう」

刈谷は明石を促した。

二人は少し歩いて、阪神高速環状線の際《きわ》にある串揚げの店に入った。高杉が大阪支社時代に案内してくれた店だ。

刈谷たちはカウンターの奥に並び、ビールとコースの串揚げを註文した。

ビールと突き出しは、すぐに運ばれてきた。

刈谷は明石のコップにビールを注ぎ、自分のコップも満たした。二人は軽くコップを触れ合わせた。

「伴が殺されたいう話は、ほんまやったんですね。会社でテレビのニュースを観《み》て、びっくりしましたわ」

明石がビールを半分ほど飲み、小声で言った。あたりに客の姿はなかったが、カウンターの内側に板前がいた。

「くどいようだが、きみは高杉が女とラブホテルから出てくるとこなんか、見てないんだね？」

「見てまへん。そんな話、でたらめや。伴の奴、しょむないことを言いよって」

「やっぱり、その話は伴の作り話だったんだな」

「高杉さんは真面目な人やったから、女遊びなんかようせんですよ。伴の奴、高杉さんを陥れる気やったんやないですか？」

「そうかもしれない。大阪支社時代、高杉は伴繁樹に煙たがられてた？」

刈谷は問いかけ、海老の串揚げを食べはじめた。

ひどく熱かったが、まずくはない。

「もともと二人の肌合いが違いますから、どっちも相手を敬遠しとったようですわ」

「伴は、どんなタイプだったんだい？」

「野心家で、金銭欲も強い男やったですね。ひと言で言うたら、厭《いや》な奴ですよ。高杉さんは出世欲はなかったけど、仕事のできる人やったんです。同僚たちには頼りにされてましてん」

「そうだろうな」

「まるでタイプが違う二人やったから、話が合うわけはないですわ」

「だからと言って、気に喰わない部下というだけで陥れる気になるもんだろうか」

「そのことなんやけど、どうも伴は不正の証拠を高杉さんに握られてたようなんですわ」

明石が小声で言った。刈谷は、すぐに反問した。

「不正の証拠？」

「はい。伴は取引先の人間と結託して取引の額を水増ししてですね、その分を着服してたようなんですわ」

「つまり、単価一万円のものを一万一千円とかにして、差額分を業者からこっそり受け取ってたわけだね？」

「そうみたいですわ。伴が曽根崎新地のクラブで派手に飲んだりしとったんで、高杉さんが不審に思って、密かに調べてたようなんです」

「なるほど。冷めないうちに、食べてくれないか」

「はい、いただきます」

明石も串揚げに手を伸ばした。

「で、高杉は伴の不正行為を支社長あたりに訴えたんだろうか」

「ええ、訴えたと思います。伴が取引業者と親しくしすぎてることが役員の間で一度、問題になったようなんです。けど、結局、なんのお咎《とが》めもないようやったな」

「伴は抜け目がなさそうだから、大阪支社の役員たちに口止め料をばらまいたんだろうか」

「それはない思いますわ。ただ、東京本社の常務あたりが伴をかばったかもしれへんな」

「東京本社の常務？」

「ええ。荻野昇いう人なんやけど、常務は何かと伴に目をかけとったんです」

「その荻野と伴は、郷里か出身大学が同じなのかな？」

「そういうことはないと思います。姻戚《いんせき》関係もないはずです。繋がり言うたら、伴が若いころに東京本社に勤めてた時代に荻野常務の下で働いとったということぐらいですわ」

「荻野常務は、伴に何か借りがあるんだろうか」

刈谷は低く呟いて、明石にビールを注いでやった。自分のコップにも注ぎ、店の者にビールを追加註文した。

運ばれてきたビールは、二人の間に置かれた。

「借りいうても、たいしたことやない思いますけどね」

明石が白身魚の串を抓《つま》み取って、低く言った。

「何か思い当たることがありそうだね？」

「ええ、ちょっと。刈谷さんは、伴がタイのバンコク駐在員事務所に二年ほどおったことを知ってはります？」

「いや、知らないね。それは、いつごろの話なんだい？」

「もう、五、六年前のことです」

「というと、高杉がバンコクにいたときじゃないな」

「ええ。高杉さんが本社に戻った後に、伴はバンコク勤務になったんですわ」

「そう。そのとき、伴のポストは？　所長だったの？」

「とんでもない。ただの平《ひら》駐在員やったはずです。もっぱら伴は、タイ政府の要人や王族のご機嫌伺いをやっとったって話ですわ」

「そのころに荻野がタイに出張して、伴に世話になったのかな？」

刈谷は手酌《てじゃく》でビールを飲みながら、そう問いかけた。

「いや、常務自身が世話になったんやのうて、息子さんが……」

「息子⁉　荻野の息子が、どうして伴の世話になったんだろう？」

「その当時、大学院生だった常務の次男坊が世界旅行をしとったらしいんですわ。それでタイに立ち寄ったとき、十日ほど伴夫婦の自宅に厄介になったいう話ですねん」

「自宅に泊めたわけか」

「ええ。自宅いうても、会社が社宅用に借りてた高級マンションなんやけど」

明石がアスパラガスの串揚げを抓んだまま、そう説明した。

「常務の息子は旅行中に盗難か何かに遭《あ》って、金がなかったのかな？」

「別にそういうことがあったわけやのうて、ちょっと駐在員事務所に立ち寄っただけのようです。多分、バンコクの穴場でも知りたかったんでしょう」

「それなのに、なぜ伴の自宅に厄介になることになったんだろう？」

「常務の次男坊は、伴に強く自宅に泊まれって誘われたようです」

「きみは、その話を誰から聞いたんだい？」

「同じ時期にバンコク勤務だった男が、大阪支社におったんですわ。その男から聞いた話ですねん」

「そう。伴は常務の息子の世話をして、点数を稼ぐつもりだったのかもしれないな」

「きっとそうですよ。あの男は上役におべんちゃらを言うような奴やったですからね」

「しかし、それぐらいのことでいつまでも一駐在員だった社員に目をかけるもんだろうか」

刈谷は首を捻《ひね》って、鶏肉と葱《ねぎ》の串を抓み上げた。

「確かに、目をかけすぎや思いますわ。伴はバンコク駐在員から、いきなり大阪文社の営業部長に抜擢されたんやから」

「そいつは異例のスピード出世だな」

「荻野常務が根回しして、人事に口を挟んだんやないんですか？」

「その通りだったとしたら、いくらなんでも遣り過ぎだな。常務の息子はタイで何か不始末を起こして、その弱みを伴に握られたんじゃないだろうか」

「そのあたりのことはようわかりませんけど、荻野常務の次男坊がバンコクに滞在中に、伴夫婦の住んでいたマンションの通いの掃除婦のおばさんがエレベーターの中で絞殺されるという事件があったそうです」

「その被害者は現地の人？」

「ええ、中国系のタイ人女性いう話でした。そのおばさんは日中戦争のとき、兄と母親を日本軍に殺されたらしいんですわ。スパイ容疑で取っ捕まえられて、二人とも拷問死させられたいうことでした」

「中国大陸を侵略したとき、日本軍はでたらめなことをやったようだからね。おそらく殺された二人も、濡衣を着せられたんだろう」

「そのおばさんはそう言うて、日本人を目の仇《かたき》にしとったそうです。バンコク在住の日本人商社マンや新聞記者たちはたいがい一度は、おばさんに土下座して謝罪せよっちゅうて絡まれた経験があるいう話でしたわ」

「荻野常務の息子も、その掃除婦に絡まれたのかもしれないな」

「あり得《う》ることや思います」

明石は牛肉の串揚げを頬張りながら、くぐもり声で言った。

刈谷は煙草が喫いたくなった。パッケージからキャビンを振り出しかけたとき、銀《ぎん》杏《なん》の串揚げが受け皿に載せられた。

「お熱いうちにどうぞ」

中年の板前が言った。

刈谷はやむなく串に手を伸ばした。

銀杏を口に入れたとき、明石が急に思い出したような口調で言った。

「そういえば、常務の次男坊は掃除婦のおばさんが殺された翌日、慌《あわ》ただしく帰国の途《と》についたそうですわ」

「慌ただしく？」

「ええ、まさか常務の次男坊がおばさんを絞め殺したんやないでしょうけど、ほんまに急な帰国やったそうです。数日後に駐在員の有志が常務の息子を招いて、ガーデンパーティーをやる予定になっとったそうやのに」

「その息子は、いま何をしてるのかな？」

「東洋テレビの編成局に勤めてるいう話ですわ。どうせ縁故で潜《もぐ》り込んだんちゃいますか。頭の出来は、あまりようないって噂やったから」

「そう」

刈谷は、話を中断させた。また、皿に串が溜まりはじめていた。

高杉の手帳のOは、荻野のイニシャルと考えてもいいのか。

二人はビールを飲みながら、ひたすら食べた。

――荻野常務の次男が、中国系タイ人の掃除婦を殺したんじゃないのか。次男はそのことを伴に相談し、警察に同行してくれないかと頼んだ。しかし、伴は自首することに反対し、常務の息子をすみやかに日本に逃がしてやったのかもしれないな。

確たる証拠はなかったが、刈谷はそんな気がしてきた。伴のスピード出世や寛大な扱われ方を考えると、あながち妄想でもなさそうだ。

伴は常務の息子の殺人を強請《ゆすり》の材料にしていたと考えられる。それで、現在のポストを手に入れたのではないのか。

伴が曽根崎新地で豪遊したり、クラブのホステスだった千鶴を愛人にできたのは、水増し契約で浮いた金を充《あ》てていたからだろう。

しかし、東淀川の邸宅まで手に入れられるとは思えない。

おそらく伴は、常務から豪邸の購入資金をそっくり脅し取ったのだろう。その事実を摑んだ高杉は十月五日に荻野に会い、伴を告訴することを勧めたのではないのか。

「荻野常務は、どんな家の出なんだろう?」

「世田谷の大地主の跡取りいう話ですわ。等々力《とどろき》にある自宅は二千坪近いそうです。ほかに貸しとる土地が何千坪もあって、賃貸マンションや駐車場も経営しとるそうですわ」

「たいへんな資産家だな」

「ほんまに。羨ましさを通り越して、妬《ねた》ましい感じですわ。そういう金持ちは常務の席を後進に譲って、家で日向《ひなた》ぼっこしとったらええのんに」

「ほんとだな。ちょっと河岸《かし》を変えないか。ここじゃ、ゆっくり話もできない感じだから」

刈谷は明石を促し、先に腰を上げた。

デザートのアイスクリームが出されていたが、二人とも手をつけなかった。刈谷は勘定を払い、宗右衛門町のバーに明石を導いた。

そこも、高杉に案内されたことのある店だった。

店の造作は以前と少しも変わっていない。年配のバーテンダーが巧みな手つきでシェーカーを振っていた。

先客は一組だけだった。不倫のカップルらしい男女が静かにドライマティーニを傾けていた。

刈谷たちは奥のボックス席に坐って、スコッチの水割りと生ハムを註文した。

老バーテンダーと顔立ちのよく似た女が飲みものとオードブルを運んできた。どうやら女は、老バーテンダーの娘らしかった。

「ここは、ぼくに払わせてくださいね」

明石がそう言って、グラスを掲《かか》げた。

「こっちが呼び出したんだから、妙な遠慮はしないでもらいたいな。それより、きみは本社の秘書室の室井室長と会ったことは？」

「二、三度、会《お》うてますよ。あの室井さんも、高杉さんの死に何か絡んでるんですか？」

「別に、そういうわけじゃないんだ。ただ、高杉が殺された日、伴、室井、高杉の三人が芦屋に住む大物政治家の自宅にいく予定になってたらしいんだよ」

刈谷は煙草に火を点けた。

「皆川清秀でしょ、その大物政治家いうのんは？」

「よくわかるな」

「あの狸爺さんは、日東物産とは深い関係があるんですわ。関西新空港建設計画の入札に関して世話になりましたし、瀬戸大橋やリゾート開発事業なんかでもいろいろとね」

「そうらしいね。そんなことで、高杉たちは皆川に三億五千万円相当の手土産を届けることになってたらしいんだ」

「どんな手土産だったんやろ?」

明石が興味を示した。刈谷は少し迷ったが、経緯《いきさつ》を話した。

「そんな裏の話があったんですか。ひょっとしたら、皆川の狸が手土産の二重取りを謀《はか》ったんやないかな。半分、冗談ですけどね」

「皆川は、そんな喰わせ者なのかい?」

「がめつい奴みたいですわ。ぼくが日東物産に入りたてのころ、皆川は愛人の手切れ金をうちの会社に払わせたそうです。政治屋としては一流なんやろうけど、人間としては三流やないですか。子持ちの未亡人を囲ったら、十年後には娘のほうにも手ぇつける男やそうやから」

「権力を握るような男は、女や金に貪欲だからな」

「そうみたいですね。だから、皆川がその宝冠を誰かに強奪させたんやないかと半分冗談で思ったんですわ。けど、いくら強欲な爺さんかて、人殺しをしてでも宝冠を奪えとは言わんでしょ?」

「だろうね。話としては面白いが、リアリティーがないな」

「そうですね」

明石がフォークで、生ハムを掬《すく》い上げた。

「きみは、もう日東物産大阪支社の連中とはつき合ってないの？」

「いいえ、いまでも同世代の奴らとは二、三人つき合《お》うてますよ。何か調べたいんやったら、協力しますわ」

「察しが早いな。高杉が殺された日の伴の動きが知りたいんだよ」

「まだ誰ぞ会社に残ってるかもしれんな。ちょっと電話してみますわ」

明石が立ち上がり、カウンターの端に置いてある電話機に歩み寄っていった。

刈谷は水割りを呷《あお》った。ふた口で飲み干した。明石のグラスも空に近い。刈谷は二人分のお代わりを頼んだ。

二杯目の水割りが届いても、まだ明石は受話器に耳を当てていた。どうやら事件当日の伴の行動以外のことも、かつての同僚に訊いてくれているようだ。

刈谷は新しい水割りに口をつけた。

それから間もなく、明石が席に戻ってきた。腰を沈めるなり、彼は言った。

「伴は二十三日の朝十時ごろ、会社を出たそうです。早目に新神戸に行って、室井氏と高杉さんを待つ言うてたようです」

「いくらなんでも、迎えに出る時刻が早過ぎるな。それに、ちょっと変だ。その日、本社の室井氏が『ひかり109号』の車内から大阪支社に電話をして、高杉が失踪したことを伝え、出張は取りやめになってるはずなんだよ」

「その電話は伴の部下が受けて、新神戸から会社に電話してきた伴に、室井氏のメッセージを伝えたそうです」

「その時刻は？」

「二時二十六分ごろだったそうですわ。ちょうど、『ひかり81号』の発車アナウンスが聞こえたらしいんです。下りの新幹線は確か新神戸を二時二十六分に発車するんやなかったかな。出張で、よく岡山や広島に行くんですわ」

「妙だな。その日、室井氏と高杉は『ひかり109号』に乗り込んでるんだ。新神戸着は一時二十何分かだったと思うが……」

「『ひかり109号』なら、新神戸には一時二十六分に着くんやなかったかな？」

「そう。なぜ伴は、予定の列車が通過してから一時間も新神戸駅にいたんだろう？」

「『ひかり109号』に本社の二人が乗ってなかったんで、四、五本、後続列車を待ってみる気になったんやろか？」

「いや、それはおかしいな」

刈谷は早口で言った。

「確かに、変やな。本社の二人が予定の新幹線でやって来なかったら、すぐに大阪支社か東京本社に問い合わせるのが普通ですもんね」

「そうだよ。それも一時間も経ってから、やっと問い合わせの電話をかけるなんて、不自然すぎる」

「伴は勘違いして、列車を間違えたんやろか。いや、万事にはしっこい男が、そないなミスをするとは考えられへんな」

「考えられるのは、アリバイ工作だよ」

「アリバイ工作⁉」

　明石が大声を出しかけて、途中で口許に手を当てた。

「多分、そうだったんだろう。その気になれば、駅の構内アナウンスなんか簡単に録音できる。ダイヤが変わらない限り、発着時刻は毎日同じだ」

「ええ。発車や入線アナウンスを録《と》っといて、電話中にそれを再生すれば、相手を騙すこともできるわけや」

「ああ。おそらく伴は二十三日の午後二時二十六分には、新神戸駅にはいなかったんだろう」

「アリバイ工作までして、伴はどこに？」

「伴は会社を出ると、まっすぐ浜名湖に向かったんじゃないだろうか」

「それじゃ、伴が高杉さんを殺して、皆川に届けることになってた高価な手土産を奪ったんやろか？」

「殺したかどうかはわからないが、わざわざ妙な工作をした疑いがあるから、奥浜名まで出かけたと考えてもいいと思うね」

刈谷は自分の推測を喋った。

「午前十時に大阪支社を出た伴が奥浜名に直行したんやったら、時間的には犯行は可能やね。高杉さんを殺したのも、伴やないのかな？」

「なぜ、そう思うんだい？」

「高杉さんは青酸カリで毒殺されたんですよね？　伴の奥さんの弟が吹田市内で、メダル製造の仕事をしてるんですわ。ほら、メッキ加工には青酸カリを使う言うやないですか」

明石が膝を叩いた。

「なるほど。伴のアリバイは曖昧だし、毒物も入手可能ってわけか」

「そうです。伴がビタミン剤とか言うて、高杉さんに青酸カリ入りのカプセルを服《の》ませたんやないのかな」

「だとしたら、伴はどんな方法で高杉を奥浜名に誘《おび》き出したんだろうか。高杉は怪しまずに猪鼻湖まで行ったようなんだ」

「そのあたりに謎を解く鍵があるんやないですか？」

「そうだね。皆川は当然、別荘を持ってるな」

「瀬戸内海の島をそっくり所有してるし、京都、伊勢、それからハワイとカナダに別宅や山荘を持ってるはずですわ。けど、浜名湖に別荘持っとるちゅう話は聞いたことがないな」

「そう。そのあたりのことは、こっちが調べてみるよ。遠慮なく、どんどん飲んでくれないか」

「せっかくやけど、この後、ちょっと人に会う約束があるんですわ。十五分ほどしたら、失礼させてもらいますわ」

明石は言いにくそうに切り出し、新しい水割りを半分ほど一気に飲んだ。

「そうだったのか。それは悪いことをしちゃったな」

「ええんです。気を遣《つこ》う相手やないから、少しぐらい待ち合わせの時間に遅れても」

「デートのようだが、相手を待たせるのはよくないよ。どうぞお先に」

「そうですか。そしたら、先に失礼させてもらいますわ」

「今夜はありがとう」

刈谷は腰を上げ、明石を見送った。

明石は、あたふたと店を出ていった。約束の時間は、とうに過ぎているのだろう。

刈谷も二杯目の水割りを飲み干すと、じきに店を出た。いったん東京に戻るつもりだった。刈谷は上着やセーターの入った手提げ袋を抱え、最寄りの地下鉄心斎橋駅に向かった。梅田経由で、新大阪まで直行する。

みどりの窓口に入りかけたときだった。

ふと刈谷は、背中に他人の視線を感じた。

素早く振り向くと、七、八メートル離れた場所に、顔に傷のある男が立っていた。

昼間の作業服姿ではなかった。

タートルネックの黒いセーターの上に、くすんだ草色の戦闘服《バトル・ジャケット》を羽織っていた。下は、黒のだぶついたパンツだった。相変わらず男は、スポーツキャップを目深《まぶか》に被っている。

ずっと尾行されてたようだ。

刈谷は背筋が凍った。

男がにっと笑い、急に走りだした。

刈谷は手提げ袋を抱えて、勢いよくダッシュした。

男の逃げ足は、おそろしく速い。人波を器用に縫いながら、駅の構内を走り抜けていく。

——奴は、おれを人気《ひとけ》のない場所に誘い込む気だな。

刈谷は追いながら、敵の狙いを見抜いた。

恐怖心は湧かなかった。むしろ勇み立つ自分を意識していた。何がなんでも男をぶちのめし、伴と千鶴を刺殺した理由を吐かせたかった。

男を雇った人物が明らかになれば、二つの事件に片がつくはずだ。

刈谷は男につづいて、新大阪駅を出た。

男は駅前広場を抜け、ぐんぐん駅から遠のいていく。しなやかな走り方だった。

草食獣のように身のこなしが軽い。全身が発条《ばね》になっていた。

――あいつは、ただのやくざ者じゃないな。外人部隊かどこかで、殺しのテクニックを身につけたプロの消し屋にちがいない。

刈谷は男の後ろ姿を目で追いながら、懸命に追った。

幾度も人とぶつかりそうになった。

次々に跳《と》びのく通行人たちの怒号や悲鳴も聞こえた。蔑《さげす》みの視線や嘲笑にも気づいた。

しかし、いちいち気にしている余裕はなかった。ひたすら追いつづけた。

十五分ほど走ると、戦闘服の男は不意に横道に逸《そ》れた。

高層マンション群の裏側だった。民家はあまり多くない。ところどころに、空き地がある。

刈谷は汗ばみはじめていた。

息も上がりそうだった。心臓が何倍にも膨れ上がったような感じだ。

男はさらに数分走り、資材置き場の中に入った。そこには、古い角材が堆《うずたか》く積み上げてあった。刈谷も資材置き場に足を踏み入れた。

男が立ち止まって、ゆっくりと振り返った。

ほとんど呼吸は乱れていない。

刈谷は度肝《どぎも》を抜かれた。自分は、しばらく口も利けないほど息遣いが荒かった。喉も渇ききっていた。

月明かりで、多少の視界は利《き》いた。

スポーツキャップの男が身構えた。刈谷も手提げ袋を地べたに放り、やや腰を落とした。両手はだらりと下げる。

足許は小石だらけだった。靴で左右に払いのけた。男が、にたっと笑った。

「誰に頼まれて、伴繁樹と門田千鶴を殺《や》ったんだっ」

刈谷は大声で言った。

男は黙ったまま、間合いを詰めてきた。全身に殺気が漲《みなぎ》っている。

刈谷は顎と左胸の前で、両の拳《こぶし》を固めた。

右足は半歩前に踏み出す。刈谷は男との距離を目で測《はか》った。まだ四メートル近く離れていた。
「行くぜ」
男が初めて口を利き、不意に高く跳躍した。
宙で片方の腿《もも》を胸の近くまで引き寄せた。蹴りを放つ姿勢だ。
刈谷は目を大きく見開き、相手の動きを見守った。
男の右脚が一直線に伸びた。黒いだぶだぶのパンツが、はたはたと鳴った。
刈谷は横に跳んだ。
蹴りは空を打っただけだった。素早く刈谷は体を反転させた。
男が着地し、振り返った。
ほとんど同時に、刈谷は男に体当りを喰らわせた。男の体が揺れた。
刈谷は肩で男を押しまくり、ボディーブローを放った。
パンチが届く前に、相手が腹筋に力を入れた。鋼《はがね》のように硬かった。
拳が跳ね返されたとき、男が股間を蹴り上げてきた。
急所を直撃され、自然に腰が砕けそうになった。
次の瞬間、刈谷は脳天に重い衝撃を覚えた。
肘打《ひじう》ちを落とされたことに気づくのに、二秒ほどかかった。頭の芯が痺《しび》れた。
男が刈谷の髪を鷲摑みにした。

刈谷は渾身の力で自分の体を支え、左右のフックで男の肝臓《レバー》と腎臓《キドニー》を叩いた。男が短く呻いて、一瞬、棒立ち状態になった。

すかさず刈谷は、男の顎《チン》をショートアッパーで突き上げた。

顎《あご》の骨が派手に鳴った。

男が後ろに倒れた。そう見えたのは錯覚だった。

なんと男はトンボを切ったのだ。きれいに宙返りをし、地面に両足で着地した。

やはり、徒者《ただもの》ではなかった。

刈谷は気持ちを引き締めた。

男が何か格闘技《マーシャル・アーツ》を心得ていることは間違いない。それも空手や少林寺拳法ではなかった。カポエイラやサンボでもない。中国拳法か、跆拳道《テコンドー》の使い手のようだ。

「ナイフしか使えないわけじゃなさそうだな」

刈谷は言った。

男は無言だった。かすかに唇をたわめ、弾むような足取りで接近してくる。

刈谷は先に仕掛けることにした。

大きく踏み込んで、右ストレートを放つ。あっさり躱《かわ》され、右腕を男に抱え込まれてしまった。

刈谷は左のフックを男のこめかみに叩き込んだ。

相手の足がふらついた。ラッシュしたかったが、右腕を引き抜けない。刈谷は少し焦《あせ》った。

男は抜け目なく、刈谷の左腕を摑んだ。

敵も両手が使えなければ、膝蹴りを放つ気になるだろう。

刈谷は相手の脚が浮く前に、先に頭突きを浴びせた。

額にヒットした。もろだった。男が両手をV字形に掲げ、大きくのけ反った。

ストレートは届きそうもない。

刈谷は足を飛ばした。右脚だった。

風が巻き起こった。

しかし、蹴りは虚《むな》しく空気を躍らせただけだった。体勢をたて直そうとしたとき、男の回し蹴りがまともに刈谷の脇腹に入った。

内臓が灼《や》け、息が詰まった。

目も眩《くら》んだ。まるで丸太でぶっ叩かれたような感じだった。

刈谷は薙《な》ぎ倒されそうになった。焦《あせ》りが生まれた。

足を踏んばってみたが、体が泳ぐのを防ぐことはできなかった。悪いことに倒れる寸前に、ふたたび男の回し蹴りを喰らってしまった。

今度は側頭部だった。

一瞬、刈谷は聴覚を失った。頭の奥で白いものが弾けた。

刈谷は横倒しに転がった。顔面を小石に打ちつけた。

数秒後、男の靴の踵《かかと》が垂直に肋骨に落ちてきた。刈谷は激痛を覚え、地べたを転げ回った。

男が懐を探った。すぐに刃物を摑み出した。手早かった。

刈谷は肘《ひじ》を使って、上体を起こした。

そのとき、不意に犬の鳴き声が聞こえた。犬を叱りつける人間の声もした。

誰かが犬を散歩させているらしい。

吼《ほ》え声は野太かった。大型犬だろう。鳴き声が次第に近づいてくる。

「ちえっ、邪魔が入りやがった」

男が忌々《いまいま》しげに言って、そのまま駆け去った。

刈谷はひとまず胸を撫で下ろし、地べたに大の字に寝そべった。

あばら骨が脈打つように疼いている。罅《ひび》が入ったようだ。

しばらく起き上がれそうもなかった。

犬の鳴き声が熄《や》んだ。

少し経つと、初老の男が路上から声をかけてきた。

「どないしました？　お体の具合が悪いんでしたら、救急車を呼びまっせ」

「ご親切にどうも。もう少しこうしてれば歩けますから、どうぞおかまいなく」

「そうでっか。ほな、お大事に！」

男は秋田犬を引っ張りながら、ゆっくりと遠ざかっていった。

黒いスポーツキャップを被った男は去ったきり、戻ってこなかった。犯罪のプロたちは、決して無理はしないものだ。

——あの殺し屋を雇った奴を必ず燻《いぶ》り出してやる！。

刈谷はそばにあった土塊《つちくれ》を拾って、強く握り潰《つぶ》した。

第四章　顔のない殺人鬼

1

風邪気味だった。

平熱だが、時々、咳《せき》が出た。胸苦しい。

刈谷は自宅の長椅子に仰向《あおむ》けになって、ぼんやりと天井を見上げていた。

午後九時過ぎだ。外は凍《い》てついていた。

十二月も半ばだった。

街には、師走特有の気忙《きぜわ》しさが漂っていた。寒さが日ごとに厳しくなっている。一昨日の朝は、粉雪が舞った。

刈谷の怪我は、すっかり治っていた。

罅《ひび》の入った二本の肋骨は、もう疼《うず》くことはなかった。青痣《あおあざ》も消えていた。

大阪の伴宅を訪ねたのは、きのうだった。

刈谷は元日東物産の社員を装って、伴の未亡人に会った。収穫は大きかった。

伴は無類の鉄道マニアだった。ＳＬから最新型の新幹線までを写真に撮り、気に入ったものをパネルにして、家の中のあちこちに飾ってあった。

鉄道に関する書物やグッズの蒐集量《しゅうしゅうりょう》も夥《おびただ》しかった。

また伴は、警笛や発着アナウンスも収録していた。東海道・山陽新幹線の列車のものは、すべて録音してあった。

伴が『ひかり81号』の発着アナウンス録音を使って、アリバイ工作した疑いは一段と濃くなった。

未亡人は、死んだ夫と磯貝千鶴との関係も隠さなかった。伴は五年も前から、千鶴と親密な間柄だったらしい。

未亡人は、伴が荻野常務に目をかけてもらっていたことも認めた。新居祝いに荻野は、かなり値の張る庭石をプレゼントしてくれたという。

未亡人は常務にひたすら感謝するだけで、伴の行状を怪しむ気配はまったくなかった。もともと性格が大雑把《おおざっぱ》なのかもしれない。

元日東物産の社員と偽った刈谷のことも、ほとんど詮索しなかった。

未亡人は配偶者を失っても、それほど落胆している様子ではなかった。むしろ、さばさばしたという感じだった。

刈谷は伴宅を出た足で、未亡人の弟が経営するメダル製作所を訪ねてみた。

居合わせた若い工員にそれとなく青酸カリの紛失事件があったかどうか探ってみたが、盗難に遭《あ》ったことは数年来ないという返事だった。

伴は義弟である経営者に直《じか》に頼み、こっそり〇・四五グラムの青酸カリを手に入れたのかもしれない。

大阪から戻ると、刈谷は日東物産本社を訪ねた。

秘書室の室井室長を近くの小料理屋に連れ出し、伴と荻野常務の関係を訊いてみた。室井は荻野が伴を何かと可愛がっていたことは認めたが、明石の話したことは何も知らなかった。とぼけているようには見えなかった。

酔いが回ると、室井の口は次第に軽くなった。

刈谷は、芦屋の有力者が皆川清秀ではないのかと鎌をかけてみた。室井はしどろもどろになって、強く否定した。

その否定の仕方が、いかにも芝居がかっていた。特別註文の宝冠を受け取ることになっていたのは、皆川代議士にちがいない。刈谷は確信を深めた。

また彼はほぼ毎日、久美と連絡を取り合ってきた。しかし、捜査当局からは何も報告がないという話だった。

何か新情報が得られるかもしれない。

ふと刈谷は思い立って、卓上の遠隔操作器《リモート・コントローラー》を摑み上げた。

大型テレビのスイッチを入れ、チャンネルをＮＨＫに替える。国内関係のニュースが報じられていた。

少し経つと、画面に成田空港の駐機スポットが映し出された。カメラが捉《とら》えているのは、アメリカの航空会社のジェット旅客機だった。

「きょうの午後五時ごろ、成田空港でハイジャック騒ぎがありました」
四十七、八歳の男性キャスターの顔が映し出され、画面はほどなくジェット機の機内に変わった。
刈谷は聞くともなく音声を聞いていた。

ロサンゼルス発のジェット機に乗り込んだヒスパニック系アメリカ人が成田上空で拳銃をちらつかせて、機を乗っ取ろうとしたらしい。犯人は大男だったようだが、キャビンアテンダントのひとりが隙を衝《つ》いて拳銃を叩き落としたという。

「お手柄の女性はスージー・マコーミックさん、二十四歳です。スージーさんは大の日本びいきで、合気道初段とのことです」

キャスターの声に、刈谷は急いで画面に目をやった。

スージーがにこやかにインタビューに答えている。

刈谷は身を起こし、小さく手を叩いてやった。スージーの笑顔は爽《さわ》やかだった。

部屋のインターフォンが鳴った。

刈谷はテレビの電源を切って、長椅子から離れた。インターフォンの受話器を取ると、志郎の声が響いてきた。

「高杉です。ぼくの部屋のビデオラックの奥から、妙なマイクロテープが二巻出てきたんですよ。盗聴テープのようです」

「盗聴テープ？」

「ええ。多分、兄貴がマイクロテープをこっそり隠したんだと思います。義姉《ねえ》さんとこに電話したんですけど、留守みたいなんですよ。それで、刈谷さんのマンションのほうが近いんで、こっちに来てみたわけです」

「とにかく、部屋に上がってきてくれ」

刈谷はエントランスドアのロックを解除し、玄関ホールに足を向けた。

志郎は、中野区内にあるワンルームマンションに住んでいた。

そこは賃貸だった。志郎は遺産で山中湖畔の土地付き別荘を購入し、残りは貯えているらしかった。

部屋のチャイムが鳴った。

刈谷はドアを開け、志郎を請《しょう》じ入れた。志郎は太編みのスキーセーターの上に、ムートンのボア付きハーフコートを着ていた。下はダークグリーンのコーデュロイ・パンツだった。

刈谷は、志郎をリビングセットに導いた。

向かい合うと、志郎がコートのポケットから超小型録音機と二つのカセットを取り出した。

刈谷は志郎に顔を向けた。

「きみは、もうテープを聴いたんだね？」

「ええ。でも、どちらのテープの声にも馴染みがありませんでした」

志郎がそう答えながら、レコーダーにマッチ箱ほどの大きさのマイクロテープをセットした。再生ボタンを押す。

すぐに録音テープが回りはじめた。刈谷は耳に神経を集めた。

耳障《みみざわ》りな雑音《ノイズ》が短く響き、男同士の会話が流れてきた。

——いつもご苦労さんやな。

——こちらこそ、日東物産さんと取引させてもろて、ほんまに感謝してますわ。おかげさんで、うちの会社も箔《はく》がつきました。

——それは、おたくの会社の過去の実績があるからやないんかな。

——大手商社さんの方にそない言われると、なんやからかわれてるような気ぃしますわ。

――いや、ほんまの話や。

――その話は、どうぞご勘弁を。そや、忘れんうちに、お渡ししとかな。今回は差額分の五百三十に、こちらの感謝の気持ちを少しばかり上乗せさせてもらいましたさかい、ちょうど切りのいい数字になってますねん。

――一本ちゅうことやね？

――そうです。いつものようにピン札で揃《そろ》えさせてもらいました。

――そうか。気を遣《つこ》うてもろうて、すまなんだな。それじゃ、確かに。領収証は切れんけど、社長によろしゅう言うといてや。

――はい。

――このまま別れるいうのんも、なんや愛想ないな。ちょっとキタに寄ってこか。今夜は、わしが面倒見たる。

――何をおっしゃいます。いつもの店にご案内しますわ。部長がよろしければ、夜のほうのパートナーも用意させてもらいまっさ。

――こないだの女は、だいぶサバ読んどるな。胸がかなり垂れとったで。道具は悪うなかったけどな。

――そしたら、今夜はピチピチの娘《こ》を用意させてもらいますわ。けど、部長、腹上死せんといてくださいよ。

――まだ、そない年齢《とし》やないで。ほなら、ひとつ頼んまっせ。

男たちが立ち上がる音が響き、やがて音声が途絶えた。

志郎が停止ボタンを押し、すぐさま問いかけてきた。

「密談してる男たちが誰だかわかります？」

「一千万円を受け取ったのは大阪支社の伴だよ。伴は出入りの業者と結託して、取引額を水増しし、差額分を着服してるようだな」

刈谷は明石の話を伝え、高杉が不正行為を調べていたらしいことも語った。

「そのことに伴が勘づいて、兄貴を葬《ほうむ》る気になったんでしょうか？」

「そう考えてもいいだろう。しかし、まだ断定はできない。もう一本のテープを聴かせてくれないか」

「はい」

志郎が手早くテープを差し替えた。

刈谷は煙草に火を点け、脚を組んだ。ほとんど同時に、テープの声が流れはじめた。

――何なんだね、こんな場所に呼び出して。早く用件を言いたまえ。

――今夜は、ちょっと大きなお願いがあるんですわ。

──また、金の無心《むしん》だな。先月、きみの口座に七百万振り込んだばかりじゃないか。

──いつも申し訳ない思ってますわ。けど、土地の値が高う過《たこ》ぎて、家の買い換えがうまくいきませんのや。

──前置きはいいから、早く額を言いたまえ。

──出世払いで、四億ほど融通してほしいんですわ。

──き、きみって奴は！

──常務は大地主なんやから、いつでも五億や十億は工面《くめん》できるんやないですか。等々力のお邸《やしき》の広ーい庭の端っこを二、三百坪手放せば、四億なんてわけなく都合できまっしゃろ？

──きさまは、どこまでわたしを苦しめる気なんだっ。

──いまのマンションは狭くて、息が詰まりそうなんですわ。３ＬＤＫいうても、床《ゆか》面積は七十八平米しかないんですよ。女房や子供たちも生活騒音に気ぃ遣《つこ》うて、なんや縮《ちぢ》こまって生きてますねん。

──これまでに六千万近く渡したはずだぞ。それを頭金にすれば、郊外に一戸建てが買えるだろうが。

──住宅ローンに追われる暮らしは、もうしとうないんですよ。四億円の融資をしてくれんかったら、息子さんが六年前にタイでやったことを現地の警察の幹部に話すことになりますな。

――待て、待ってくれ。それだけはやめてくれ。

――常務、わたしのお願いを聞き入れてくれはりますね？

――少し考えさせてくれ。家内とも相談しなければならんからな。

――相談も何もないいんやないですか。息子さんの件が表沙汰になったら、常務のご一家、いや、一族は世間に顔向けできなくなるんやないかな。

――き、きさまを殺してやる！

――常務、そこまでおっしゃるんやったら、こっちも……。

――赦《ゆる》してくれ。つい感情的になってしまったんだ。融資の件は、よく考えてみるよ。

――いい返事を待っとりますわ。

食器の音がして、密談が終わった。

――伴と荻野の会話だな。伴は荻野から脅し取った金で、東淀川の豪邸を買ったにちがいない。荻野の次男は、中国系タイ人の掃除婦を殺したんだろうか。

刈谷は短くなった煙草の火を消し、伴が荻野を強請《ゆす》る原因を志郎に話した。

「それじゃ、もしかすると、伴を殺したのは荻野常務なのかもしれないな。きっとそうですよ。荻野が殺し屋を雇ったんだ！」

志郎が興奮気味に叫んだ。

「確かに荻野は、伴を殺したいと思ってただろう。しかし、五億近く脅し取られた人間が急に伴を消す気になるだろうか」

「このままだと、財産を根こそぎ持ってかれると思い詰めたんじゃないんですかね?」

「殺し屋を使うなら、四億円をせびられたときに雇うはずだよ。いくらリッチマンでも、億単位の金には執着心が湧くんじゃないか。最初は、おれも荻野を疑ってたんだが……」

「殺す気なら、四億もの大金は渡さないな」

「それに、荻野には千鶴まで消す理由がないんだ」

「そうですね。伴と千鶴の二人を消す必要のあった奴って、誰なんでしょう?」

「そいつの顔が浮かんでこないんだよ。高杉の手帳にメモされてたOというイニシャルの人物が怪しいと思うんだがね」

刈谷は、志郎に詳しい話をした。

「兄貴は、このマイクロテープをどうする気だったんでしょう?」

「そのうち、伴を告発する気だったんじゃないだろうか。しかし、伴に覚《さと》られる心配もあった。だから、こっそりきみのマンションに行ったときにビデオラックの奥に隠しておいたんだろう」

「そうなのかもしれませんね」

「このマイクロテープ、少し預からせてもらえないか」

「それはかまいませんけど、義姉《ねえ》さんにも聴かせないとまずいでしょ？」

「明日、久美さんとこに行くつもりなんだ」

「それじゃ、レコーダーごと置いていきます」

「そう。せっかく来たんだから、酒でも飲んでけよ」

「明日、地方ロケで朝が早いんです。また、ゆっくりお邪魔しますよ。今夜はこれで！」

「そうか。いつでも歓迎するよ」

刈谷は志郎につづいて、腰を浮かせた。

2

「留守中に誰かが家捜《やさが》ししたようなの」

電話の向こうで、久美が言った。声が戦《おのの》いていた。

志郎が辞去して、まだ二十分しか経っていない。風呂に入る気になったとき、久美から電話がかかってきたのだ。

「空き巣じゃないのか？」

「ううん、普通の泥棒じゃないと思うわ。現金や貴金属類は何も盗《と》られてないから」

「特に荒らされてるのは？」

「主人の書斎と寝室ね。でも、どの部屋もひどく荒らされてるの。骨壺の中まで覗いたようだわ」

「骨壺の中まで⁉　侵入者の狙いは、マイクロテープだったのかもしれない」

刈谷は思い当たり、志郎の自宅マンションに隠されていた二巻の録音テープのことを話した。

「それじゃ、荻野常務か伴部長の関係者がここに忍び込んだのかもしれないのね？」

「どちらかが高杉に密談を盗聴されたことに気づいたとも考えられなくはないが、少し時期がずれてるんだ」

「時期がずれてる？」

「そう。伴と取引業者のテープの収録日ははっきりしないんだが、伴と荻野のテープは少なくとも最近のものじゃない。伴が東淀川の豪邸を手に入れる前のものだ」

「その後も夫は、伴部長と荻野常務をマークしつづけてたんじゃない？」

久美が言った。だいぶ落ち着きを取り戻したらしく、いつもの声に近かった。

「そうだったとしても、テープを盗み出そうとする時期が遅すぎる気がしないか？」

「確かに、ちょっとね。もう主人はこの世にいないわけだから、いまさらという感じもする。いったい誰の仕業なんだろう？」

「残念ながら、見当がつかない。テープのほかに、何か内部告発する証拠を保管してあるんじゃないのかな。銀行の貸金庫、借りてる？」

「ううん、借りてないわ」

「そうか」

「刈谷さん、ご迷惑じゃなかったら、こっちに来てもらえないかしら？　玄関の鍵を壊されちゃったから、ひとりじゃ、なんだか恐いの。といって、部屋を空けるのも……」

「おれのほうは別にかまわないが、こんな時間に独り暮らしの女性を訪ねるのはどんなもんだろう？」

刈谷は、いくぶん迷っていた。

「世間体を気にしてるのね？」

「そうじゃないんだ」

「だったら、来てもらえない？　マイクロテープも早く聴きたいし」

「わかった。これから、すぐにきみのマンションに行こう」

「ありがとう。待ってます」

久美が先に電話を切った。

刈谷は受話器を置くと、ガス温風ヒーターのスイッチを切った。

黒革のブルゾンを手にして、ほどなく部屋を出た。志郎から預かった超小型録音機と二巻のマイクロテープは、内ポケットの中に入っている。

エレベーターで地下駐車場に降り、ミニクーパーに乗り込んだ。

『経堂エミネンス』に着いたのは、およそ四十分後だった。

刈谷は車をマンションの近くの路上に駐め、高杉の部屋に急いだ。玄関ドアの鍵穴が捩《ねじ》れていた。

「お邪魔するよ」

刈谷は勝手に部屋に入った。

靴を脱いでいると、玄関ホールの奥から久美が現われた。

枯葉色のゆったりとしたセーターを着て、オフホワイトのスパッツを穿《は》いている。ショートボブの髪は半分近くスカーフで隠れていた。化粧は薄かった。

「部屋を片づけはじめてたようだな」

「そうなの。でも、足の踏み場もないくらいに荒らされてるから、どこから手をつけていいのかわからなくて」

久美はそう言いながら、スカーフを外した。

しなやかな指で、さりげなく髪型を整えた。女っぽい仕種《しぐさ》だった。

「手伝ってやろう」

「ええ、後でお願いね。その前にテープを聴きたいわ」

「そうだったな」

刈谷は久美の後から、居間に入った。

ソファセットはきちんと片づけられていたが、リビングボードの引き出しの中身が床に散らばっていた。

「どうぞお坐りになって」

久美が長椅子を手で示した。

刈谷は腰かけ、ブルゾンの内ポケットから超小型録音機と二巻のマイクロテープを摑み出した。久美が刈谷の前に坐った。

刈谷は二巻のマイクロテープを再生した。

最初は、伴が現金を受け取っているテープだった。二つのテープを聴き終えると、久美が言った。

「伴部長が裏でこんな汚いことをしてただなんて、なんだか信じられないような気持ちだわ。人間って、本当にわからないものね」

「そうだな」

「荻野常務は、あなたが推測したように息子さんの殺人のことで伴部長に強請られてたのね」

「そいつは間違いなさそうだ」

刈谷は先月の末に、明石悟から聞いた話を久美に報告してあった。

「もう伴部長は殺されてるから、このテープを欲しがってるのは荻野常務なんじゃないのかしら？」

「おれは、そうじゃない気がする」

「どうして？」

「荻野には、千鶴を殺す動機がないんだ」

「伴部長から息子さんの事件のことを聞いてると考え、ついでに彼女も抹殺する気になったんじゃない？」

「果たして、そこまでやるかどうか。高杉は、もっと別のスキャンダルの証拠を握ってたんじゃないかと思うんだ」

「そうだとしたら、主人は告発に必要な証拠をどこかに隠したままってことになるわね？」

「この家のどこかに隠してあるとも考えられるな」

「部屋を片づけるとき、少し注意してみるわ」

「そうしてくれ。おれも手伝うよ。その前に、高杉に線香を……」

「ええ、どうぞ」

久美が立ち上がり、先に遺骨のある和室に歩《ほ》を運んだ。

刈谷は部屋に入った。久美は遺影の前に座蒲団を置きかけていた。

部屋の中は、ほとんど乱れていない。久美は、真っ先にこの和室を片づけたのだろう。

小さな祭壇には、数種の花が飾られている。果物やスコッチ・ウイスキーも載っていた。

刈谷は故人に線香を手向《たむ》け、両手を合わせた。久美が斜め後ろに坐る気配がした。

——高杉、もう少し待ってくれ。お前を殺《や》った奴を必ず突きとめるからな。

刈谷は遺影に誓って、合掌を解いた。

体の向きを変えると、久美が何か言いたげな目で見つめてきた。刈谷は相手の言葉を待った。

「わたし、話しておきたいことがあるんです」

「話って、何だい？」

「ううん、急ぐことじゃないの」

「なら、先に部屋を片づけちまおう」

刈谷は久美の様子がいつもと違う気がしたが、静かに立ち上がった。久美も腰を浮かせた。

二人は居間の片づけに取りかかった。三十分ほどで、あらかた片づいた。

「わたし、寝室のほうをやります。あなたには、主人の書斎のほうをお願いしようかしら？」

「いいよ」

刈谷はすぐに書斎に移った。

寝室の隣だった。七畳半の洋室で、両袖机、パソコン、書棚などがあった。

机の引き出しはことごとく抜き捨てられ、書棚の本もそっくり床に落とされていた。パソコンの液晶ディスプレイは斜めになっている。

――派手に引っ掻き回しやがったな。

刈谷は書物を棚に戻しはじめた。

一冊ずつページをざっと繰《く》ってみたが、秘密めいたものは何も隠されていなかった。

本を片づけ終えると、全身がかすかに汗ばんでいた。刈谷はセーターを脱ぎ、綿ネルのワークシャツの袖を捲《まく》り上げた。

床からルーズリーフノートなどを拾い上げ、適当に引き出しに納めていく。

拾い上げた物を一つ一つチェックしてみたが、写真やテープの類《たぐい》はなかった。極秘書類のコピーも見当たらない。

机の引き出しを元の位置に戻すと、刈谷はパソコンの歪《ゆが》みを直した。

そのときだった。パソコンの裏側に、横文字で印刷された小さな紙切れが落ちているのに気づいた。

刈谷は、それを抓み上げた。

ドイツ語が記《しる》されている。何かの説明書のようだ。

久美に訊いてみることにした。

刈谷は小さな紙片を抓んだまま、隣室に入っていった。

「何か見つかったの？」

久美がドレッサーの位置を直しながら、振り返った。刈谷は久美に歩み寄り、紙片を突き出した。

「これ、何だと思う？」

「それは薬の効能書よ。高杉は、ドイツ製のビタミン剤を服《の》んでたの」

「そいつは錠剤？」

「ううん、カプセルよ」

「カプセルだって⁉」

「ええ。それが何か？」

久美が怪訝《けげん》そうな顔をした。

「現物があったら、見せてくれないか」

「もうないの。主人のお葬式の翌日だったかに、全部、捨ててしまったのよ。わたしは、なるべく薬は服まない主義だから」

「そうか。高杉がカプセル入りのビタミン剤を服んでたことを知ってる人間は？」

「わたしのほかは、会社の人たちと行きつけの食べもの屋さんかな。主人は昼食後にビタミン剤を服んでたの」

「一日一回だけ？」

「本当は毎食後服《の》まなければいけないらしいんだけど、主人は気休めだからって、一日一回しか服まなかったの」

「高杉は毎日、会社にビタミン剤を持ってってたんだね？」

「ええ。まとめてカプセルを会社に置いておけばと言ったんだけど、毎日一個ずつ持っていってたわ。それが、もう習慣になってたの」

「習慣になってたか。ビタミン剤は、いつもどこに入れてたんだい？」

「上着の内側のチケットポケットよ」

「内ポケットのそばにある小さいやつだな」

「ええ、そう」

「職場の暖房具合は、どうだったのかな？　暑いぐらいだったんだろうか」

刈谷は訊いた。

「ええ。暖房が利き過ぎてるから、よく上着を脱いで、椅子の背凭《せもた》れに掛けておくんだなんて言ってたわ」

「となると、出張する前にビタミン剤を……」

「職場の誰かが、それを青酸カリ入りのカプセルにすり替えたかもしれないってこと？」

「ああ。事件当日、高杉はどこかで昼飯を喰ったんだろうか」

「いけない。そのことを言い忘れてたわ。夫は午後一時四十分ごろ、奥浜名の喫茶店でサンドイッチをほんの少しだけ食べてるはずよ。それから主人は、その店でカプセルを服んだんですって。宍戸さんが、その裏付けも取ったそうよ」

「そんな大事なこと、なぜ、もっと早く教えてくれなかったんだっ」

無意識に刈谷は声を尖《とが》らせていた。

「ごめんなさい。いろいろ考えごとをしてたんで」

「カプセルを服んだ時間は？」

「午後一時五十分ごろだったそうよ。店のマスターが見てたらしいの」

「だとすれば、高杉はカプセルを服んでから、二時間以上も生きてたことになる。カプセルは、数十分で溶けるはずなんだがな」

「そうなるわね、主人の死亡推定時刻は午後四時から六時の間だったから。それより、誰がカプセルをすり替えたんでしょう？」

「室井じゃなさそうだ」

「荻野常務は、どう？　高杉に息子さんの殺人のことを知られたと思って、主人を永久に眠らせる気になったんじゃないのかしら？」

「荻野でもないと思うが、一応、揺さぶりをかけてみるか」

「どんなふうに？」

「さっきのマイクロテープを荻野に聴かせてみるんだよ。そのテープを聴いて、彼が高杉の名を口走ったら……」

「荻野常務が主人を毒殺した疑いが濃いってことね？」

「ああ。電話してみよう」

刈谷は先に部屋を出た。すぐに久美が寝室から出てきた。

二人は居間に移った。

刈谷は超小型録音機にマイクロテープをセットした。伴と荻野の遣り取りを収録したほうのテープだ。

久美がコードレスの電話機をコーヒーテーブルの上に置き、社員名簿を開いた。

荻野の自宅に電話をかけ、すぐに彼女は受話器を刈谷に差し出した。刈谷は受話器を耳に当てた。

コールサインが五、六度鳴り、先方の受話器が外れた。

「はい、荻野でございます」

年配の女の声だった。荻野の妻か、お手伝いの女性だろう。

「会社の者です。緊急連絡がありますので、常務にお取り次ぎください」

「少々、お待ちください。ただいま、電話を旦那さまのお部屋に回しますので」

「よろしくお願いします」

刈谷はそう言い、レコーダーを手前に引き寄せた。

メロディが流れてきた。美しい調べだった。

待つほどもなく、荻野の声が響いてきた。

「わたしだ。誰かね、きみは？」

「事情があって名乗れませんが、ちょっとこのテープをお聴きください」

刈谷は超小型録音機の再生ボタンを押し、受話器をスピーカーに近づけた。

テープがゆっくりと回りはじめた。久美が張り詰めた顔で、回転するマイクロテープを見つめていた。

やがて、音声が熄《や》んだ。

刈谷は停止ボタンを押し、受話器を耳に押し当てた。

「いかがでした？」

「き、きみは伴の仲間だな。あの男から、息子のことを聞いたんだろっ。あいつと同じように、わたしを強請る気なんだな」

「伴には、いくら搾《しぼ》り取られたんです？」

「約五億円だ。しかし、もう誰にも金を払う気はないぞ！」

「ご次男をタイの警察に自首させる決心がついたわけですね？」

「きみは、どこまで知ってるんだ⁉」

「息子さんが伴夫妻の住んでたマンションのエレベーターの中で、絡んできた中国系タイ人の掃除婦を絞殺したことまで存じ上げてます」

「証拠はあるのか、証拠は！」

荻野が声を荒げた。刈谷は、はったりを言った。

「この目で、あなたのご次男が掃除婦の首を絞めるとこを見たんですよ」

「い、いくら欲しいんだ？　一度きりなら、きみの要求を呑もう」

「荻野さん、悪事はいつかばれるもんです。息子さんに早く罪の償いをさせるべきなんじゃありませんか？」

「そ、そんなことしたら、荻野家はもう終わりだ。頼む、わたしたちを救《たす》けてくれ。一億、いや、二億出してもいい」

「世の中、銭《ぜに》で片のつくことばかりじゃないんですよ。東洋テレビに勤めてる息子さんを説得して、父子でバンコクに行くんですね」

「きみは金が欲しくないのか？」

「銭の嫌いな人間はいませんよ。しかし、他人《ひと》を恐喝するほど腐っちゃいません」

「わ、わたしはどうすればいいんだ⁉」

「それを決めるのは、あなたです」

「なんてことなんだ」

「ところで、念のためにお訊きします。顔に傷のある殺し屋を雇って、伴と彼の愛人を殺させたのはあなたじゃありませんね？」

「わたしは伴の事件には、なんの関わりもない。あいつが死んでくれたんで、ほっとしたが、わたしが殺させたんじゃないんだっ。天地神明《てんちしんめい》に誓って、嘘じゃない」

「信じましょう。伴は、誰かに脅されてたようなんですよ。思い当たる人物、知りませんかね？」

「そんなこと、わたしがわかるわけないだろうが！　いや、赦《ゆる》してくれ。ついつい大声を張りあげてしまった」

　荻野が声を和《やわ》らげた。

「別に腹なんか立てちゃいませんよ」

「そうかね」

「ついでに、もう一つうかがっておこう。あなたは十月五日の日、秘書室の高杉慎也とお会いになってるんじゃありませんか？」

刈谷は気になっていることを単刀直入に訊いた。

「きみは何を言ってるんだね？　高杉君のことはよく知ってるが、その日、わたしはニューヨークにいたんだ」

「その話は嘘じゃありませんね！」

「疑うんだったら、会社の誰かに問い合わせてみたまえ」

「別の日に、あなたは高杉と個人的に会ったことがありますね？」

「………」

返事はなかった。肯定の沈黙だろう。

「いつ会ったんです？」

「きみは何者なんだ？　伴の、いや、奴の仲間じゃないな。どうなんだね？」

「質問するのはあなたじゃなく、わたしです」

刈谷は声に凄みを込めた。

「悪かった。謝るから、息子のことは誰にも喋らないでくれ」

「高杉と個人的に会ったのは、いつなんです？」

「もう一年近く前だよ」

「高杉は、あなたが伴に強請られていた事実を掴んでいたんですね？　そして、彼はあなたに伴を告訴しろと勧めたんじゃありませんか？」

「きみは警察の人間だな」

「いいえ、単なる一市民です。まだ、質問に答えていただいてませんが」

「きみの言った通りだ。しかし、わたしは彼の話に耳を貸さなかった。告訴なんかしたら、息子のことが表沙汰になってしまうからね」

「やっぱり、そうでしたか。それで、あなたは伴に無心されたとき、切札に高杉のことを持ち出したんじゃありませんか？」

「ちょっと仄《ほの》めかせただけだよ」

「そのために、高杉は伴に消されたかもしれないんです！」

「えっ、高杉君は伴に殺されたのかね⁉　何かの間違いだろ？　伴は人殺しをやれるほどの悪党じゃない。あの男は、ハイエナみたいな小悪党さ」

「荻野さん、伴が恐れていた人間を思い出してもらえませんかね？」

「誰も思い当たらんよ。しかし、あの男は取引業者にもキックバックを要求するような奴だったから、いろんな人間に恨まれてたはずだ」

「でしょうね」

「どうだろう？　一度ゆっくり話したいんだがね。息子のことを忘れてくれたら、二億、いや、三億差し上げてもいい」

「救いようのない方だ」

刈谷は軽蔑し、受話器を叩きつけるように置いた。

久美が一瞬、体をぴくんとさせた。それから彼女は、早口で問いかけてきた。

「荻野常務が主人を毒殺した可能性は？」

「ゼロに近いな」

刈谷はそう言い、荻野と交わした会話をつぶさに話した。

すると、久美が溜息混じりに言った。

「それじゃ、いったい誰がわたしの夫を殺したの？」

「それが、どうもわからないんだ。Oという人物がわかればな」

「なんだか肩透かしを喰ったような感じだわ」

「そうだな。もう寝室は片付いたのか？」

「ええ。書斎は？」

「あらかた整理がついたよ」

「ご苦労さま。汗かいたんじゃない？　よかったら、お風呂に入ります？」

「おれは遠慮しとこう」

刈谷は手を振った。ひと風呂浴びたいところだったが、背中の彫りものを久美に見られる心配があった。

「それじゃ、わたし、ざっとシャワーを浴びさせてもらってもいいかしら？　汗をかいたんで、なんだか気持ちが悪くて」

「おれに遠慮することはないさ」

「じゃあ、ちょっと失礼させてもらうわ。ビールでも飲んでて」

久美は椅子から立ち上がると、ダイニングキッチンに足を向けた。

刈谷は煙草に火を点けた。三口ほど喫ったとき、久美が数本の缶ビールとオードブルを運んできた。

「気を遣《つか》わないでくれ」

「でも、夜は長いから。ビールはこれだけだけど、ウイスキーもブランデーもあるの。お好きなだけ、お飲みになって」

久美は嫣然《えんぜん》と笑うと、優美な足取りで浴室に向かった。

刈谷は缶ビールのプルトップを開けた。煙草の火を消し、ビールを呷《あお》る。喉が渇いていた。瞬《また》く間に、一本目を空けてしまった。

二本目の栓を開け、刈谷はラックからグラフ雑誌を摑み上げた。雑誌のグラビア写真をぼんやり眺めながら、ビールを飲みつづけた。

三本目の缶を摑み上げたとき、奥の方で久美の声がした。

「刈谷さん、まだビール残ってるの？」

「いま、三本目の栓を抜こうとしたとこだ」

「こっちで飲んだら？　ねえ、いらっしゃいよ」

「どこにいるんだい？」

刈谷は缶ビールを持ったまま、長椅子から離れた。

居間を出て、奥に向かう。

「ここよ」

寝室から、久美の声が聞こえた。仄かな明かりが寝室から洩れている。

「星でも見てるのか？」

刈谷はそう言いながら、寝室に足を踏み入れた。次の瞬間、思わず立ち竦んでしまった。

あろうことか、全裸の久美がベッドの横に立っていた。豊かな胸も飾り毛も隠そうとしない。むしろ、挑発するような恰好で佇立《ちょりつ》している。

「どういうことなんだ⁉」

刈谷は久美に背中を向けた。

「ひとりじゃ、なんだか不安なの。それに淋しくて淋しくて」

「おれに高杉の代役は務《つと》まらない」

「あなたはあなたよ。わたし、刈谷さんのことを密かに想《おも》ってたの。お願い、わたしを抱いて！」

久美は小娘のように高く叫ぶと、刈谷の背に全身で抱きついてきた。

弾みのある乳房が強く密着している。ワークシャツを通して、久美の体温が生々しく伝わってきた。

「早く何か着てくれ。おれだって、生身の男なんだ」

「わたしだって、生身の女だわ。女に恥をかかせないで」

「どうかしてるぞ、きみは」

「そうかもしれないわ。でも、いまはあなたに抱かれたいの」

「そんな安っぽい台詞《せりふ》は、きみには似合わない。服を着ないんだったら、おれは帰る」

「いやよ、ひとりにしないで。怖いの！」

「だったら、何か身につけるんだっ」

刈谷は久美の腕を振り千切った。

久美が泣き崩れた。

刈谷は寝室を出て、居間に戻った。缶ビールを握ったまま、長椅子の前に立ち尽くす恰好になった。できれば帰ってしまいたかった。しかし、怯えている久美を置き去りにすることもできない。

刈谷はソファに腰かけ、缶ビールの栓を抜いた。ふた口ほど喉に流し込んだとき、コーヒーテーブルの上の電話機が鳴った。

久美は寝室から出てこなかった。

まだ泣いているのだろう。コードレスフォンは、なかなか鳴り熄《や》まない。やむなく刈谷は受話器を取った。

「大阪の黒田です」

三十代半ばと思われる女の声が響いてきた。

「この家の者は、ちょっと取り込み中でしてね」

「失礼ですが、お身内の方でしょうか？」

「高杉の友人です」

「そうですか。それでは、久美さんにお見舞いのお花をありがとうございましたとお伝えください。きょう、娘の病室に久美さんのメッセージ付きで花屋さんからお花が届いたんです。久美さんにはなんの責任もないのに、毎月、お花をいただいて心苦しく思っているんです」

「久美さんとあなたの娘さんとは、どういった間柄なんでしょう？」

刈谷は遠慮がちに訊いた。

「まったくの他人なんです。うちの娘が塾の帰りに自転車ごと神戸ナンバーのベンツに轢《ひ》き逃げされたところを久美さんが目撃してくれて、救急車を呼んでくれましたの」

「それは、いつのことなんです？」

「もう二年も前のことです。そのころ、久美さんはご主人と大阪に住んでらっしゃったんです」

「ええ、そうですね。それで、お嬢さんはいまも病院に？」

「はい。撥《は》ねられたときに頭を強く打って、全身麻痺になってしまい、意識も戻らなくなっちゃったんです。本当は小学五年なんですが、体の成長もストップしてしまいましてね」

相手の語尾が掠《かす》れた。

「お気の毒です。それで、轢き逃げした奴はどうなりました？」

「癪《しゃく》な話ですが、未《いま》だ犯人は捕まってません」

「そのうち、きっと捕まりますよ」

「そうだといいんですけどね。どうか久美さんに、もうお気を遣わないよう、くれぐれもお伝えくださ い」

「わかりました。必ず伝えます」

刈谷はコードレスフォンの停止ボタンを押した。

清々《すがすが》しい美談だった。刈谷は、胸の中が仄々《ほのぼの》と温かくなった。缶ビールを傾けたとき、また電話機が鳴った。

刈谷は今度は迷わなかった。受話器を耳に当てると、中年男がいきなり訊いた。

「うまくいったか?」

「えっ?　こちらは高杉ですが、どなたでしょう?」

刈谷は問いかけた。電話が乱暴に切られた。

3

陽光が棘々《とげとげ》しい。

刈谷は目を細めながら、車を神楽坂に走らせていた。久美のマンションから自宅に戻ったのは、午前七時過ぎだった。

刈谷は帰宅するなり、ベッドに潜り込んだ。

昨夜は一睡もしていなかった。高杉宅の居間の長椅子に坐ったまま、朝を迎えた。気まずかったからか、久美は一度も寝室から出てこなかった。刈谷はメモを残し、黙って自宅に戻ってきた。

師匠の辰吉から電話がかかってきたのは、午前十時半ごろだった。

二百四十カラットのスターサファイヤが闇市場に流れ込んだとの情報をもたらして

くれたのである。これから刈谷は辰吉と一緒に、ブラックマーケットの元締めの事務所を訪ねることになっていた。

牛込天神町の交差点を通過した。

神楽坂は、ほんの少し先だ。刈谷はスピードを上げ、七百メートルほど先で左折した。

ほどなく師匠の自宅兼仕事場が見えてきた。

せっかちな辰吉は、すでに玄関の前に立っていた。和服姿だった。袷《あわせ》の上に、黒いインバネスを羽織《はお》っている。

刈谷は師匠の前に車を停め、助手席のドアを押し開けた。

「悪いな、おやっさん」

「いいってことよ」

辰吉が言って、助手席に坐った。

「元締めのオフィスは、湯島にあるって言ってたね？」

「ああ、二丁目だ。とりあえず、外堀通りをまっつぐ走ってくれや」

「オーケー」

刈谷は車を迂回《うかい》させ、ふたたび早稲田通りに出た。

いくらも走らないうちに、ＪＲ飯田橋の駅前に達した。左に曲がり、外堀通りに入る。刈谷は運転しながら、これまでの経過を辰吉に報告した。

「もう警察に任せたほうがいいんじゃねえのか」

「あと一息なんだぜ。ここまで来て、投げる気にゃなれないね」

「そうかい。おめえも、けっこう骨があるじゃねえか。そうさな、ここで諦《あきら》めたんじゃ、男が廃《すた》るってもんだ」

「おやっさんも人が悪いな。おれを試《ため》したんだろう？」

「亮も少しは成長したようだな。へへへ」

辰吉が嬉しそうに笑った。歯の欠けた口の周《まわ》りに、数本の深い皺《しわ》が寄っていた。

「スターサファイヤを宝石ブローカーに持ち込んだ人物は、どんな奴だって？」

「元締めも詳しくは言わなかったが、政治家の秘書だってよ。間接的な知り合いを通じて、宝石ブローカーに接触したらしいんだ」

「その秘書の名は？」

「細かい話は会ったときに話すってさ」

「そう」

刈谷は短く応じて、順天堂大の先でミニクーパーを左折させた。

道なりに進み、本郷通りを突っ切る。そのあたりは湯島一丁目だった。辰吉の道案内で、何度か路《みち》を折れる。

やがて、元締めのオフィスに到着した。

四階建ての細長いビルだった。一階は古美術店になっていた。

刈谷はビルの少し先に車を停め、師匠と外に出た。さほど寒くなかった。

「このビルは元締めの持ち物？」

「ああ、そうだよ。青木《あおき》の旦那は、ふだんはここの三階にいるんだ。行こう」

辰吉が古美術店の脇にある階段を昇りはじめた。

刈谷は後に従った。少し緊張していた。

青木という元締めは、さまざまな伝説を持つ人物だった。四十代の前半まで、興行師をしていたらしい。いまは、六十歳をいくつか超えているはずだ。

三階の事務所に入った。

六十絡みの男が総革張りの応接ソファに坐り、三十八、九歳の男と何か話し込んでいた。若いほうは宝石ブローカーだろう。

「二代目、相変わらず元気そうだね」

六十年配の男が立ち上がって、辰吉に言った。

その男が元締めだった。荒《すさ》んだ感じはうかがえない。中小企業のオーナー社長といった感じだ。

三十代後半の背広姿の男は、春日《かすが》という宝石ブローカーだった。セールスマン風だ。

刈谷は青木と春日に挨拶し、師匠とともに長椅子に腰かけた。

「おい、詳しい話をしてやれ」

青木に促《うなが》されて、宝石ブローカーの春日が喋りはじめた。

「わたしのとこに知り合いを通じてスターサファイヤの売り込みがあったのは、先月の二十七日でした」

「その売り主は、政治家の秘書だとか？」

刈谷は春日に顔を向けた。

「ええ。民自党の皆川清秀の第一秘書です。尾上淳一《おのえじゅんいち》という方です。年齢は四十一、二でした」

「皆川の秘書で、尾上ですって!?」

「どうかされました？」

「いいえ」

刈谷は笑って見せたが、驚きは大きかった。

尾上の頭文字もOだ。しかも、皆川の秘書となれば、事件に無関係とは思えない。

「あなた、尾上をご存じなんですか？」

春日が問いかけてきた。

「いいえ。その尾上という男はスターサファイヤについて、どう言ってました？」

「皆川代議士の夫人から、退職金代わりに貰ったと言ってましたよ」

「退職金代わりって、どういうことなんだろう？」

「マスコミには伏せられてるけど、皆川清秀は四カ月前から極秘入院してるらしいんですよ。全身、癌《がん》細胞に蝕《むしば》まれて、余命いくばくもないそうです」

春日が言って、ダンヒルをくわえた。英国煙草だ。

火を点けたライターはカルティエだった。左手首には、オーディマ・ピゲを嵌《は》めている。ブランド物に弱いらしい。

「皆川の入院先はわかります？」

「大阪府立病院だそうです」

「それで、あなたは尾上のスターサファイヤを買ってやったんですか？」

「ええ、買いました。しかし、二日後に香港のブローカーに転売しましたがね」

「失礼ですが、買い値はいくらだったんです？」

「それは勘弁してもらいたいな」

「教えてやれ」

元締めの青木が口を挟んだ。春日が泣き笑いに似た表情で、刈谷に言った。

「五千八百万円で引き取りました。一億以上の価値はあるんですが、相手が売り急いでたもんですのでね。それに、ちょっと贓物《ぞうぶつ》の臭《にお》いもしたんですよ」

「盗品と思ったのは、なぜなんです？」

「いくら長く勤めた秘書でも、退職金代わりにしては物が高価すぎますよ」

「確かにね。尾上って奴は、八十カラットのピンクダイヤモンドのことは話しませんでした？」

「そのことは、まったく言いませんでしたね。ただ、香港のバイヤーを誰か紹介してくれないかと言いました」

「で、どうされたんです？」

「楊《ヤン》という知り合いのブローカーの連絡先を教えてやりました」

「そのブローカーにすぐ連絡がつきますか？」

刈谷は訊いた。

「ええ、それはいつでも」

「楊《ヤン》さんに電話をして、尾上がピンクダイヤをどうしたか問い合わせていただけませんかね？」

「いいですよ」

春日が青木に断って、卓上の電話機に腕を伸ばした。

元締めの青木は緑色の葉巻を吹かしながら、辰吉と小声で刺青の話をしていた。青木は重ね彫りをしたがっているような口ぶりだった。

春日の電話は、六、七分で終わった。相手との遣り取りは、ブロークンな英語だった。

「どうでした？」

刈谷は問いかけた。

「楊は尾上から、十五個のピンクダイヤを買ったそうです。日本円にして、ちょうど一億円で引き取ったという話です」

「代金はどんな方法で支払われたんだろう？」

「東京の地下銀行に振り込んだそうです」

「地下銀行？」

「華僑の大物が香港や台湾のマフィアと繋がってて、危ない金の国外送金を自分の口座を使って代行してるんですよ。拳銃や麻薬の取引の決済も、たいがい地下銀行でやってるんです」

「そうですか。尾上って奴は、併《あわ》せて一億五千八百万円を手にしたことになるわけだな」

「ええ。皆川が利権屋として凄腕でも、秘書にそれだけの大盤振る舞いはしないんじゃないですか？　尾上が持ち込んできた品物《ブツ》は、間違いなくわけありですよ」

春日が断定的な口調で言った。

――先日、明石が冗談めかして言ってたが、強欲な皆川清秀が宝冠の二重取りを企《くわだ》てたんだろうか。それとも、尾上淳一という秘書が単独で三億五千万円相当の手土産を強奪する気になったのか。

刈谷は胸底で呟いた。

尾上の単独犯行だとすれば、宝冠の強奪に手を貸した伴繁樹とどこかで繋がっているはずだ。伴は荻野常務から約五億円を脅し取ったことを尾上に知られ、共犯者にさせられたのではないか。

「亮、どうした？　急に黙り込んじまってよ」

辰吉が肘《ひじ》で、刈谷の脇腹をつついた。

「ちょっと考えごとをしてたんだ」

「ホームズ先生、何か閃《ひらめ》いたようだな」

「おやっさん、茶化《ちゃか》さないでくれよ」

刈谷は彫辰の二代目に言って、春日に訊いた。

「尾上は秘書を辞めた後、どうするって言ってました？」

「しばらくは皆川が買収した舘山寺《かんざんじ》温泉のホテルの支配人をやるつもりだと言ってましたよ。そうだ、今月から浜名湖のホテルに住み込むとか言ってたな」

「なんてホテルです？」

「舘山寺アルカディアホテルだったと思います」

「尾上は先月まで、どこに住んでたんだろう？」

「千代田区三番町の賃貸マンションと神戸市兵庫区の自宅を行ったり来たりの生活だったようですよ。もっとも最近は、しばらく神戸の自宅には帰ってないとか言ってましたがね」

「どういうことなんです？」

「奥さんと別居中らしいんですよ。尾上のほうは、もう離婚届に署名して判を捺《お》したそうです。奥さんは慰謝料の額が不満らしく、すんなりと別れてくれないんだって言ってました」

「そうですか」

「あの男は奥さんに渡す慰謝料を工面《くめん》したくて、皆川清秀の自宅から勝手にスターサファイヤとピンクダイヤを持ちだしたんじゃないのかな」

春日が腕組みをしながら、そう言った。

刈谷は曖昧にうなずいて、キャビンに火を点けた。

そのとき、元締めがインターコムに向かって怒鳴った。

「コーヒーを四人分、持ってきてくれ」

「どうかおかまいなく。もうすぐ引き揚げるつもりですから」

刈谷は言った。

「あんたはともかく、二代目を呼びつけといて、お茶一杯出さないわけにはいかんよ。うちの親父が、初代に総身彫りをやってもらったんだ」

「そうなんですか」

「みごとな曼荼羅図《まんだらず》だったよ。親父はどうしようもない博奕打《ばくち》ちだったんだが、あの刺青だけは誇りに思えたな」

「初代の彫りもの、見たかったなあ」

「いまでも見られるよ。親父の刺青は東大医学部の標本室に秘蔵されてるんだ。素晴らしい彫りものだったんで、おれが標本にしてもらったんだよ」

「そうですか。来年の五月祭《さつきさい》のとき、標本室に行ってみましょう」

「ぜひ、見てやってくれ」

元締めが穏やかに笑った。

刈谷は、東大医学部の標本室に百点以上の刺青の標本があることを数年前に師匠から聞かされていた。しかし、まだ一度も俗に医学博物館と呼ばれている標本室を訪れたことはなかった。

死後も肌絵をこの世に留《とど》めるという考えに、何となく抵抗を感じていたからだ。肉体とともに消え去るからこそ、刺青に意味があるのではないか。死体から皮膚を剝がし取って、特殊な加工までして保存することは何やら女々《めめ》しい気がした。

しかし、いまは初代彫辰の仕事を見てみたかった。彫師としての好奇心だった。いまでも毎年、五月祭のときに標本室は一般に公開されているという話だ。

「二代目は何度か見てるよね？」

青木が辰吉に声をかけた。

「十回は見たよ。親父の彫りものを見るたびに発奮《はっぷん》するんだが、なかなか初代は超えられねえな。癪《しゃく》な話だがよ」

「二代目だって、いい仕事をしてるさ」

「おれなんか、まだ半人前よ」

辰吉が謙虚に言った。

話が中断したとき、奥の仕切りドアが開いた。若い男がコーヒーを運んできた。元締めの下で働いている者らしかった。

コーヒーを飲むと、刈谷と辰吉は腰を上げた。青木と春日に礼を言って、二人は表に出た。

「おやっさん、どこかで昼飯を喰おうよ」

「そうするか」

「何がいい？　すきやきでも天ぷらでもいいぜ」

「おめえに任せらあ」

辰吉が助手席に乗り込んだ。

刈谷は車を神田の小川町に向けた。そこに、天然鰻を喰わせる老舗《しにせ》があった。その店に案内すると、師匠は小声で文句を言った。

「冬の鰻なんか喰えるかよ。第一、野暮ってえや。江戸っ子は粋《いき》に生きてえんだ」

「騙《だま》されたと思って、ここの白焼きを喰ってみなよ。舌の上で蕩《とろ》けるんだ」

刈谷は師匠をなだめ、白焼き、蒲焼き、刺身の盛り合わせ、燗酒などを註文した。

料理が運ばれてくると、辰吉は仏頂面《ぶっちょうづら》で白焼きを山葵醤油《わさびじょうゆ》で食べはじめた。とたんに、師匠の頬の筋肉が緩んだ。

「割にいけるじゃねえか」

「そうだろ？　だいたい江戸っ子は見栄を張りすぎだよ」

「ばっかやろう！　そういう痩せ我慢をするから、粋なんじゃねえか。湯河原の山奥で育った野郎にゃ、わからねえよ」

「強がりも江戸っ子の身上ってやつかな」

「うるせえや。それにしても、冬の鰻もうめえもんだな。おめえの白焼きも貰うぜ」

「おやっさんのどこが粋なんだよ」

刈谷は雑《ま》ぜ返して、自分の白焼きを器《うつわ》ごと師匠の前に移した。

　辰吉は力士言葉で礼を言い、すぐに囓《かじ》りついた。ひと噛みして、頬を綻《ほころ》ばせる。まるで子供だった。

　白焼きを平らげると、師匠は袂《たもと》から錠剤とカプセルを一つずつ取り出した。

「なんの薬？」

「錠剤は胃薬で、カプセルのほうは感冒薬だ。おれは胃が弱《よえ》えから、市販の風邪薬は強すぎるんだよ」

「それで胃薬を先に服んで、胃壁をガードしてから、後でカプセルを服《の》むわけか」

「ああ。錠剤のほうが早く溶けるからな。でも、面倒でしょうがねえや」

「だろうね」

「時間の差をつける二重カプセルみてえのがありゃ、楽なんだがな」

　辰吉がそう言いながら、茶で錠剤を喉に送り込んだ。そのとき、刈谷の頭に閃《ひらめ》くものがあった。

「そいつだ、そいつだったんだよ！」

「亮、びっくりさせんねえ。急に何だよ、大声なんか出しやがって」

「高杉に青酸カリを盛った奴は、それをトリックに使ったにちがいない」

「トリック？」

「二重カプセルだよ。高杉の胃から〇・一五グラム、腸から〇・三グラムの青酸カリが検出されたことは話したよね？」

「ああ、聞いたよ。胃と腸の両方に青酸反応があったんで、おめえは不思議がってたよな」

「おれはカプセルってものは胃で溶けると思い込んでたけど、腸で溶けるカプセルもあるんじゃないかと……」

「そういうことには弱《よえ》えけど、あるんじゃねえのか。カプセルが全部、胃で溶けちまうんだったら、十二指腸や結腸が悪い奴の服んだ薬は無駄になることになるからな」

「ああ。だから、きっと腸で溶けるカプセルもあるはずだよ」

「知り合いに医者か薬剤師はいねえのか？」

辰吉がカプセルの風邪薬を嚥下《えんか》してから、問いかけてきた。

「佳奈の店の常連客に大学病院の薬剤師がいたな。その男に確かめてみよう」

「そうしてみな。犯人が二重カプセルを使ったとしたら、内側のほうに〇・三グラム、外側のほうに〇・一五グラムの青酸カリを入れたってわけか」

「そういうことになるね」

刈谷は大きくうなずいた。

「でもよ、なんで犯人はそんな面倒なトリックを使ったんだい？」

「アリバイを用意するためさ。胃から検出された青酸カリ〇・一五グラムは、ぎりぎりの致死量らしいんだよ。だから、人によっては、その量では死なない場合もあるわけだ」

「要するに、犯人は死亡推定時刻を正確には測《はか》りにくい盲点を衝《つ》いてアリバイ工作をしたってわけだな」

「冴えてるじゃないか、おやっさん」

「からかうんじゃねえや。高杉って友達は、何かカプセル剤を常用してたんだな？」

辰吉が爪楊枝で歯をせせりながら、重々しく言った。

刈谷は驚いた。高杉が毎昼食後にドイツ製のビタミン剤を服んでいたことは、まだ師匠には話していなかった。

「その通りだよ。しかし、よくわかったね？」

「たいしたことじゃねえさ。飲みものに青酸カリを混ぜて他人に服ませることはわけねえけど、カプセルとなったら、普通は相手が警戒するからな。おれだったら、よっぽど気を許した奴に勧められたカプセルじゃなきゃ、まず服まねえ」

「というと、おやっさんは犯人が身内か親しい知人だと……」

「まず、そういう連中が怪しいな。そいつらに不審な点がなけりゃ、ほかの誰かにカプセルをすり替えられたにちがいねえ」

「おれも、すり替えられたと考えてるんだ。しかし、家族や職場に怪しい人間はいないんだよ」

「そうかい。参考になるかどうか知らねえけど、おれの昔の客にスリの名人がいてな、そいつはわずか三、四秒で、カモの財布から札だけを抜き取ってたんだ。そういう人間を使えば、カプセルのすり替えなんか、ちょろいんじゃねえのか」

「しかし、それだけの芸当をやってのける奴がそうざらにいるかどうか」

「それもそうだな」

「とりあえず尾上って奴のことを調べて、薬剤師にも会ってみるよ。そろそろ出よう」

刈谷は促した。すぐに辰吉が立ち上がった。

店を出ると、刈谷は師匠を車で自宅に送り届けた。その後、彼はミニクーパーを日東物産本社に走らせた。

数十分で着いた。

刈谷は車を地下駐車場に預け、受付に回った。

室井は折りよく社内にいた。少し待つと、彼は一階に降りてきた。広いロビーの一隅に五組の応接ソファセットがあった。人影はない。

二人は、手前のソファセットに腰かけた。

「先日は、すっかりご馳走になってしまって。ところで、きょうはどんなご用なんです?」

室井が探《さぐ》るような目つきになった。

「皆川清秀は末期癌で入院中だそうですね？」

「誰が、そんなデマを⁉」

「皆川が四カ月前から大阪府立病院に入院してるって話は、事実じゃなかったのか」

「ええ、先生はお元気ですよ。きのうの午後、民自党の議員仲間とヨーロッパ視察旅行に出かけられました。わたし、成田空港までお見送りに行ったんですよ。ですから、間違いありません」

「それじゃ、尾上淳一が嘘をついたんだな」

刈谷は呟いて、煙草に火を点《つ》けた。

「あなたが、どうして尾上さんのことを⁉」

「ある宝石ブローカーが、尾上からスターサファイヤを安く買ったという情報を摑んだんですよ」

「それじゃ、特別註文の宝冠は尾上さんが⁉」

室井は絶句した。

刈谷は、宝石ブローカーの春日から聞いた話をかいつまんで喋った。

「まさか、そんなことが……」

「尾上について、いろいろ教えていただきたいんです。尾上は皆川代議士の第一秘書だったんですね?」

「ええ、第一秘書でした。しかし、四カ月近く前に、第一秘書を外されてしまったんですよ」

「何か仕事でミスをやらかしたのかな?」

「いいえ。そうじゃなくて、皆川先生が蒐集されていた陶芸品のうち数点をこっそり贋作《がんさく》とすり替えてたんです」

「要するに、尾上は本物の陶芸品を勝手に売り飛ばしてたわけですね?」

「ええ。彼の周りの人たちが、そう言ってました」

「そのことが、なぜ、発覚することに?」

「皆川先生に匿名電話があったんだそうです。三十代半ばぐらいの男の声でね」

室井が言った。

匿名電話をかけたのは高杉なのではないのか。刈谷は、そんな気がした。

「そんな不始末を起こしたんで、彼は先生が買収したばかりのホテルの支配人にさせられたんです」

室井が説明した。

「舘山寺アルカディアホテルですね?」

「そこまでご存じとは、驚きました」

「皆川代議士は、なんで尾上淳一を放り出さなかったんだろう？」

刈谷は円筒型の金属製の灰皿に煙草を投げ入れ、低く呟いた。

「尾上さんの細君は、先生の姪なんです。先生にはお子さんがいないんです。ですから、行く行くは尾上さんに自分の選挙地盤をそっくり譲り渡す気だったようですよ。しかし、後継者の尾上さんに裏切られたんで、さすがに立腹されたんでしょう。それでも姪のことを考えて、尾上さんを警察に突き出すような真似はしなかったと聞いてます」

室井が一気に喋り、ずり落ちかけた眼鏡を指で押し上げた。

「尾上って男は、だいぶ問題を起こしていたんですかね？　多分、そうなんだろうな」

「ええ、いろんな噂が耳に入ってきました。先生の政治献金を着服してるとか、東京と神戸にそれぞれ愛人を囲ってるなんて話がね。それから、二年ほど前には大阪でどうも人身事故をやってるみたいなんですよ」

「その事故は表沙汰になったんですか？」

「いいえ、表沙汰にはなりませんでした。本人は夜道で野良犬を轢《ひ》いたと秘書仲間に語ってたらしいんですが、破損したベンツの車体には人間の髪の毛と何かの塗料が付着してたそうなんです」

「轢き逃げしたんだな、おそらく」

刈谷は喋りながら、昨夜、高杉宅に大阪からかかってきた電話のことを考えていた。黒田と名乗った女の娘は、尾上のベンツに撥《は》ねられたのではないのか。事故があったのは、どちらも二年前らしい。ともに大阪である。

この符合は、単なる偶然ではなさそうだ。

電話の女の話によると、久美は事故を目撃し、逃げ去ったベンツが神戸ナンバーだったことまで憶《おぼ》えていたらしい。

当然、久美は事故のことを警察に話したにちがいない。轢き逃げ犯を割り出す材料は少なくないはずだ。ところが、事故は表沙汰になっていない。

刈谷はそこまで考え、慄然《りつぜん》とした。

その当時、久美はパーティーコンパニオンのアルバイトをしていた。政財界人関係のパーティーで仕事をすることが多いという話だった。

久美と尾上淳一がパーティー会場で顔見知りになっていたことは充分に考えられる。

尾上は事故を久美に目撃されたことに気づき、彼女が警察で自分に不利な証言をしないよう何か手を打ったのではないのか。

「刈谷さん、どうされました?」

室井が遠慮がちに顔を覗き込んできた。

「どうも失礼!　ところで、殺された伴さんと尾上とは面識があったんでしょうか?」

「面識があったどころか、あの二人は親しかったですよ」

「どの程度に？」

「毎週のようにゴルフに出かけてましたし、ハワイ沖やメキシコ湾でトローリングをやったりしてましたよ。二人とも遊び好きだったから、そのへんで話が合ったんじゃないですか」

「もし尾上淳一の写真をお持ちだったら、見せていただけませんかね？」

「写真ですか。そうだ、ゴルフコンペのときにみんなで撮《と》ってもらった写真が机の中に入ってたな」

「申し訳ありませんが、お持ちいただけますか？」

「わかりました。ちょっと取りに行ってきます」

室井が立ち上がり、小走りにエレベーターホールの方に駆けていった。

——久美が尾上に何か弱みを握られていたとしたら……。

刈谷は考えはじめた。

尾上が久美の弱みをちらつかせ、高杉に宝冠を奥浜名まで持ってこさせた可能性はないか。

高杉は、久美を大切に慈《いつく》しんでいた。最愛の妻を護《まも》り抜くためなら、高杉は手を汚すことも厭《いと》わなかっただろう。彼は尾上に命じられるままに、宝冠を猪鼻湖の松林まで運んだのではないか。

尾上は伴の不正の事実を握り、彼と千鶴を引きずり込んだと思われる。尾上自身は、自分の手は直《じか》には汚していないだろう。

尾上は伴と共謀して、まず容疑が高杉にかかるよう画策した。その手足となったのが、千鶴だろう。

伴はアリバイ工作をして、高杉の後頭部をスパナで殴打し、宝冠を奪った。それを近くで待ち受けていた尾上に手渡し、さも新神戸から戻ったような顔をして帰社したにちがいない。

モーターボートに乗っていた中年男が尾上だとしたら、同乗のサングラスの女は誰だったのか。

また、ビタミン剤を青酸カリ入りの二重カプセルとすり替えたのは何者なのか。二十三日の午前中、尾上も伴も高杉と接触した事実はない。

尾上が誰かを脅して、カプセルをすり替えさせたようだ。しかし、直に毒を盛った殺人者の顔が見えてこなかった。

「どうもお待たせしました」

室井が息を弾ませながら、キャビネ判のカラー写真を差し出した。

刈谷は、写真を受け取った。伴と肩を組んでいるのが尾上だった。その顔を見て。

刈谷は声をあげそうになった。

なんと高杉の死体が発見された日の晩、『経堂エミネンス』の玄関前で見かけたベンツの男だった。

「その写真、差し上げますよ」

「室井さん、尾上はモーターボートの操縦免許を持ってます？」

「持ってるんじゃないですか。彼は、クルーザーの操縦ができますからね」

「先月の二十三日、出張のときに何か変わったことはありませんでした？」

「そういえば、東京駅のホームで高杉君が五十五、六の男に人違いされたな」

「人違い？」

「ええ。その男は高杉君を昔の同僚と間違えたらしくて、しきりに懐かしがってましたよ。軽く抱きついたり、何度も肩を叩いたりね」

室井が言った。

「その男は高杉に抱きついたとき、上着のチケットポケットのあたりに手をやりませんでした？」

「さあ、そこまでは見てなかったもので」

「そうですか。男は途中で人違いしてることに気づいたのかな？」

「ええ。高杉君に謝って、逃げるように去っていきましたよ」

「逃げるように、か。お忙しいところを申し訳ありませんでした」

刈谷は貰ったカラー写真を上着の内ポケットにしまい、地下駐車場に通じる降り口に足を向けた。

浜名湖の舘山寺温泉に行ってみるつもりだった。しかし、男が独りで温泉街をうろついていたら、目立つだろう。それに、侘《わび》しい感じだ。

佳奈を連れていくか。

刈谷は、西早稲田の佳奈の自宅に電話をかける。佳奈は店の突き出しの仕込みをはじめかけたところらしかったが、あっさり誘いに乗ってきた。

「温泉に行くのは、久しぶりだわ。ぜひ連れてって。お店は臨時休業にしちゃう!」

「それじゃ、すぐ迎えに行く」

刈谷は電話を切ると、大急ぎでミニクーパーに乗り込んだ。

佳奈のマンションまで、三十分もかからなかった。彼女は、すでに外出着に着替えていた。シックなスーツ姿だった。

二人はすぐに出発した。東名高速道路に入るまで少し時間を喰ったが、ハイウェイの下り線の流れはスムーズだった。

佳奈は浮き浮きしていた。

刈谷は何か後ろ暗かった。旅の真の目的を知ったら、佳奈は不機嫌になるだろう。

——騙し通す自信はないな。後で、ちゃんと話そう。

刈谷は追い越しレーンをひたすら西下した。

浜松西ＩＣで高速道路を降り、一般道路をたどって、舘山寺温泉街に入った。二十五、六軒のホテルや旅館が建ち並んでいる。

舘山寺アルカディアホテルは浜名湖の畔《ほとり》に立っていた。十二階建ての近代的なホテルだった。

刈谷は、最上階の続き部屋《スイート・ルーム》を取った。

客は、そう多くなかった。半数近くの部屋が空いていた。

支配人の尾上の姿は見当たらなかった。

部屋に入ると、佳奈がはしゃぎ声をあげた。眼下に浜名湖が拡がっていた。残照をうけて、湖面がきらめいている。まるで光の鱗《うろこ》のようだ。

緋色《ひいろ》の湖面を遊覧船がゆっくりと滑っている。

職漁船やモーターボートも見えた。視線を左側に転じると、茫洋《ぼうよう》たる遠州灘が鈍く光っていた。夕色の中で、白い波頭が美しい。

二人はしばらく眺望《ちょうぼう》を愉《たの》しみ、一緒に豪華な内風呂に入った。

湯の中で戯《たわむ》れ合い、幾度も唇を重ねた。

風呂から出ると、刈谷と佳奈はベッドの上で本格的に睦み合った。

佳奈は開放的な気分になっているらしく、いつもよりも積極的だった。大胆に裸身を晒《さら》し、恣《ほしいまま》に振る舞った。

快感が極《きわ》まると、きまって佳奈は刈谷の肌に爪を立てた。そのつど、憚《はばか》りのない声を放った。体も震わせた。

刈谷は、佳奈の乱れ様《よう》に大いにそそられた。

自分も牡《おす》になりきって、体の渇きを癒《いや》した。

二人は互いの刺青を唇や指で慈しみ合い、狂おしく交わった。

長く熱い時間が過ぎ去ると、刈谷は佳奈に隠していたことを打ち明けた。

「そういう目的があったのね。なんか唐突な誘い方だなと思ってたの。でも、別に不愉快じゃないわ。ここに来ただけで、いい息抜きになったもの」

「きみは大人だな」

「ね、わたしにも何か手伝わせて」

佳奈が刈谷の胸を撫でながら、小さく言った。

「いいんだよ。きみは何度も風呂に入って、のんびり寛《くつろ》いでてくれ」

「部屋で独りで待ってても、退屈だわ。それに尾上って支配人の動きを探るんだったら、ひとりより二人のほうが何かと都合がいいんじゃない？」

「それはそうだが、きみに危ない真似をさせるわけにはいかない」

「危険なことはしないわ。約束するわよ。だから、協力させて」

「わかった。それじゃ、二人で交代しながら、尾上に貼りつこう。尾上に隙ができたら、おれは外に連れ出して痛めつけるつもりだ。さて、汗を洗い流そう」

刈谷は跳《は》ね起き、佳奈を引き起こした。

二人は、ふたたび浴室に入った。体を洗い、泡風呂に浸《つ》かる。いつの間にか、窓の外は暗くなっていた。

小一時間後、刈谷たちは部屋を出た。

フロントに降りると、なんとロビーに支配人の尾上がいた。尾上は宿泊客と談笑していた。

刈谷は佳奈に尾上の顔を憶えさせ、近くを通りかかったページボーイに低く尋ねた。

「支配人の尾上さんも、このホテル内で寝泊まりしてるのかな？」

「うちの支配人のお知り合いの方ですか？」

「学校の後輩なんだ。しかし、尾上さんにはおれのこと、黙っててくれないか。あとで、先輩をびっくりさせてやりたいんだ」

「わかりました。支配人は別棟の従業員専用宿泊所で寝起きしてます。支配人室も、そっちにあるんです」

「そう。尾上さんはホテルのほうには、何時から何時までいるんだい？」

「別に決まってはいないんです。でも、たいてい午後十時ごろには別棟に引き揚げてますね」

ページボーイがそう言い、フロントの方に急ぎ足で歩いていった。上司に呼ばれたようだった。

「すぐには接近できそうもないから、飯を喰おう」

刈谷は佳奈に耳打ちして、グリルに足を向けた。

食事をしてロビーに戻ると、尾上の姿は消えていた。刈谷は佳奈と手分けをして、館内を捜し回ることにした。佳奈に指示を与える。

「十分後に、ここで落ち合おう」

刈谷はそう言い置いて、エレベーターに乗り込んだ。佳奈は一階のゲームセンターの方に歩いていった。

刈谷は各階の廊下と宴会場を覗いてみたが、尾上はいなかった。エレベーターで一階に降りると、ホールで佳奈が待っていた。

「支配人は、売店の従業員たちと何か話し込んでるわ」

「どこだ？　そこに案内してくれ」

刈谷は言った。

佳奈がうなずいて、足早に歩きだした。いくらも離れていない場所に、土産品の売店があった。

尾上は、まだ話し込んでいた。近くにティールームが見える。ガラス張りになっていた。

刈谷たちは、ティールームに入った。コーヒーを啜りはじめて間もなく、館内アナウンスが響いてきた。

「尾上支配人、お電話です」

同じアナウンスが二度、繰り返された。尾上が売店の近くの館内電話に駆け寄り、受話器を取った。外線電話がかかってきたらしい。

尾上は電話を切ると、慌《あわ》てた様子でフロントの方に走っていった。

「ちょっと様子を見てくる。おれがなかなか戻ってこなかったら、部屋に戻っててくれ」

刈谷は佳奈に言って、ティールームを出た。

ロビーを見回す。尾上が地下駐車場に降りていく後ろ姿が見えた。

刈谷は追った。

地下駐車場に降りると、尾上が慌《あわ》ただしくジープ・チェロキーに乗り込む姿が見えた。排気量四千ccのオフロード用の四輪駆動車だ。

どこに行くのか。

刈谷は尾《つ》ける気になって、素早く自分の車に乗り込んだ。

ちょうどそのとき、ジープ・チェロキーが走りはじめた。刈谷はミニクーパーを発進させた。

尾上の車は浜松西ＩＣに向かい、東名高速道路の下り線に入った。刈谷は追尾《ついび》しつづけた。

ジープ・チェロキーは名古屋まで高速で走り、名鉄デパートの並びにある高層ホテルの地下駐車場に潜った。

刈谷もミニクーパーごと地下に入った。

尾上が車を降り、エレベーター乗り場に走っていく。刈谷も車を降りた。

しかし、不用意には近づけない。尾上が黒いスポーツキャップを被った殺し屋を雇ったのだとすれば、こちらの顔も知られていることになる。

尾上がエレベーターに乗り込んだ。

刈谷は乗り場まで走り、階数表示盤を見上げた。ランプは一階では停止しなかった。尾上の乗ったエレベーターは、最上階の二十三階まで上昇した。

刈谷は隣のエレベーターで、二十三階まで上がった。最上階には、レストランやカクテルラウンジなどがあった。

尾上はカクテルラウンジの窓際の席で、髪の長い女と向かい合っていた。

女はカラーレンズのファッショングラスをかけている。顔かたちは判然としない。刈谷は店内を覗いただけで、カウンター席にもテーブル席にも坐らなかった。エレベーターホールの陰にたたずみ、尾上がラウンジから出てくるのを待った。

時間の流れが、ひどくのろく感じられる。

尾上が女と姿を見せたのは、三十分あまり経ったころだった。

刈谷は尾上に迫ることにした。尾上に走り寄ろうとしたとき、レストランから四、五人の客が出てきた。男ばかりだった。全員、ネクタイを結んでいる。サラリーマンだろう。

刈谷は物陰から飛び出せなくなった。

エレベーターの扉が開いた。最初に尾上と女が乗り込み、後に男たちの集団がつづいた。

尾上をここまで追ってきて逃げられたんじゃ、目も当てられない。

刈谷はサングラスをかけ、扉の閉まる寸前にエレベーターに飛び込んだ。すぐに後ろ向きになった。

扉が閉まり、エレベーターが下降しはじめた。

少し経つと、刈谷の鼻腔に香水の甘い匂いが滑り込んできた。どこかで嗅いだことのある匂いだった。

エレベーターが十七階で停まった。

尾上と髪の長い女が降りた。女の体が甘やかに匂った。香水はリヴ・ゴーシュだった。

――久美が同じ香水をつけてたな。しかし、いま降りた女は髪が長かった。彼女であるわけはない。リヴ・ゴーシュを愛用してる女が割に多いんだろう。

刈谷は少し間を取ってから、この階で降りるつもりだった。

ところが、思いがけないことが起こった。てっきりホールから遠ざかったと思っていた尾上と女が、隣のエレベーターに乗り込んだのだ。

刈谷はホールに飛び降りた。ほとんど同時に、隣のエレベーターが上昇しはじめた。

尾上は、尾行に気づいていたにちがいない。

刈谷は忌々《いまいま》しい気分で、階数表示盤を見た。

ランプは二十一階で停止した。尾上と女が降りたようだ。

階段はない。刈谷は二基のエレベーターの呼びボタンを同時に押した。エレベーターは、なかなか来ない。苛立ちが募《つの》る。

一分ほど待つと、右側のエレベーターがやっと来た。二十一階まで大急ぎで上がった。

しかし、尾上と髪の長い女は掻き消えていた。まさか各室のドアを叩き回るわけにもいかない。一階に降りる。

刈谷はサングラスを外し、フロントに走り寄った。

「二十一階のどこかの部屋に、尾上淳一って男が泊まってないかな？」

「失礼ですが、おたくさまは？」

フロントマンが怪しむ顔つきになった。

「尾上の身内だよ。淳一の家で不幸があったんだ。早く調べてくれ」

「そういうお名前の宿泊者はいらっしゃいませんね、どの階にも」

「別の名前で予約したのかもしれない。割に背が高くて、ハンサムな奴だよ」

刈谷は尾上の特徴を早口で喋った。

しかし、フロントマンは思い当たる客はいないと首を横に振った。

――こうなったら、朝まで駐車場で張り込んでやる。

刈谷はフロントを離れた。そのとき、行く手に立ちはだかる人影があった。

浜松中央署の宍戸刑事と静岡県警の岸警部だった。

「なんで、あなたがここに⁉」

宍戸が驚きの声をあげた。刈谷は内心の狼狽を隠して、平静に言った。

「ちょっと仕事で名古屋に来たんですよ。刑事さんたちこそ、どうしてここにいるんです？」

「高杉さんの事件の重要参考人を尾行してきたんですが、どうも撒《ま》かれてしまったようで……」

「重要参考人って、誰なんです？」

「まだ部外者に申し上げるわけにはいかないな」

「教えてくださいよ。もしかしたら、捜査に役立つ情報を提供できるかもしれないでしょ？」

刈谷は相手の気を惹《ひ》いた。

宍戸が困惑した顔を岸に向けた。岸が小さくうなずき、意を決したような表情で告げた。

「伴繁樹と門田千鶴が殺された事件を担当してる大阪の特捜本部の捜査線上に、尾上淳一という人物が浮かび上がってきたんですよ。伴は会社の金を横領していたことを知られて、尾上に脅されてたんです。そして尾上に何かやらされ、愛人の千鶴と一緒に消された疑いがあるんです」

「尾上って男は、何をやったんです？」

刈谷は空とぼけて、探りを入れた。岸が迷わずに答えた。

「それは、まだはっきりしません。しかし、高杉さんが殺された日、尾上は奥浜名にいたんですよ。それは間違いありません。モーターボートに乗ってるとこを複数の人間が目撃してますんでね」

「時間は？」

「午後二時十五分ごろです。彼の操縦するボートには、高杉久美が同乗していました」

「そんなばかな！　何かの間違いでしょ？」

刈谷は一瞬、わが耳を疑った。

「いいえ、確かなことです。ちゃんと裏付けは取ってあります」

「しかし……」

「われわれも驚きましたよ」

岸が乾いた声で言い、言葉を重ねた。

「尾上がボートを降りるとき、帽子箱に似た重そうな包みを抱えていたという証拠も得てます。その包みは、高杉さんが名古屋駅で下車したときに持っていた物と同一と見ていいでしょう」

「二人のアリバイは？」

「一応、あります。尾上は午後二時二十五分には勤務先に戻って、夕方まで接客業務に携わってました。高杉久美のほうは浜松駅までタクシーを拾い、新幹線で帰途についてます」

「それなのに、なんで二人をマークするんです？」

「いま、説明しましょう。解剖医は高杉さんの胃から検出された青酸カリが〇・一五グラムと致死量ぎりぎりだったことから、大事をとって腸の〇・三グラムのほうを死亡推定時刻の判定材料にしたんですよ」

「死亡推定時刻は、午後四時から六時の間でしたね？」

刈谷は確かめた。

「そうです。しかし、解剖医の所見を疑問視する声が捜査員の間で高まってきたんですよ。実際の死亡時刻は、もっと早いのではないかというわけです。高杉さんは事件当日の午後一時五十分ごろに、奥浜名の喫茶店でカプセルを服んでます」

「つまり、高杉は胃の〇・一五グラムで死んだってことですね？」

「おそらくね。死んだのは二時過ぎでしょう」

「それはわかりますが、高杉夫人を疑うなんて、いくらなんでもひどいんじゃないですか」

「高杉久美が尾上淳一としばしば会っていた事実を摑んだんです」

岸がきっぱりと言った。

「まさか⁉」

「それだけじゃありません。久美が通ってた代々木の彫金教室の劇薬保管庫から、約〇・五グラムの青酸カリが消失してるんですよ。盗まれた痕跡がありました」

「それは、いつのことです?」

「二カ月前です。そんなことで、われわれは尾上淳一と高杉久美を……」

「高杉の奥さんが名古屋に来ていることは間違いないんですね?」

刈谷は、岸と宍戸の顔を等分に見た。

ややあって、宍戸が先に口を開いた。

「このホテルの化粧室に入ったことは確認済みです。しかし、そのまま消えてしまったんですよ」

「化粧室の中まで調べられたんですか?」

「もちろん、隅々まで調べました。おそらく彼女はブースの中でウィッグを被《かぶ》って、服を素早く着替えたんでしょう。それから、化粧もどぎつくしたんじゃないかな」

「変装して、まんまと張り込みの網を潜り抜けたってことですね?」

「そうとしか考えられないんですよ」

「しかしな……」

さっきの髪の長い女が久美だったのか。刈谷の鼻の奥には、まだリヴ・ゴーシュの甘い香りがかすかに残っていた。

「そんなわけで、われわれはホテルの中を捜し回ってたんです」

「久美さんは夫を殺すような女には見えないがな」

「凶悪な犯罪者の中にも、天使のような奴がいるもんですよ」

「それにしても、どうも納得できないな。少し先を急ぐんで、ここで失礼します」

刈谷は宍戸と岸に目礼し、地下駐車場に向かった。

足がひどく重かった。まるで両方の足首に鉄亜鈴《てつあれい》を括《くく》りつけられたような感じだ。心は真っ暗だった。一条の光すら射《さ》し込んでこない。

思い起こしてみると、久美にも疑わしい点があった。

タイからの航空便の発見者は、彼女だった。刈谷が事件の真相に迫りかけると、久美は彼の目を逸《そ》らすような言動もとった。

昨夜の求愛も、どことなく不自然だ。

男からも、妙な問い合わせの電話があった。あの電話の主は尾上だったのか。

そうだとしたら、刑事たちの話と辻褄《つじつま》が合ってくる。

二年前、轢き逃げ事故を目撃した久美の身に何かが起こったようだ。

警察に駆け込む前に彼女は尾上に犯され、淫らな写真でも撮られてしまったのか。

そのために久美は、尾上に振り回されているのかもしれない。あるいは、彼女は尾上に惚れてしまったのか。

刈谷は自問しながら、地下駐車場に降りた。

ジープ・チェロキーは、どこにも見当たらなかった。胸に虚脱感が拡がりはじめた。

4

酒が苦い。

いくら飲んでも酔えなかった。ブッカーズのボトルは半分近く空いている。

刈谷は『アゲイン』の片隅で、バーボンをストレートで呷っていた。

浜名湖から戻ったのは、夕方だった。

いったん刈谷は佳奈と別れ、久美のマンションに車を走らせた。だが、部屋の主はどこにもいなかった。玄関ドアの鍵穴は壊れたままだった。

昨夜、刈谷は名古屋から浜名湖に舞い戻ると、舘山寺アルカディアホテルの支配人室に駆け込んだ。

しかし、そこには尾上の姿はなかった。しばらく待ってみたが、徒労に終わった。尾上は久美と思われる女を連れて、どこかに逃亡したらしかった。

久美のマンションを出ると、刈谷は佳奈の店にやってきた。

ここで、大学病院勤めの薬剤師と会う約束があった。店の常連客のひとりだった。

その男は小宮《こみや》という名で、もう五十歳に近かった。まだ、独身だった。そんなこともあって、ほぼ毎晩、佳奈の店で飲んでいる。

「ちょっとピッチが速いんじゃない？」

佳奈がさりげなく近づいてきて、小声で言った。

黒いドレスが粋だった。胸許から覗く白い肌が妙になまめかしい。

「なんだか酔えなくてな」

「そうでしょうね。まさか高杉さんの奥さんが……」

「待てよ。まだ彼女が高杉を殺ったと決まったわけじゃないっ」

刈谷は、無意識に久美を庇《かば》っていた。

久美に対する疑惑は深まる一方だったが、それを認めたくない気持ちも強かった。なぜ、そんな心理が働くのか。自分にもよくわからなかった。

「ちょっと無神経だったわね」

「きみが悪いんじゃない。ただ、おれは高杉の奥さんを信じたいんだ。彼女が犯人だったとしたら、高杉が救われないじゃないか」

「そうね」

「おれは、それが遣《や》り切れなくて」

「よくわかるわ、あなたの辛さ」

佳奈が言って、刈谷の手の甲にそっと白い指を重ねた。柔らかで、温かかった。

刈谷は目で礼を言い、煙草に火を点けた。

ちょうどそのとき、待ち人が現われた。九時半だった。

「待たせて悪かったね」

小宮が詫びて、刈谷の隣のスツールに腰かけた。細身だが、腹だけが幼児のように突き出ている。

「ママ、いつものやつをくれないか」

「はい」

佳奈が酒棚《さかだな》から小宮のキープボトルを取り出し、手早くスコッチの水割りをこしらえた。バランタインの十七年物だった。

「実は、カプセルのことを教えてもらいたいんだ」

刈谷は煙草の火を消し、小宮に顔を向けた。

「何が知りたいのかな」

「カプセルって、胃で溶けるものしかないわけじゃないよね？」

「胃と腸で溶ける二種類があるんだ」

「やっぱり、そうだったか。カプセルの溶ける時間も当然……」

「ああ、違うね」

「カプセルの溶ける時間に、どのくらいの差があるんだろう？　そいつを教えてもらいたいんだ」

「胃で溶けるタイプは通常、二、三十分で溶けるね。腸で薬を吸収させるタイプは個人差もあるけど、二、三時間はかかるんだ」

「そんなに差があるのか」

刈谷はそう応じながら、高杉が午後二時二十分前後には絶命していたにちがいないと思っていた。となれば、久美と尾上のアリバイは成立しないことになる。

「案外、一般の人はカプセルに二種類あることを知らないんだ。どのカプセルも胃で溶けて、薬剤が胃壁から吸収されると思ってる」

小宮が小さく苦笑した。

「おれも、そう思ってたんだ」

「刈谷ちゃんが、なんでカプセルのことなんか……」

「ちょっとね。もう一つ、教えてほしいんだ。青酸カリの致死量は〇・一五グラム以上と言われてるよね？」

「それは、一応の目安《めやす》なんだよ。巨体で胃の中に喰ったものが詰まってたら、おそらく〇・一五グラムじゃ死なないだろうね。逆に体の小さい者や空腹時に青酸カリを服んだ場合は、〇・一五グラムでも死ぬだろうしな」

「致死量〇・一五グラムって、あくまでも目安だったのか」

「おいおい、何か危《ヤバ》いことを考えてるんじゃないだろうな？」

小宮が真顔《まがお》で言った。刈谷は少し考えてから、高杉の事件のことを話した。

「解剖医は死亡推定時刻をどうするかで、だいぶ迷ったと思うね。胃から〇・一五グラムの青酸カリが検出されてれば、多分、それに引きずられて推定時刻を弾き出したくなるだろうしね」

「そうだろうね」

「だが、腸から〇・三グラムの青酸カリが検出されたことも無視できない。果たして被害者は、どっちの青酸カリで絶命したのか、判断がつかなくなってしまう」

「ということは、解剖医が判断を誤る可能性もあるわけだ？」

「それは充分に考えられる。胃で吸収された青酸カリで被害者が死んだのか、それとも腸に回った毒物で数時間後に絶命したのか。どちらとも考えられることだからね」

小宮がスコッチの水割りを啜って、すぐに言い継《つ》いだ。

「きっと犯人は、それを狙ったんだよ」

「おれもそう考えて、犯人が二重カプセルを使ったんじゃないかと推理したんだが……」

「二重カプセル!?」

「そう。大きさの違うカプセルを二重にして、それぞれに毒薬を入れたんじゃないかと推測してみたんだ。物理的にはどうなんだろう？」

「可能だよ。別にカプセルの大きさは統一されてるわけじゃないし、入手も簡単だ。ただ、カプセルに胃と腸に溶けるタイプがあることを知ってないと、思いつかないトリックだな」

「というと、医療関係者じゃないと無理かな？」

「そんなことはないよ。一般の人だって、腸を患《わずら》ってる者が身近にいれば思いつくだろうし、両方のカプセルも楽に手に入るしさ」

「それを聞いて、なんか心強くなった感じだな。小宮さん、悪かったね。ありがとう」

「いや、いや。ちょっとトイレに行ってくる」

小宮がスツールから降り、背後の化粧室に消えた。

刈谷はカウンターの上のプッシュフォンを引き寄せ、自分の部屋に電話をかけた。

外出先からでも、留守中に録音された伝言を聴くことのできる電話機だった。

辰吉が仕事のことで、電話をしてきたかもしれないと思ったのだ。

電話機のテープの声が、留守録音は一件です、と告げた。

テープを巻き戻す音が響き、じきに中年男の声が流れてきた。

高杉久美を預かってる。あんたと取引したい。きょうの午前零時まで、多摩川に架かった是政《これまさ》橋の袂《たもと》で待ってる。

中央高速の調布ＩＣと国立府中ＩＣのほぼ中間にある橋だ。近くに東京競馬場がある。すぐ下流には、競艇場があるはずだ。

わたしは黒いコートを着て、府中市側の袂に立ってる。


伝言は、そこで切れていた。

数秒後、電話機のテープが録音時刻を教えてくれた。午後九時十分だった。

こいつは罠だろう。久美は、尾上に脅されていたのかもしれない。だとしたら、彼女はどこかに監禁されているはずだ。テープの男は、おそらく尾上だろう。

スツールを降りると、佳奈が近寄ってきた。

「誰に電話してたの？」

「見てたのか」

「あなたのことは、いつも視界に入ってるの。だから、悪いことはできないわよ。うふふ」

「自分の部屋に電話して、留守中のメッセージを聴いたんだ」

刈谷は伝言の内容を喋った。

言い終わらないうちに、佳奈が小声で制止した。

「行ったら、危ないわ。きっと尾上は、何か企《たくら》んでるのよ」

「罠に引っかかった振りをして、尾上を押さえたいんだ」

「ひとりじゃ無理よ。警察に通報したら？」

「行かせてくれ。おれ自身の手で、高杉を殺《や》った奴を引っ捉《とら》えたいんだ」

刈谷は壁のフックから、ラムスキンのブルゾンを外した。色はダークグリーンだった。

下は、象牙色《ぞうげいろ》のコーデュロイ・パンツだ。靴は、履きこなしたワークブーツだった。動きやすい身なりである。闘うことになっても困らない。

セーターの上に革のブルゾンを羽織ったとき、化粧室から小宮が出てきた。

「年齢《とし》とると、小便の出が悪くなってね。あれっ、もう帰っちゃうのか」

「ちょっと野暮用を思い出したんだ」

「とか言って、ママの部屋のベッドを先に温めておくんじゃないの？」

「いつか、そんなことをしてみたいね。お先に！」

刈谷は薬剤師の肩を力まかせに叩いて、大股で店を出た。

『アゲイン』は、飲食店ビルの三階にある。ビルにはエレベーターだけではなく、階段もあった。

刈谷は一階まで階段を駆け降りた。

表は寒気が鋭かった。

いまにも霙《みぞれ》でも降ってきそうな冷え込み方だった。吐く息が、たちまち綿菓子のように白く固まる。車は百メートルほど先の裏通りに駐めてあった。

刈谷は、そこまで走った。

車内の空気は、冷え冷えとしていた。ゆっくりと酔いを醒ましている時間はなかった。飲酒運転になるが、やむを得ない。刈谷は車内が暖まってから、ミニクーパーを発進させた。

早稲田通りから山手通りをたどり、初台《はつだい》ランプで高速四号新宿線に乗り入れた。新宿線は、中央自動車道に繋がっている。

刈谷は調布ＩＣで高速道路を降り、府中街道方面に向かった。

車の量は、それほど多くなかった。多摩川競艇場の外周路を走り、多摩川の土手に出る。

左手に、川面《かわも》と中洲《なかす》が見える。

川幅はたいして広くない。対岸は稲城《いなぎ》市だった。遠くに公団住宅群や民間マンションの無数の灯《ひ》が瞬《またた》いている。

刈谷は減速し、徐行運転しはじめた。

少し走ると、右側に西武多摩川線の是政駅が見えてきた。小さな駅舎だ。

正面に是政橋が横たわっている。

刈谷は車を直進させた。案の定、橋の袂に人影はなかった。橋の下を潜《くぐ》り、しばらく先まで走ってみる。

南武線の鉄橋を電車が通過中だった。

刈谷は橋の手前にある土手道を下《くだ》り、河川敷《かせんしき》に車を停めた。ヘッドライトを消し、闇を透かして見た。

忍び寄ってくる人影はない。

尾上は是政橋の下の暗がりに身を潜めているにちがいない。背後から、取っ捕《つか》まえよう。

刈谷はキャビンを喫ってから、静かに車を降りた。

河原の繁みが風に鳴っていた。

寒風は下流の方から吹いてくる。刃《やいば》のように鋭い。

刈谷は向かい風に逆らいながら、是政橋の方に歩きだした。風圧で、息が詰まりそうだ。

歩きながら、絶えず周囲に目を配る。

依然として、動く影はなかった。

足を速める。是政橋が近づくにつれ、緊迫した気分が高まった。バーボンの酔いは、ほとんど感じなかった。

橋の七、八十メートル手前の繁みから、不意に人影が飛び出してきた。

刈谷は足を止め、目を凝らした。

十メートルあまり先に、黒いスポーツキャップを被った例の男が立っていた。刈谷は大声をあげた。

「おまえの依頼主《クライアント》の尾上は、どこにいるんだっ」

「さあな。ずいぶん待たせやがったな」

男が足早に近づいてきた。

今夜も、くすんだ草色の戦闘服を黒いセーターの上に引っかけていた。下も、先日と同じ黒いパンツだった。

刈谷は身構えた。

追い風に乗って、男が高く舞い上がった。

宙で、四肢《しし》を縮めた。バトル・ジャケットの裾がはためき、蝙蝠《こうもり》のように見えた。

男は宙返りをし、刈谷の二メートルほど先に着地した。

間髪《かんはつ》を容れず、横蹴りを放ってきた。空気が鳴った。虎落笛《もがりぶえ》の音《ね》に似ていた。

刈谷は横に逃げた。

ほとんど同時に、回し蹴りが襲ってきた。それを躱《かわ》し、刈谷は肩から転がった。

男の軸足《じくあし》にぶつかった。臑《すね》の骨が鳴り、相手がよろけた。

刈谷は起き上がりざま、男の肝臓のあたりにパンチを埋めた。男が短く呻いた。腹筋に力を入れる余裕はなかったようだ。

男が達磨《だるま》のように後転した。

だが、すぐさま起き上がった。スポーツキャップが脱げ落ちた。五分刈りだった。

「帽子を拾わないのか？　おまえのトレードマークだろうが！」

刈谷は揶揄《やゆ》し、ファイティングポーズをとった。

男が鼻を鳴らして、腰をぐっと落とした。後ろ脚《あし》は深く折り曲げられた。中国拳法の構えだった。

刈谷は動かなかった。

男が奇妙な気合とともに、ほぼ垂直に跳躍した。体が落下しはじめると、左右の蹴りを放ってきた。

刈谷は後ろに退《さ》がった。

男の周りで、巻き上がった風と風が烈《はげ》しく縺《もつ》れ合った。旋風脚《せんぷうきやく》という大技《おおわざ》だ。中国の北派拳法の足技である。

相手の蹴り脚は、虚《むな》しく空に流れた。

男が地に舞い降りる寸前に、刈谷は大きく踏み込んだ。前髪が逆立った。

カウンター気味のパンチとボディーブロウを叩き込む。男の頬骨が鳴り、腹の筋肉が軋《きし》みをあげた。

刈谷はラッシュをかける気になった。

だが、その前に男は体勢を整えていた。刈谷は右のフックを繰り出した。次の瞬間、脇腹に回し蹴りを見舞われた。鋭い蹴りだった。

刈谷は体をふらつかせたが、倒れなかった。

しかし、すかさず男に左の内腿を蹴られた。斧刃脚《ふじんきやく》と呼ばれている前蹴りだった。

刈谷は、左の膝が折れるのを自覚した。そのとき、鳩尾《みぞおち》に男の逆突《ぎやくづ》きが沈んだ。強烈な突き技だった。

刈谷は吐き気を堪《こら》えて、男の右腕を摑んだ。

そのとたん、頭突きを浴びせられた。迂闊《うかつ》だった。眉間のあたりがしんと冷えた。目も眩《くら》んだ。

男が素早く離れた。

刈谷は右のアッパーカットを放った。

遅かった。あっさり男はスウェーバックで、刈谷の拳《こぶし》を躱《かわ》した。

刈谷は、すぐに体を引いた。

「遊びの時間は、もう終わりだ」

男がにっと笑って、腰の後ろから銃剣《バヨネット》を引き抜いた。刀身は三十センチ前後だった。

よく磨きこまれている。

「その銃剣は、外人部隊かどこかにいたときの記念品ってやつかっ」

刈谷は意識的に喋った。喋ることで、恐怖心を遠ざけたかったのだ。

「どこまで気取った野郎なんだ」

「そっちも、やることが芝居がかってるぜ」

「強がりを言ってられるのも、いまのうちだけだ。これから、てめえの延髄《えんずい》にこいつを刺し込んでやる！」

男は銃剣を舐《な》めると、重心を低くした。

翻子拳《ほんしけん》の構えだ。左足が大きく前に踏み出された。いつでも跳躍できる姿勢だった。

刈谷は何か得物《えもの》が欲しかった。

足許を素早く見回したが、武器になりそうな物は何もない。小石もなかった。

男が銃剣を逆手《さかて》に持った。

そのとき、刈谷は土手の斜面まで逃れることを思いついた。自分が斜面の上に立てば、何かと有利だ。

不意に男が蛙のような恰好で跳《と》んだ。

刈谷は前に出ると見せかけ、身を翻した。そのまま一気に土手の下まで突っ走った。

男が唸り声をあげながら、すぐさま追ってきた。

刈谷は枯れた雑草を掻き毟《むし》りながら、斜面をよじ登りはじめた。

数秒後、男に蹴られた。刈谷は横に転がり、斜面を滑り落ちた。

男が足を飛ばしてきた。

刈谷は身を起こしかけていた。まともに腹に靴の先がめり込んだ。内臓が捩《よじ》れ、蹴られた箇所が熱くなった。

痛みに呻いていると、また蹴りを見舞われた。

今度は喉笛だった。一瞬、息ができなくなった。幾度か、刈谷はむせた。

男が声を立てて笑った。暗い笑いだった。

刈谷は男の両脚をタックルした。

男が引っくり返った。刈谷はすぐに組みつき、男の両手首を摑んだ。骨太だった。

男が膝頭で、刈谷の急所を蹴った。

刈谷は口の中で呻いた。その直後、男が自ら横に転がった。二人は組み合った。

いつの間にか、刈谷は下になっていた。

馬乗りになった男が、銃剣の切っ先を刈谷の喉元に近づけてきた。凄まじい形相《ぎょうそう》だった。

刈谷は全身で暴《あば》れた。必死にもがいた。

だが、男の体はびくともしない。

刈谷は自分の死をぼんやりと予感した。そのとき、腰に何かが当たった。拳大《こぶしだい》の石ころだった。

刈谷は左手で石塊を拾い上げ、それで男のこめかみを強打した。濁った音が響いた。男が短く声をあげた。刈谷は、男の額を石で撲《なぐ》った。額が割れ、血が噴き出したようだ。

血が見えたわけではない。男が片目をつぶったことで、それがわかったのだ。

「喉を搔っ切ってやる！」

男が野太く唸り、銃剣の刃先を横に滑らせた。刈谷は石塊を捨て、両腕を突っ張らせた。

銃剣は、まだ肌には届いていない。数ミリ離れた空《くう》を引っ搔いている。揉み合っていると、不意に男が叫び声をあげ、背中を反らせた。小さな人影が見えた。

インバネスを着た辰吉が、男の背中に彫り針を突き立てていた。雪駄履《せったば》きだった。

「亮、女に心配かけさせるんじゃねえよ」

「佳奈がおやっさんに連絡したんだね？」

「ああ、電話があったんだ。それで、タクシーぶっ飛ばしてきたってわけよ」

「…………」

刈谷は、とっさに返事ができなかった。

「誰だか知らねえけど、刃物を捨てなっ」

辰吉が言いざま、別の彫り針を男の首筋に突き刺した。男が動物じみた声を放ち、大きくのけ反った。刈谷は男の武器を捥《もぎ》取って、横に払い落とした。男が転がりながらも、足を飛ばしてくる。

刈谷は起き上がって、男を蹴りまくった。

男は一、二度、蹴りを躱《かわ》したが、そのあとは顔面をかばうだけになった。

「亮、おめえは荒っぽいな。そんなに蹴ったら、この野郎、死んじまうぞ」

彫辰の二代目は男のそばに屈み込むと、角帯の下から三本目の彫り針を取り出した。使い古したものだった。

辰吉は、それで男の体のあちこちを無造作に突き刺した。刺されるたびに、男は身を捩《よじ》らせた。

「この野郎、変わった奴だ。地べたに寝そべって、ダンスしてやがらあ」

「死ね、じじい！」

男が喚《わめ》き、辰吉を蹴り倒した。すぐに彼は跳ね起き、刈谷に回し蹴りを放ってきた。

刈谷は飛びのいて、素早く銃剣を拾った。

男が首筋と背中の彫り針を抜き、それを刈谷に投げつけてきた。風切り音が高い。

幸運にも、どちらも当たらなかった。

「尾上たちはどこにいるんだっ」

刈谷は声を張った。

すると、男が急に身を反転させた。どうやら逃げる気らしい。

刈谷は追った。考える前に走りはじめていた。

「亮、追うんじゃねえ！」

後ろで、辰吉が怒鳴った。

だが、刈谷は師匠の言葉には従わなかった。懸命に男を追う。男は翔《か》けるように走り、早くも土手の斜面を登りはじめていた。

刈谷は走りながら、銃剣を投げつけた。しかし、男には届かなかった。枯れ草の中に沈んだ。

男が土手を登りきったとき、左手から無灯火の四輪駆動車が猛進してきた。ジープ・チェロキーだった。

──尾上は殺し屋を拾って、ひとまず逃げる気だな。

刈谷は、そう直感した。

数秒後、鈍い衝撃音が響いた。ほとんど同時に、土手道が明るんだ。強い照明の光が夜の底を白く染めていた。

車の灯火ではない。撮影用の白熱ライトだった。

土手道に誰がいるのか。

刈谷は、わけがわからなかった。

光の中で、五分刈りの男の体が高く舞い上がった。ジープ・チェロキーの運転者が故意に男を撥《は》ねたようだ。男の体が落下した。

刈谷は、土手の斜面を駆け上がった。

土手道に、二つの人影が見えた。

久美と志郎だった。

志郎は、プロ用のビデオカメラを肩に担《かつ》いでいる。その近くで、久美がライトを高く翳《かざ》していた。

腰には大型のバッテリーを提《さ》げている。久美たち二人は、四輪駆動車と男の動きをＤＶＤに収める気でいるらしい。

――久美は、尾上に気持ちを奪われたわけじゃなかったんだ。尾上の仕掛けた罠に嵌《は》まって、彼女は逃げるに逃げられなかったにちがいない。

刈谷は救われた気がした。

二人に声をかけようとしたとき、撥ね飛ばされた男がむっくりと起き上がった。男は唸りながら、道の中央に仁王立ちになった。

ジープ・チェロキーが三十メートルほどバックし、また男に向かって突進しはじめた。

「おい、逃げろ！」

「早く逃げて。轢《ひ》き殺されるわ」

刈谷の声に、久美の叫びが重なった。

しかし、男は動かなかった。ジープ・チェロキーが男に迫った。男が気合とともに水平に跳《と》び、頭から四輪駆動車のフロントガラスに突っ込んでいった。

シールドの砕ける音が響き、車内で男の悲鳴がした。声をあげたのは、尾上にちがいない。

無灯火の車は土手道から斜面に落ち、その途中で横転した。さらにジープ・チェロキーは弾みながら、河原で二度バウンドした。

「なんてことだ」

刈谷は声に出して呟いた。

久美と志郎が駆け寄ってきた。立ち止まると、久美が訊いた。

「刈谷さん、どこも怪我してない？」

「ああ、無傷だよ。きみは尾上に軟禁されてたんだな？」

「ええ。マンションの一室に軟禁されてたんだけど、隙を見て逃げだしたの。わたし、尾上の悪事の証拠を摑みたかったのよ。それで、志郎さんに頼んで協力してもらったの。危険な目に遭《あ》わせてしまって、ごめんなさい」

「その話は後だ。車を運転してるのは、尾上だな？」

「ええ。あいつは殺し屋にあなたを殺させた後、彼も轢き殺すつもりだったの」

「志郎君、撮影を続けてくれ」

刈谷は怒鳴って、土手の斜面を一気に駆け降りた。すぐにライトの光と久美たちの足音が追ってきた。

四輪駆動車は、逆《さか》さまになっていた。

助手席側の屋根は潰《つぶ》れ、ドアもひしゃげている。四つの車輪が唸りながら、勢いよく空転していた。いかにもパワフルだった。

「五分刈りのほうは、もうくたばってるよ」

車のかたわらで、辰吉が抑揚《よくよう》のない声で言った。

師匠は久美たち二人に気づくと、いくらか驚いたようだった。しかし、何も言わなかった。黙って後ろに退《さ》がった。

白熱ライトの光がジープ・チェロキーに当てられた。

刈谷は片膝を落とし、車内を覗き込んだ。

運転席の尾上は逆さまになったまま、苦しげに呻いていた。シールドの破片が顔面に突き刺さり、血みどろだった。

五分刈りの殺し屋は、後部座席で息絶えていた。鮮血で、頭が縞模様に染まっている。何となく西瓜《すいか》を連想させた。

「おやっさん、手を貸してくれよ」

刈谷は辰吉を呼び、二人がかりで尾上淳一を車の外に引きずり出した。

体をわずかに動かすたびに、尾上は凄まじい唸り声を放った。雄叫《おたけ》びめいた唸り声だった。両脚と左肩の骨が折れているようだ。

「あんたが伴を脅して高杉の宝冠を奪わせ、おれの友人に青酸カリを盛ったんだな?」

刈谷は詰問した。

尾上は呻きつづけるだけで、返事をしようとしない。刈谷は怒りに駆られ、尾上の脇腹を蹴りつけた。ワークブーツの紐のあたりまで肉に埋まった。

尾上が獣じみた唸り声をあげ、のたうち回った。口から、血反吐《ちへど》が噴き零《こぼ》れた。

「返事をしろ。どうなんだっ」

「そうだよ。お、おれが宗右衛門町で知り合った前科者のおっさんに金をやって、東京駅の新幹線ホームで高杉のビタミン剤カプセルを二重にした青酸入りカプセルとすり替えさせたんだ」

「高杉がビタミン剤を服んでたことを、どうやって知ったんだ?」

「いつだか奴が上司の使いで永田町の議員会館に来たとき、昼食後におれの目の前でドイツ製のビタミン剤を服んだんだよ」

尾上が喘《あえ》ぎながら、観念しきった声で答えた。

「あんたは高杉の奥さんの犯行に見せかけるため、彼女が通ってた彫金教室から約〇・五グラムの青酸カリを誰かに盗ませたんだなっ」

「ああ。さっき話したおっさんに盗ませたんだ。あいつは、盗みのプロなんだよ」

「そいつの名前は？　どこに住んでるんだっ」

「網中謙太郎《あみなかけんたろう》って奴だ。大阪の岸和田市に住んでるはずだが、正確な住所はわからない。しかし、警察に前科者カードがあるはずだ」

「偽のエアメールは、誰が思いついたんだ？」

「伴だよ。奴が門田千鶴に手伝わせて細工したのさ」

「あんたは二年前のある夜、神戸ナンバーのベンツで塾帰りの少女を自転車ごと撥ねて、そのまま逃げたな？」

刈谷は鋭く訊いた。

「ああ。怖くなって、それで……」

「高杉の奥さんに事故現場を目撃されたと気づいたのは、いつなんだっ」

「そんなことまで調べ上げてたのか⁉」

「調べ上げたわけじゃない。たまたま轢き逃げされた少女の母親と話す機会があったのさ。あんたが撥ねた女の子は意識がもどらないまま、いまも入院中なんだぞ！」

「そのことは新聞に載ってたから、知ってたよ。すまないと思ってる」

「口先で調子のいいことを言うんじゃないっ。早くさっきの質問に答えろ！」

「翌朝になって、高杉の女房に見られたことに思い当たったんだ。彼女はパーティーコンパニオンをやってたから、ホテルの宴会場でよく見かけてたんだよ」

「やっぱり、そうだったか。おおかた、あんたはバンケット派遣《はけん》会社に問い合わせて、高杉の自宅を調べたんだろう」

「ああ、その通りだよ。彼女に警察に駆け込まれたら、もう逃れようがないからな。それで知り合いの吉岡組の連中に頼んで、わたしのプライベートマンションに拉致《らち》してもらったんだ。彼女を裸にして手足を縛り上げ、ＤＶＤで……」

「その先は言わなくてもいい」

刈谷は、尾上の言葉を遮《さえぎ》った。すぐ背後にいる久美の辛い気持ちを察したからだ。

「そのＤＶＤは、一種の保険のつもりだったんだ。しかし、高杉がおれと伴の関係を探りはじめ、こっちが皆川の陶芸品を無断で売り捌《さば》いてることまで嗅ぎつけたんで、脅しの材料にする気になったんだよ」

「あんたは皆川の蒐集品を贋作とすり替えて、価値のある真作を売ってたんだなっ」

「どっから、そんなことまで⁉」

「悪事は千里を走るって言うだろうが！　そのことが発覚して、あんたは第一秘書をやめさせられた。それで、日東物産のコミッションの宝冠を横奪《よこど》りする気になったってわけだ」

「皆川に見放されただけじゃなく、おれは高杉に追いつめられてたんだよ。奴は女房の恥ずかしいＤＶＤを渡さなければ、おれのやってきたことを警察に話すと逆に脅してきたんだ」

「それで？」

「高杉がどれだけの証拠を握ってるかわからなかったが、おれは不安になったんだよ」

尾上が言って、痛みに顔をしかめた。

「で、また高杉の奥さんに何かしたんだな！」

「ああ。吉岡組の奴らに高杉久美をさらわせ、二日間、軟禁したんだ」

「卑劣な野郎だっ」

刈谷は、ふたたび尾上を蹴りつけた。今度は喉笛を狙った。尾上が喉の奥で呻き、転げ回った。

「話をつづけろ！」

「久美を人質に取ったことを高杉に告げ、命令の背《そむ》いたら、女房を殺すと言ってやったんだよ。そうしたら、高杉の奴はこっちの指示通りにスターサファイヤの宝冠を奥浜名まで持ってきたんだ」

「宝石ブローカーの春日や香港の楊に宝石を引き取ってもらったなっ」

「き、きさまは元刑事か何かなのか。何から何まで……」

「さっき言っただろうが。悪事は千里も走るってな。金とＤＶＤはどこにある？」

「おれの女のマンションに隠してあるよ。その女とオーストラリアに移住するつもりだったのに」

「甘いな、あんたも。高杉の部屋を家捜ししたように見せかけたのも、あんたの仕業だな！」

「ああ。おれは、あんたの目を荻野常務に向けたかったんだ。高杉が、伴と荻野の関係を摑んでると睨《にら》んでたからな。もう何もかも話したんだ。早く救急車を呼んでくれーっ。痛くて死にそうだ」

「そんだけ喋れりゃ、死にゃしない」

刈谷は尾上に言って、志郎に近づいた。

すぐに志郎がビデオカメラＤＶＤを停止させた。怒りで、全身を震わせていた。

「その野郎をぶっ殺してやりたい！」

「きみの気持ちはわかるが、こんな虫けら野郎は殺す価値もないよ」

「だけど、このままじゃ……」

「悪いが、交番まで走ってくれないか。是政橋の袂にあるはずだ」

「わかりました」

志郎がビデオカメラを足許に置き、土手道に向かって走り出した。

久美がライトを下に向け、刈谷に語りかけてきた。

「結局、あなたまで巻き込んでしまって、本当にごめんなさい。それから、色仕掛けの真似までして」

「尾上に言われて、あんなことをしたんだな？」

「ええ。でも、わたしは尾上がマンションに来たら、刈谷さんと一緒に尾上を逆に取り押さえる気でいたの」

「なぜ、もっと早く尾上に弱みを握られてることをおれに相談してくれなかったんだ？　そうしてくれてれば、こんなに解決まで時間がかからなかったのに」

「恥ずかしい弱みだったし、まさかこの男が高杉を殺すとは思ってなかったのよ」

久美が憎々しげに言い、尾上にライトの光を当てた。

尾上は目をつぶって、低く唸っていた。

辰吉が空咳《からぜき》をし、急に川面に向かって歩きはじめた。気を利《き》かせたつもりらしい。

「高杉が殺されたとき、どうして刑事たちに何もかも話そうとしなかったんだ？　それがわからないな、おれには」

「どうしても自分の手で、尾上が主人を殺した証拠を集めたかったの。だって、夫はわたしのために殺されてしまったんですもの」

「それで、わざと尾上に背《そむ》かずに動いてたわけか」

「ええ、そうなの。でも、証拠を掴むどころか逆に立場が悪くなって、刑事さんに怪しまれることになってしまって。刈谷さんも、わたしが主人を殺したと疑いを持ったでしょ？」

「ほんの少しだけな。そいつ、重いだろ？　おれが持ってやろう」

刈谷はそう言い、久美の手からライトを捥取った。バッテリーも外してやり、自分の肩に掛けた。

「車の中で死んでる殺し屋は、陸自《りくじ》のレンジャー隊員崩れらしいわ。この日本に、プロの殺し屋がいたなんて驚きだわ」

「どうしてもわからないことがあるんだ。きみは偽のエアメールを見て、飛び降り自殺を図ろうとしたよな。あれは、尾上に命じられた狂言だったのか？」

「ううん、そうじゃないの。本当に厭世的《えんせいてき》になって、発作的に自殺する気になったのよ。主人は、かけがえのない男性だったでしょ？」

「そうだったのか。その話を聞いて、ほっとしたよ。寒くないか？」

「ええ、少しね」

「もっとこっちに寄れよ」

刈谷は言った。

久美が短くためらってから、身を寄り添わせてきた。その体は冷たかった。

「こうするぐらいは、高杉も大目に見てくれるだろう」

刈谷はわざと大声で言って、久美の肩を抱き寄せた。

「これで、やっと主人も浮かばれるのね」

久美が呟き、静かに泣きはじめた。

二人の頭上では、風が号《な》いていた。


翌日の夕方である。

刈谷は師匠の家の一室で、スージーの尻にぼかし彫りを施していた。薔薇《ばら》の刺青は、八分通り仕上がっている。

腹這いになったスージーは、興奮気味にハイジャック犯の拳銃を叩き落としたときの模様を語っていた。

だが、刈谷はほとんどスージーの話を聞いていなかった。

昨夜の出来事を頭の中で思い起こしていた。

久美はパトカーが駆けつけると、事件に関わることを一部始終、捜査員に話した。屈辱的な体験も隠さなかった。

しかし、病院に収容された尾上はすべての犯行を否認した。今朝《けさ》、刈谷は浜松中央署に電話をしてみた。宍戸刑事の話によると、尾上はようやく犯行の一部を自供したらしい。

だが、尾上は伴と久美に強《し》いられて加担したと言い張ったという。刈谷は、往生際の悪い尾上に呆《あき》れ果ててしまった。

尾上がどうあがいても、言い逃れられるものではない。捜査当局が彼の逮捕状を請求するのは、もはや時間の問題だ。

――あがきたきゃ、せいぜいあがけ！

刈谷は尾上の整った顔を思い浮かべながら、胸の奥で毒づいた。

そのとき、部屋の襖《ふすま》がだしぬけに開いた。

スージーが小さな声をあげた。廊下に、作務衣姿の辰吉が突っ立っていた。

「亮、尾上の野郎がついに全面自供したよ。それからな、昨夜《ゆうべ》、志郎君が撮ったビデオテープの一部がニュースに使われてたぜ」

「そう。これで、やっと事件が終わった」

「おめえもこれからは、せいぜい仕事に身を入れな」

「そうするよ」

刈谷は即座に答えた。師匠が歯のない口で小さく笑い、素早く襖を閉めた。

すると、スージーが上体を捩《ねじ》った。

「あなたも悪い奴をやっつけたのね？」

「おれは、きみほど度胸がないよ」

「だったら、合気道を教えてあげるわ。あなた、強くなりたいんでしょ？　わたしの弟子になりなさい。オーケー？」

「考えとくよ。彫りにくいから、ちゃんと俯《うつぶ》せになってくれ」

刈谷はスージーの尻を平手ではたいた。

スージーが大仰《おおぎょう》な悲鳴をあげ、陽気に笑った。刈谷は彫り針を握り直した。

エピローグ

クリスマス・イヴが近かった。

そのせいか、空港ロビーを歩く欧米人たちの表情は明るい。地元のタイ人たちは、どこか忙《せわ》しげだ。

バンコクの郊外にあるドンムアン空港は、人々でごった返していた。

年末から年始にかけて、南国で過ごす観光客が大半だった。彼らは一様《いちよう》に浮かれていた。

その一団が途切れると、日本人の父子が暗い顔つきでロビーを横切り、急ぎ足で空港南端のタクシー乗り場に向かった。

父は六十二歳だった。大手商社の常務である。

息子は民間テレビ局の編成局に勤めていた。二十九歳だった。父子の身長差は大きい。二十センチはあった。

どちらも、ほとんど手荷物を持っていなかった。

二人の乗った機が空港に降り立ったのは、当地時間の午後五時だった。

南国の空は、まだ昏《く》れていなかった。

東京から香港経由で七時間半のフライトだったが、父と子は二言三言《ふたことみこと》しか言葉を交わしていない。機内食にも少し手をつけただけだった。

やがて、二人はタクシーに乗り込んだ。

車は高速道路を南へ進み、バンコク市内に入った。父と子は途中でタクシーを待たせ、花、ろうそく、線香を求めた。花は白蘭だった。

ふたたびタクシーが走りだした。

車はバンコク市の中心部を走り抜け、チャオプラヤ河を渡って郊外に入った。しばらく走ってから、父が車を停《と》めさせた。

小さな墓地の横だった。

二人はタクシーを待たせ、墓地の中に入っていった。

父がみすぼらしい墓標を指さし、息子の方を振り向いた。

息子は無言でうなずき、先に墓に近づいた。全身が強張《こわば》り、足の運びがぎこちない。

父が息子の背を見つめながら、小さく首を横に振った。遣《や》りきれなさそうな顔つきだった。

息子が供物《くもつ》を墓の前に置き、その場にぬかずいた。

墓石の下で眠っているのは、中国系タイ人女性だった。六年前に、仕事先の高級マンションのエレベーターの中で絞殺されたのである。

未《いま》だに犯人は逮捕されていない。

父が息子の横に回り、ろうそくを立てた。

すぐに火を点《つ》け、線香の束に炎を移した。煙がたなびきはじめた。

父は煙にむせながら、中華菓子の箱の蓋《ふた》を取った。東京から持参した供物だった。

「殺すつもりはなかったんです。つい手に力が入ってしまったんだ。どうか赦《ゆる》してください」

息子は掠《かす》れ声で詫《わ》びると、その場に泣き崩れた。

地べたに涙の雫《しずく》が落ちた。大粒の涙だった。

父が息子の背を幾度か軽く叩いてから、墓石に両手を合わせた。口の中で、覚えたばかりの経文《きょうもん》を唱《とな》えていた。

数十分が流れた。

立ち上がった息子が、父に低く言った。

「ここで別れよう」

「いや、駄目だ。お前の気持ちが、また変わるかもしれないからな」

「もう肚《はら》を括《くく》ったよ」

「おまえが警察の建物の中に消えるまで、この目で確かめたいんだ」

「そうか。おれ、親不孝しちゃったな。親父は日東物産、やめることになるんだろ?」

「仕事よりも家族さ。母さんも兄さんも同じ気持ちだよ。やっぱり、罪は償《つぐな》うべきだ」

「わかってるよ」

「さ、行こう」

父は爪先《つまさき》立って、背の高い息子の肩を優しく叩いた。

二人はタクシーに戻った。

車が最寄りの警察署に横づけされたのは、十数分後だった。

息子だけが車を降りた。後部のドアが閉まる。

父が慌《あわ》ててパワーウィンドーを下げた。そのとき、息子が細く言った。

「行ってくるよ」

「自棄《やけ》を起こすんじゃないぞ。おまえは、まだ若いんだ。いくらだって、やり直せる」

「そうだね。おふくろや兄貴に、親父から謝っといてくれないか」

「わかった。体に気をつけるんだぞ」

父は窓越しに息子と握手をした。

十数年ぶりの握手だった。自分の手よりも、ふた回りは大きかった。

息子は握手を解《と》くと、警察署の玄関に吸い込まれていった。

大股だった。一度も振り返らなかった。

四十代の運転手が片言の英語で訊《き》いた。

「いまの彼、何をやったんです？」

「人殺しだよ。どこか酒の飲める場所に連れてってくれないか」

父は涙を拭《ぬぐ》って、完璧《かんぺき》な英語で言った。

運転手が無言で車を急発進させた。その顔には、怯《おび》えと同情の色が交錯していた。

本書は二〇〇〇年一月に青樹社より刊行された『魔手　刺青師探偵』を改題し、大幅に加筆・修正しました。

なお本作品はフィクションであり、実在の個人・団体などとは一切関係がありません。

文芸社文庫

素人刑事《デカ》

二〇一五年十月十五日　初版第一刷発行

著　者　南英男
発行者　瓜谷綱延
発行所　株式会社　文芸社
〒一六〇‐〇〇二二
東京都新宿区新宿一‐一〇‐一
電話　〇三‐五三六九‐三〇六〇（編集）
〇三‐五三六九‐二二九九（販売）
印刷所　図書印刷株式会社
装幀者　三村淳

ISBN978-4-286-17032-9